tade. Uma vã curiosidade e nada mais. Quase fútil. Indagava-se se ainda acharia bons aqueles escritos, se os lesse hoje em dia. Não acreditava. O mais provável é que os achasse ridículos. Infantis. Mesmo assim, resolveu aventurar-se e visitar o temido reino de ácaros e poeiras que habitavam o alto do armário. Preparou-se para a incursão, pegou uma escada e foi à luta. Corajoso.

* * *

Os depósitos e suas propriedades metafísicas. A capacidade de sugar o tempo e encerrá-lo dentro de si. Um buraco negro de antiguidades. Entre vários espirros e algumas caixas entreabertas. Reencontrou-se com cartas, papéis e fotografias das quais nem se lembrava mais. Remexeu aqui e ali e acabou topando com um antigo álbum de retratos. Não resistiu à tentação de abri-lo. Fotos dos seus pais, quando jovens. Fotos dele, quando criança. Fotos de viagens e passeios. Eventos cotidianos de outrora. Sem perceber. Ficou ali. Descortinando o passado. Que fotografias são saudades em pedaços de papel. E disso são feitos os álbuns de família.

Seus olhos pararam num retrato de sua mãe. Tão linda. Naquela imagem, ela aparecia sorrindo. Preparando-se para uma festa ou algo do tipo. Usava um colar de pérolas. Maquiada. Ajeitando o penteado perante o espelho. Trazia uma certa tristeza no olhar que criava um misterioso contraste com aquele sorriso. Artur tinha um pouco mais de onze anos, quando veio aquela terrível doença que a consumiu. Não tinha coragem nem de pronunciar o nome. Achava uma lástima não ter tido a oportunidade de conhecê-la melhor, contudo lembrava-se dela como uma pessoa alegre e carinhosa. Uma dona de casa que, embora não tivesse um emprego formal, vivia sempre atarefada. Uma mãe que inventava belas e tristes histórias e as contava na hora de dormir. Uma mulher bonita que gostava de ler, de viajar e de cozinhar. E isso era tudo que ficara nas suas lembranças. Sentiu um nó na garganta. Seus olhos se umedeceram. Não queria chorar. Engoliu em seco e virou a página.

Um retrato dele abraçado ao seu pai em algum almoço num domingo dos tempos. Revelando uma proximidade que, na realidade, nunca houvera. Um abraço partido. Ele era um advogado. Um homem muito sério. De leis severas. Pouco afetuoso. Talvez por isso tenha tido dificuldade em exercer a função de pai e mãe simultaneamente. Mas isso era apenas uma das causas da relação conturbada entre eles. Havia também as muitas namoradas com as quais o filho nunca se dava bem e de quem sempre confundia os nomes. Havia também as discordâncias de pensamentos e ideias, conflitos de gerações. E havia também uma competição. Velada. Fatos que não facilitavam as coisas para nenhum dos dois lados. Recordou-se, então, de uma das últimas conversas que tiveram. Um dos raros papos tranquilos e amigáveis. Sem disputas. Quando o coração do seu pai já dava umas rateadas. Sinais de cansaço. Prenúncios do infarto que, pouco depois, os afastaria para sempre.

Na ocasião, eles passavam um final de semana num *resort*. Somente os dois. Uma situação incomum. Artur tinha por volta de vinte anos nesta época. Numa das noites, à medida que ambos ultrapassavam todos os limites aceitáveis de álcool no sangue, bebendo drinques tropicais sob palmeiras e estrelas, ele discorreu acerca de sua experiência com a paternidade.

Começou dizendo que um dia Artur teria um filho e, só então, o entenderia por completo. Ele já ia implorar para que os poupasse daquela situação chata, mas, felizmente, o seu ve-

Baile das Almas

Gian Fabra

Baile das Almas

Um romance musical

GRYPHUS

Rio de Janeiro

© Gian Fabra

Revisão
Vera Villar

Editoração Eletrônica
Rejane Megale

Capa
Gabinete de Artes (www.gabinetedeartes.com.br)

Adequado ao novo acordo ortográfico da língua portuguesa

CIP-BRASIL. CATALOGAÇÃO-NA-FONTE
SINDICATO NACIONAL DOS EDITORES DE LIVROS, RJ

F119b

Fabra, Gian
Baile das almas : um romance musical / Gian Fabra. - 1. ed. - Rio de Janeiro : Gryphus, 2016.
268 p. : il. ; 21cm.

ISBN 978-85-8311-075-0

1. Romance brasileiro. I. Título.

16-32412
CDD: 869.93
CDU: 821.134.3(81)-3

GRYPHUS EDITORA
Rua Major Rubens Vaz 456 — Gávea — 22470-070
Rio de Janeiro — RJ — Tel.: (0XX21) 2533-2508 / 2533-0952
www.gryphus.com.br — e-mail: gryphus@gryphus.com.br

para a musa, Helena Klang

Algumas vidas se juntam e se completam
Outras se cruzam sem se tocar
Tudo que queremos é nunca mais ter que dizer adeus.

O Veleiro de Cristal – Marcelo Bonfá e Gian Fabra

Repertório

Faixa 01. O sol vem chegando 11

Faixa 02. Casa vazia 27

Faixa 03. A torre da canção 43

Faixa 04. O homem que vendeu o mundo 59

Faixa 05. Algum dia na sua vida... 75

Faixa 06. O longo caminho rumo ao topo 93

Faixa 07. Uma criança no tempo 123

Faixa 08. Muito além das montanhas 149

Faixa 09. Um salto na imensidão 187

Faixa 10. Da manhã 231

Faixa 01
O sol vem chegando

Artur colocou a chave na fechadura e girou. Parou por alguns instantes e sentiu mais uma vez a sua tristeza. Aquela dor era uma velha conhecida que volta e meia o visitava, ao contrário de outras mulheres que sempre iam embora para sempre. Resignado, respirou fundo, abriu a porta e entrou no silêncio da casa. Não havia ninguém. Ele olhou ao seu redor. Pilhas e pilhas de discos amontoavam-se por todos os cantos. Um dia destes teria que tomar coragem e organizar aquela bagunça. Mas não seria hoje. Afinal, mal ou bem, ele se entendia naquela zona. Tanto que não demorou mais do que alguns poucos minutos para encontrar o que queria: 'Pearl', o clássico álbum póstumo da Janis Joplin. Notou que as marcas do tempo já começavam a tomar conta da capa. Sempre ele, o inexorável tempo.

Meticulosamente, retirou o disco do plástico e, tomando cuidado para não segurar na parte dos sulcos do vinil, pegou a bolacha com as mãos espalmadas. Procurou, nas informações do selo, o número da faixa que queria ouvir. Quando os seus olhos bateram no título, um pensamento mórbido lhe ocorreu. Aquela canção fora o segundo *hit #1* póstumo da história. Atingindo a posição um ano e meio após '(Sittin' on) The Dock Of The Bay', do Otis Redding, tornar-se o primeiro. Havia uma certa ironia macabra ali. Otis fora uma das maiores influências de Janis. Foi através dele que a cantora percebeu que podia tornar a música 'visível'. Utilizando mãos, braços e movimentos do corpo. Ela frequentava os *shows* do amigo e ficava sugando cada um dos seus gestos para depois imitá-los. Artur visualizou a cena: Janis lendo, num jornal da época, a notícia de que o disco de Otis alcançara o primeiro lugar das paradas. Poucos meses haviam passado desde a trágica morte do cantor. Imaginou a tristeza dela. Sim, a tristeza era a sua senhora. Do mesmo modo que a sua, comparou. Aquilo já não tinha graça. A tristeza só é romântica na pele dos outros. Suas reflexões voltaram para Janis lendo a matéria. Será que ela pensou na injustiça do destino? Será que poderia supor que seguiria os passos do seu ídolo naquilo também? O certo é que as pessoas morrem, não obstante, os mitos ficam. Eternos. *"The king is gone but he's not forgotten"*[1] diria Neil Young. Mas isso já é outra música.

O chiado de estática da agulha sobre o vinil quebrou o silêncio do apartamento. Logo ele estava sentado no sofá enquanto a voz rouca da Janis invadia a sala cantando 'Me and Bobby McGee'. Olhou para a capa do disco. Cogitou em como aquela mulher não cabia neste mundo. No entanto ela estava ali. Diante de si. Linda. Que a beleza é só um reflexo no espelho dos nossos desejos. Com o seu sorriso frágil, as suas roupas coloridas, o seu cigarro e *drink* em punhos e os seus eternos vinte e sete anos. *"Freedom is just another word for nothing left to lose"*[2], ela cantou. Pois se uma imagem vale mais do que mil palavras, uma canção vale mais do que mil imagens. Ele se levantou e foi até o bar. Encheu o copo e apreciou outra vez aquela foto. – *Cheers, Janis* – brindou com um nó na garganta. Ela continuou a cantar pela eternidade, e ele mergulhou na sua tristeza que, naquele momento, tinha gosto de vodca.

* * *

Artur Fantini amava música com todas as forças. Ele a considerava sua maior companheira. Desde a infância. Tudo começara no seu aniversário de seis anos, quando recebera de

---

[1] O rei está morto, mas não esquecido. (tradução livre do autor)
[2] Liberdade é só um sinônimo de não ter nada a perder. (tradução livre do autor)

O sol vem chegando

presente dos pais um pequeno toca-discos portátil. Uma radiola. No formato de uma maleta. Azul. Um aparelho tão simples quanto fantástico. De imediato, escutar disquinhos de histórias infantis tornou-se um de seus passatempos favoritos. Adorava ver aqueles vinis coloridos rodopiando sobre o prato mecânico. E, ao ouvir o som brotando do pequeno alto-falante, embutido na parte interna da tampa do dispositivo, a magia se completava. Maravilhado com tamanha tecnologia, mergulhava naquele universo sonoro. Deliciando-se por horas a fio. Desligando-se da realidade. Conectando-se com a fantasia daquelas fábulas pueris. Sua mãe também lhe dera uma antiga mala de viagem. Com estampa emulando pele de leopardo. Coberta de adesivos de diversas localidades. Uma joia na qual guardava seus preciosos discos. O seu baú do tesouro. Repleto de ouro. Um dia, porém. Escondido. Atraído por uma hipnótica capa colorida. Psicodélica. Decidiu roubar um dos LPs do seu pai. Que assim são os piratas. Feitos de insatisfações, curiosidades e pilhagens. Tratava-se da trilha sonora original da peça 'Hair'. E, no instante em que os timbres etéreos da introdução de 'Aquarius' invadiram o quarto, seu pequeno mundo virou do avesso. Ele foi teletransportado para um lugar incompreensível à sua razão, mortalmente devastado por todo aquele mistério. Tais sons despertaram nele saudades de algo que nunca tivera. Ancestrais. Segredos místicos seculares que agora se destrinchavam. Uma mistura de medo e fascínio que passou a povoar os seus sonhos e pesadelos. E foi assim que, irremediavelmente infectado por aquela paixão, testemunhou o vírus se alastrando. Aprisionando em si tudo o que ouvia e gostava. Devorando-o por dentro. Pouco a pouco. Mas nunca o consumindo.

Aos nove anos, já era chamado pelo primeiro nome na loja de discos do bairro. Todos ali o conheciam. Do proprietário à moça da limpeza. Pelo menos uma vez por semana, batia o ponto por lá. Figurinha repetida. Perdia a noção do tempo, ao passo que admirava capas e ouvia músicas. Envolvido. Circunspecto. De vez em quando, algum dos funcionários precisava lembrá-lo de que estava na hora de voltar para casa. Entre esses havia uma vendedora com quem simpatizava em especial. Era uma garota linda. Uma musicista que trabalhava naquele estabelecimento durante o dia e cursava a faculdade de Música à noite. Imediatamente, desenvolveu uma paixão platônica por aqueles olhos castanhos amendoados. E passou a sonhar que surfava, deslizando pelas ondas daqueles longos cachos dourados. Já não sabia dizer ao certo se frequentava o local por conta dos discos ou por causa dela. O que importava era que ele ia. Sempre que podia. E foi ela quem o iniciou. Sua professora. A primeira mentora. Ensinando-lhe com toda a paciência do mundo o que ouvir. Mostrando-lhe todas aquelas novidades. Orientando-o pelos tortuosos labirintos das prateleiras. E revelando-lhe os insondáveis segredos da música *pop*. Artur retribuía, economizando o dinheiro da merenda escolar para comprar *long-plays*. Uma semana com fome na escola e um disco novo para ouvir no fim de semana. Achava a troca justíssima. De brinde, ainda levava um doce sorriso da vendedora. Empacotado na memória. Dessa forma, desenvolveu um apetite insaciável por conhecimentos musicais. Sempre disposto a qualquer esforço para saber mais e mais.

 Foi por este caminho que, no decorrer dos anos, transformou-se num grande colecionador de discos de todos os gêneros. Mas isso não era o bastante. Conforme crescia, passou a devorar biografias e revistas especializadas. Descobrir detalhes e curiosidades acerca de todos os artistas dos quais gostava. E conhecer milhares de canções e histórias e mais histórias por trás dessas canções. Um autêntico e profundo conhecedor.

O SOL VEM CHEGANDO

E, se nem se lembrava mais do nome daquela bela atendente da loja de discos, jamais esqueceu todas as músicas, álbuns e artistas que ela lhe apresentou. Porque as paixões são assim, nascem e se consomem. Fugazes. Mas o amor, não. Esse não sabe o que é morrer. Vale ressaltar que não se tratava de uma afinidade apenas com músicas e artistas. Ele fazia questão de escutar todas aquelas faixas acompanhando as letras no encarte. Inclusive as estrangeiras. Isso se tornou tão habitual que, de tanto procurar nos dicionários o significado daquelas palavras adventícias, acabou aprendendo os rudimentos do vocabulário de outros idiomas. O que não significa dizer que fazia juízo de valor entre letra e música. Pelo contrário. Chegou a criar uma analogia: se pudéssemos olhar para uma música feito olhamos para uma pintura, os versos seriam as formas e as melodias, as cores. Sim, para ele ambos eram de igual importância. Pai e mãe da canção. E todas estas composições tornaram-se mais do que poesia musicada ou música poetizada. Eram a própria história da sua vida emocional. Afetiva. A sua biografia não autorizada publicada em livros de vinil.

Com o passar do tempo, Artur percebeu que possuía uma habilidade interessante, a música que escolhia para ouvir sempre se encaixava com perfeição no momento que estava vivendo. Como quem consegue encontrar agulhas num palheiro. Para cada momento, uma trilha sonora. Um garimpeiro de canções. Um curador do catálogo musical da sua existência. Um governador do seu estado de espírito. Uma ligação inconsciente entre coração e mente. Um pacto secreto entre amantes. A música e ele. Ela, uma amante cara e exigente. Contudo ele se propusera a pagar o preço. A música se tornara o passaporte para os seus devaneios. Uma religação com o seu universo onírico. A sua religião. E a sua vida passou a ser uma mera canção do acaso. Pois o que é o acaso senão um dos muitos nomes que damos a Deus. A única coisa que lamentava naquela relação era o fato de nunca ter alcançado a condição de músico profissional. Que o destino é feito de ironias, e isso já nos é sabido. Uma loteria de sonhos. Enfim, ao longo de sua adolescência, ele até que tentou. Apesar de ser ligeiramente desafinado, gostava muito de cantar. Então decidiu aprender a tocar violão para se acompanhar. Seu pai contratou um professor particular e ele chegou a arranhar alguns acordes. Nada de mais. O suficiente para tocar algumas canções em festinhas e reuniões sociais e, no máximo, impressionar algumas meninas ingênuas. O pessoal até dizia que ele levava jeito com a viola, que tinha uma voz boa e tal, entretanto ele mesmo não os levava a sério. Visto que se tratava de elogios leigos. E quando se deparava com alguém que deveras cantava e tocava bem, a diferença ficava clara. Pelo menos para si. Como dizem, a grama do vizinho é sempre mais verde. Talvez, se não fosse tão autocrítico, pudesse ter ido mais adiante. Talvez. A verdade é que acabou desestimulado. Satisfazendo-se com aquele pouco que dominava.

Em paralelo, teve aulas de teoria musical numa escola de música. Aprendeu as primeiras noções de harmonia e tudo, mas achava aquilo muito chato. Matemático demais e pouco musical. E pulou fora o mais rápido que pôde. De qualquer maneira, foi graças a esses esforços que conheceu outros músicos. E mesmo que nenhum deles tenha se comovido com os seus dotes artísticos, alguns curtiram o seu diletantismo e surpreenderam-se com o seu vasto conhecimento sobre músicas e artistas, tornando-se bons camaradas. Assim, vítima das tentativas frustradas, deixou de lado aquele sonho de profissionalização. Aceitou que alguns nascem para criar e outros para admirar. Quase uma intuição que,

O SOL VEM CHEGANDO

de algum modo, a poesia está nos olhos de quem a lê. Sob esse prisma, seus olhos eram quase heterônimos de Fernando Pessoa. O acorde final da canção de Janis trouxe-o de volta à realidade. A sua tristeza tinha nome e forma, Lorena Lopes. Cabelos ruivos, olhos verdes de Diadorim – como ele carinhosamente os descrevia em referência ao Grande Sertão do Rosa – e pele macia e branca feito a neve. Uma jornalista especializada na área musical. *Freelancer.* Ele a conhecera alguns anos antes num jantar com amigos. A primeira pergunta que ela fizera, logo após serem apresentados, foi se ele também gostava de The Jesus and Mary Chain. Ele congelou. Nunca dantes uma menina lhe fizera tal indagação. Afinal, o grupo escocês era conhecido por atrair uma legião de fãs esquisitos. Gente como ele. Não era nada comum garotas bonitas gostarem daquela banda. Ficou curioso. Quis saber mais sobre a moça. Seguiu-se um animado papo sobre música. Briga de cachorro grande. Ele estava impressionado. A garota realmente entendia do assunto. Trocaram telefones. Um novo encontro. Um beijo. Outros encontros. Outros beijos. E, depois de um ano, já moravam juntos.

Artur jurava que se defrontara com sua alma gêmea. Mitos de Platão à parte, todos diziam que eles eram feitos um para o outro. E, de fato, aqueles foram tempos fenomenais. Ele adorava tudo nela. Sua beleza, sua inteligência, seus gostos, seu estilo, seu jeito sedutor e seus discos, é claro. Achava graça até nos seus defeitos e idiossincrasias. As noites do casal eram regadas a longas conversas, vinho e música. Longas conversas. Nas quais dividiam os seus vastos conhecimentos a respeito do universo *pop* e trocavam ideias sobre temas que iam de meros assuntos cotidianos a filosofias celestiais. Vinhos. Que abriam os densos portões de suas almas. E música. Muita música. A carruagem prateada que os conduzia.

Eles nem perceberam o tempo passando. Fizeram planos. Viajaram. E, volta e meia, Artur via-se cantarolando a música do casal, 'Cheek to Cheek': "*Heaven, i'm in Heaven...*"³. Clássica canção de Irving Berlin eternizada por Fred Astaire e, posteriormente, *reeternizada* por Frank Sinatra. Eles também adoravam a bela 'Por Enquanto', do Renato Russo. Bastava ele entrar debaixo do chuveiro e logo começava a cantar, "*Se lembra quando a gente chegou um dia a acreditar que tudo era pra sempre. Sem saber que o pra sempre sempre acaba*", interpretava a plenos pulmões. Acreditando, talvez por efeito da reverberação mágica dos banheiros, que imitava perfeitamente a voz potente do tenor. Mas, tal qual na triste balada, as coisas acabaram para eles também. Ele não sabia dizer quando nem como. Simplesmente foi acontecendo. De forma lenta e gradual. Ela foi ficando cada vez mais esquisita. Silenciosa. Distante. Até que, no dia em que completariam dois anos de casados, surgiu o papo de separação. Ele a fitava, incrédulo. Ela não conseguia explicar, e ele não conseguia compreender. Ela dizia que não se sentia feliz, mas a culpa não era dele. Ele questionava se ela conhecera alguém ou algo do tipo. Ela jurava que não. Quase um clichê. Foi um adeus lacônico. A perplexidade, a raiva e, por fim, a tristeza. Mas esta não quis partir.

* * *

A tarde era difusa. E quieta. E vazia. Durante os dias úteis, Artur ainda se distraia um pouco com o trampo – ele trabalhava numa companhia que administrava condomínios. Tinha um chefe idiota e burro com quem não conseguia trocar mais do que duas palavras. Um serviço burocrático que pagava mal, mas,

---

3 Paraíso, eu estou no paraíso. (tradução livre do autor)

O SOL VEM CHEGANDO

em contrapartida, não exigia muito dele. Resumindo, era assim: ele fingia que trabalhava e eles fingiam que estavam satisfeitos. Mas as noites e os fins de semana eram o paraíso da sua fossa. Nada a fazer que não mergulhar no gélido lago turvo dos seus desejos perdidos. Não aguentava mais aquela solidão. Sentia que estava repleto de amor, todavia não dava vazão a ele. Por ter tanto amor, não conseguia amar ninguém. O paradoxo amoroso. Como diria Lacan, "amar é dar o que não se tem". Pensava com frequência em Lorena. O que ela queria? Como ele poderia saber, se nem ela sabia!? Desenvolveu uma teoria de que, se algum dia tivesse uma filha, nunca lhe contaria histórias de princesas. Sustentava que aquilo despertava nas mulheres o que chamava de "a maldição dos príncipes encantados". Ficar ouvindo essas fábulas desde pequenas fazia com que acreditassem na existência de um homem perfeito e salvador, e que a felicidade estava atrelada a esse ser fictício. Fonte de ilusão. Era deste ideal perverso que nasciam todos os desejos da fêmea adulta. E todas as dores também. As que ela sentiria e as que causaria. Não! Contaria a história da menina que fugiu com o circo e, depois de mil peripécias, sofrimentos e trabalhos árduos, tornou-se a maior dançarina do país. Fantasias deste tipo. Esforço, superação e objetivos alcançados por conta própria. Ia preparar a filha para a vida, e não para ferir corações alheios com as farpas do seu próprio coração partido. De repente, uma pausa nas suas abstrações. Uma colisão frontal entre as suas utopias e a realidade. O que ele estava pretendendo? Filha!? Não conseguia sequer manter uma relação estável com uma mulher, o que dirá ter uma filha. Mas este era o seu jeito. Tinha esta mania de criar teorias imaginárias. Dava nomes a elas e tudo. Um filósofo de botequim, caçoavam os colegas. Ele não se importava. Tinha certeza de que o mundo seria um lugar muito melhor, se fosse como o idealizava. E se não era o que sucedia. E se havia dois mundos. Preferia ficar com o seu. E ficava.

Aquelas eram noites difíceis de pegar no sono. Ficava rolando entre os lençóis, feito uma panqueca. Evitava de todas as formas olhar para o lado que Lorena ocupara na cama. Não queria lembrar que ela não estava mais lá. As tentativas, porém, não surtiam efeito. A ausência dela não estava somente naquela cama ou quarto. Estava em tudo. E o vazio era sólido. Uma pedra de uma tonelada sobre o peito. Pressionando, esmagando, dilacerando suas entranhas. E, embora seu corpo implorasse para dormir, sua alma negava. Deixando olheiras profundas em seu rosto. Tais quais posseiras. Começaram os gracejos no escritório a respeito de sua aparência. Não que ele ligasse ou se preocupasse com isso. A verdade, no entanto, é que parecia mesmo um zumbi barbudo. Acabado. Alguém lhe deu umas pílulas, dizendo que eram maravilhas contra insônia. Eram azuis. Apesar de não gostar e de raramente se permitir tomar remédios, ele as guardou. Tinha outra teoria de que o próprio organismo desenvolvia a química de que necessitava para cada situação. Mais um de seus incontáveis pressupostos. E respeitava isso. Confiava que precisava passar por aquele martírio para assimilar o sofrimento. Mas, naquele dia, não aguentou. Num momento de fraqueza, tomou uma bomba daquelas e caiu no sono. Nesta noite não sonhou. Que os sonhos são filhos dos desejos e desses ele não sabia mais. Foi assim. Apenas dormiu. Feito quem morre. Dormiu por horas e horas seguidas, como não dormia há tempos. Acordou no dia seguinte, no meio da tarde. Era um domingo, o dia internacional dos corações solitários.

A primeira coisa que viu ao abrir os olhos foi o céu azul entrando pela janela. Era uma visão recorrente. Ordinária. Contudo algo estava diferente. O céu parecia mais azul, mais

O SOL VEM CHEGANDO

brilhante. Um azul profundo e reluzente. Uma sensação ímpar. Era bonito e esquisito. Mas ele não deu muita bola para aquilo. Levantou-se. Foi até a cozinha e, enquanto passava o café, decidiu colocar um disco para tocar. Escolheu a primeira música do lado B do 'Abbey Road', dos Beatles. Estranhou a escolha tanto quanto estranhara o azul brilhante do céu. Ultimamente, só ouvia canções tristes e depressivas. Composições que lembravam e instigavam sua tristeza num autoflagelo confortador. E, logo que ouviu o violão de George Harrison dedilhando a melodia de 'Here Comes the Sun', foi invadido por uma onda de bem-estar. Algo que não conseguiu nomear. *"Little darling, it's been a long cold lonely winter"*[4], entrou cantando a plenos pulmões em uníssono com o inglês. E, de repente, vieram as lágrimas. Muitas delas. Incompreendidas a princípio. Incontroláveis. Feito enchente de rio. Carregando tudo que encontra pelo caminho. Pedra, flor e espinho. Um estouro de emoções represadas. Ele se recostou na parede e desceu até o chão. Soluçando. Então, deu-se conta do ridículo da cena de novela mexicana que protagonizava e começou a rir. Riu de gargalhar. Só aí a ficha caiu. Ele nem se lembrava mais, mas conhecia aquele sentimento. Era a tal da felicidade. A sua nuvem negra chovera e se dissipara. O mais curioso é que aquela tristeza o acompanhara por um ano inteiro e, ao longo de todo esse período, não se permitira chorar nem uma vez sequer. Mas agora ele chorava. Mas agora ele ria do seu choro. Chorava a morte de uma parte importante da sua história. Num funeral *gospel*. Chorava a morte da sua tristeza.

Num ímpeto, resolveu se vestir e sair para passear. Queria ver a natureza em seu curso. Queria ver gente. Queria sen-

---
4 Querida, tem sido um longo inverno, frio e solitário. (tradução livre do autor)

tir a vida. Precisava de luz. Seu corpo e sua alma clamavam por aquilo. Foi até o parque da cidade onde famílias se deliciavam com uma ensolarada, simples e mágica tarde dominical. Balões coloridos, pipas e barraquinhas de pipoca e algodão-doce compunham o cenário. A felicidade gotejava do nariz daquelas crianças, envolvendo seus pequenos pés que corriam descalços sobre a grama. A felicidade rondava a cumplicidade dos olhares atentos e carinhosos dos pais. Sim, a felicidade. Equilibrando-se na corda bamba das afeições. Avós brincavam com netos aqui, jovens casais namoravam acolá. Como se todos atestassem que o tempo não passava de uma invenção sem sentido. E havia os sentidos. Todos. Dançando no ar, infestado daquele que era o único e verdadeiro. O sentido da vida. O amor que conduz e garante a sobrevivência e continuidade da nossa espécie. O amor, chave que dá corda ao relógio dourado do mundo.

Artur transitava sozinho naquele universo de encontros e venturas, todavia, naquele instante, aquele sentimento não se chamava solidão. Seu nome estava mais para liberdade. A liberdade necessária para buscar e seguir o seu próprio caminho. Comprou um saco de pipocas e sentou-se num banco. Começou a comer devagar. Alguns milhos escaparam de suas mãos e caíram no chão. Os pombos vieram. Ele achou divertido e jogou mais alguns grãos. Mais pombos. Acabou jogando o saco inteiro. Uma revoada voou em sua direção. Aos seus pés, dezenas de aves bicavam-se e espremiam-se atrás do alimento. Barulhentas. Ele permaneceu sentado. Um rei torto em seu trono. Defronte aos fiéis súditos. A imagem era curiosa. Aquele sujeito barbudo. Mal-ajambrado. Rodeado de pombos. Parecia mais um mendigo excêntrico. A cena chamou a atenção de alguns transeuntes. Artur não se importou com os espectadores. A despeito de tudo e de todos. Ele se sentia pleno e feliz.

O SOL VEM CHEGANDO

A noite veio chegando de mansinho, e todos seguiram seus destinos pelas sendas enviesadas de suas vidas. Que do outro não se sabe o dentro. Ele igualmente se despediu do parque. Caminhando sobre a frágil linha da harmonia. Entretanto, antes de regressar ao lar, passou num bar que ficava ali por perto no qual tragou algumas cervejas, sempre rindo e brindando com quem estivesse ao lado. O bar fechou. Sem problemas. Continuou vagando de bar em bar, bebendo todas, fechando um a um. Numa excursão solitária. Numa procissão alcoólica. Festejava a alegria de ser ele mesmo e não queria que aquela comemoração acabasse nunca. Enfim, quando fechou o último bar, concretizou que não tinha mais para onde ir. Dirigiu-se para casa, então. Lá, a escuridão e o vazio o esperavam. Pacientemente. Aguardando a volta do filho pródigo. Entrar naquele apartamento. E deparar-se com aquele aspecto abandonado. Foi como tomar uma ducha fria de realidade. Cortando a onda. Encerrando a festa. Retornava à realidade brutal na qual a leveza do ser é insustentável. Na qual tudo passa. Para o bem ou para o mal. Na qual tudo sempre passa. Lá fora o dia nascia. Indiferente a tudo. E, comungado com o mundo, sentiu-se indiferente também. Apenas fez a barba, tomou um banho e foi trabalhar. Indiferente. Mesmo diante dos comentários dos colegas de trabalho sobre a melhora de sua aparência, naquele dia ele não sorriu. Indiferente. Nos dias que se seguiram também não. Não importava mais. Sabia que o seu sorriso ficara perdido em algum lugar que agora não tinha nome.

Faixa 02
Casa vazia

A tinta da parede descascando. O furo de cigarro no tecido desgastado da almofada. A mancha de origem ignorada no tapete. Ligeiros descuidos. Instantâneos do abandono. O panorama da solidão. Artur jazia imerso na penumbra da noite, quando o telefone tocou novamente. A luz fraca e solitária de um pequeno abajur mal iluminava a sala. Os dois dedos que ainda restavam na antes cheia garrafa de vodca anunciavam que não seria prudente levantar-se naquele instante. O barulho repetido da agulha batendo no selo do disco que acabara de tocar indicava que ele não queria se mexer do sofá. A capa largada displicentemente sobre o chão revelava o 'Novo Aeon', de Raul Seixas. As músicas haviam desfilado pelo apartamento. Uma a uma. Mas eram os versos de Paulo Coelho na canção de abertura do álbum que continuavam ecoando na sua cabeça. *"Queira. Basta ser sincero e desejar profundo. Você será capaz de sacudir o mundo. Vai. Tente outra vez"*, incentivava o mago. Em vão. Ele não queria, tampouco desejava mais. Andava num estado meio catatônico, desde que a sua tristeza fora embora. E nisso já corria quase um ano inteiro. Era uma indiferença diferente. Vivia distante de si. Ausente de tudo. Numa espécie de desânimo plácido e constante. Um misantropo de si mesmo. Depois daquele longo e severo período tão triste, e de um lapso de felicidade, todos os seus sentimentos pareciam tê-lo abandonado. Por completo. Ele estava vazio. Não tinha ambições nem frustrações. Sem alarmes e sem surpresas. Os dias se acumulavam. Passando um a um. Sem outro objetivo que não esperar pelo dia seguinte. Num ciclo vicioso e inútil. O telefone, porém, não parecia se ligar em nada daquilo. Era a segunda vez seguida que tocava. Insistente. Enfim, contrariando o bom senso e desafiando as leis da gravidade, ele se levantou e cambaleou até o aparelho.

Era o Jack Gonzalez. Ou apenas Jack, como todos o chamavam. Um velho amigo da adolescência. Da época em que Artur frequentara a escola de música, para ser mais exato. Jack era um excelente cantor e um guitarrista muito talentoso. De tal maneira que efetivamente se tornara um músico profissional. A sua banda chamava-se Sinclair. Uma homenagem ao personagem principal do livro 'Demian', de Hermann Hesse, um de seus autores favoritos. Se não chegou a ser um grande sucesso, o grupo ao menos alcançou alguma notoriedade nos primeiros discos – eles haviam lançado quatro LPs, sendo o terceiro o mais popular –, todavia não resistiram à pressão das baixas vendas e acabaram caindo no ostracismo do mercado. Artur acompanhara de perto a inconstante trajetória do colega. Vez ou outra, encontravam-se e trocavam ideias. Sobre a vida. Sobre as novidades musicais e coisa e tal. E Jack sempre o convidava para assistir às suas apresentações. Contudo, com o encerramento das atividades do conjunto – que se deu por desentendimentos internos –, os dois, afastados pelo cotidiano de suas vidas tão diversas, foram, aos poucos, parando de se falar. Por isso, o estranhamento com aquele telefonema repentino. Afinal, havia tempos que não se viam.

– Diga, Sr. Gonzalez! A que devo tão grande honra? – balbuciou Artur, depois das cordiais saudações e constatações do tempo que os separava.

– Pois é, Fantini. Liguei para colocar o papo em dia e lhe contar as novidades. Estou reativando o Sinclair. Pintou uma ótima oportunidade para gravar um disco novo e achei que, com alguns ajustes na estética musical e algumas mudanças na formação original, poderíamos realizar um bom trabalho. Como você sempre se interessou pela banda, supus que gostaria de saber.

– Que legal. Fico mesmo feliz em saber. Desejo muita sorte para vocês. Como sempre desejei, aliás. Se aparecer um show, me

Casa vazia

avise que certamente dou um pulo para conferir – declarou, tentando disfarçar a bebedeira e já querendo desligar.

– *Com certeza, mas o real motivo do meu telefonema é outro. Como vamos chamar um novo baixista para a vaga do Esquilo, e como era ele quem escrevia as letras das músicas, acabei pensando em você* – Jack disparou.

– *Em mim!? Você ficou maluco! Mal consigo fazer uns acordes no violão. O que dirá tocar baixo. Você sabe bem disso* – Artur rebateu, sem entender nada.

– *Não!* – Jack riu. – *Não é para tocar baixo. Imaginei que você poderia escrever as letras* – elucidou.

– *Agora tenho certeza de que você endoidou de vez. Que letras, rapaz!? Desde quando eu escrevo? De onde você tirou isso?* – Artur metralhou, ainda mais confuso.

– *Bem, estou reunindo o material novo, e não queria procurar um desses letristas profissionais que escrevem para todo mundo. Queria alguma coisa nova nas letras também, sem aqueles vícios tradicionais e tal. Então lembrei que, certa vez, nos encontramos em algum lugar e você me disse que estava todo animado para escrever. Falou que, de tanto prestar atenção nas letras das músicas que ouvia, acreditava que podia fazer aquilo. Brincou que os seus professores eram o Dylan, o Lennon, o Cohen e o Morrison, lembra disso?* – rememorou, rindo. – *Inclusive me mostrou um livrinho com um poema que eu me recordo de ter achado bem legal. Aí, de repente, presumi que, com o tempo, você teria enchido aquele livro de poesias. Tenho uma intuição de que ali deve ter algum material que eu possa aproveitar* – explicou Jack.

– *Caramba! Nem me lembrava mais disso. Já joguei fora aquele livrinho há tanto tempo. Sinto muito* – cortou Artur.

– *Que pena! Aquele primeiro poema me soava tão promissor. Enfim, se você tiver vontade, escreva algo novo e me mande. Real-*

mente acho que o resultado pode ser interessante. Sem compromissos, meu camarada. Qualquer coisa, você tem o meu número. É só ligar – sugeriu Jack, trocando, em seguida, mais algumas amenidades antes de se despedir.

Por um momento, Artur ficou paralisado ao lado do telefone. Uma chuvarada de lembranças caía diante de si. Lembrou-se de Catarina, uma de suas primeiras namoradas. Tão linda quanto doida. Complicada e perfeitinha. Fora ela que lhe dera aquele livro citado por Jack. Catarina sempre dizia que ele tinha o dom das palavras. E ia além, tentando incentivá-lo a dar vazão àquele talento. Ele desdenhava daquilo. Julgava ser só mais um dos disparates da garota. E assim foi até o dia em que se separaram. Lembrou que, naquela noite fatídica, pegou o livrinho e escreveu uma poesia. Lembrou também que ficou surpreso quando terminou. Realmente considerou bom o que havia escrito. Realmente aquelas palavras juntas ali lhe deram a sensação de que tinha vocação para escrever. Realmente chegou a exibi-las para alguns amigos. Entre eles, o Jack. E, realmente, aquelas pessoas o estimularam a ir adiante. A experiência deu-lhe ânimo para arriscar-se num segundo escrito. A lembrança ficava nebulosa. Não chegou a ser um poema. Era apenas o esboço de um diálogo. Uma brincadeira com verbos. Entretanto a verdade é que, depois daquilo, nunca mais abriu aquelas páginas. Nem escreveu mais nada. Uma poesia solitária e uma outra bobagem qualquer. Frutos de uma dor efêmera. Mal nascidos e já condenados à morte pelo esquecimento. E, realmente, aqueles fatos não tiveram desdobramentos.

Porém ele mentira para Jack. É certo que possuía apenas uma vaga ideia de onde poderia estar, mas não jogara fora o tal livrinho. A recordação positiva daquele poema atiçara a sua curiosidade em relê-lo. Não era uma vaidade, não era uma von-

Casa vazia

lho insistiu. Colocou que ser pai era como ser um farol. Você só podia iluminar os perigos ao seu redor. As ameaças conhecidas. Todavia os filhos eram barcos destinados a seguir por outros mares distantes. E não havia o que fazer quanto a isso. Apenas torcer para que eles não naufragassem, quando as tempestades e tormentas da vida os atingissem. A vontade de proteger, às vezes, transformava-se numa luta para que não saíssem do alcance de sua luz. E, nestas horas, a bela missão de ser um guia decompunha-se na impossível função de ser um mero comandante. Fonte de frustração, dor e litígio. As palavras podiam não ser propriamente aquelas, no entanto Artur nunca conseguiu esquecer daquela imagem. O solitário farol. Seu pai era um homem inteligente. Dono de uma visão clara, precisa e pragmática do mundo. E isso, somado à orfandade, ao apartamento e a algum dinheiro no banco, além dos muitos nós para serem desatados, foram as heranças que ele lhe deixou.

Sua perna doía. Atinou que estava há quase uma hora em pé sobre aquela escada. Fechou o álbum feito quem desliga uma máquina do tempo. Um poderoso mecanismo de recordações. E concentrou-se na tarefa que o levara ali. Duas caixas e cinco espirros mais tarde, finalmente encontrou o que procurava. Rapidamente, tratou de restituir tudo ao seu lugar de origem. Evitando novas distrações. Pois quem cutuca a saudade com vara curta pode sair ferido. Desceu os degraus e sentou-se à beira da cama com o livrinho nas mãos. Ficou examinando aquele objeto como se estivesse de posse de um pequeno troféu. Posto que coberto de pó e com os cantos das páginas amarelados, o livro parecia intacto. Passou a mão de forma delicada sobre a sua capa. O preto vivo e fosco ressurgiu. Um rastro na poeira. Abriu o livro e folheou. Somente as quatro primeiras páginas continham algo escrito. O resto ainda permanecia em branco. Virgem.

Na primeira página leu uma pequena dedicatória da qual nem se lembrava mais:

Agora é com você.
Todas estas páginas,
telas em branco,
te amo,
Catarina.

Ficou enternecido pelo carinho que sentira por aquela menina. – *Ah! Catarina! Como eu gostaria de ter acreditado em mim tanto quanto você acreditou* – pensou em voz alta. Era estranho. Tudo aquilo era tão distante e tão próximo ao mesmo tempo. Parecia que tinha acontecido há poucos minutos, uma eternidade. Não havia mais nenhum sentimento. Só uma lembrança seca e empoeirada. Foi em frente. Na segunda página leu o título:

Meu Pequeno Livro Preto.
por Artur Fantini.

Também não se recordava disto, porém, ao ler aquele título, imediatamente lembrou que tirara o nome do verso de abertura de 'Nobody Home' do Pink Floyd: *"I got a little black book with my poems in"*[5]. Correu até a sala e procurou aquele álbum. 'The Wall'. Localizou a canção na contracapa – terceira música do lado A do disco dois – e pôs para tocar. Enquanto a faixa entrava com gritos e berros longínquos, retornou ao quarto e abriu o

---

5 Eu tenho um pequeno livro preto com os meus poemas. (tradução livre do autor)

livrinho na terceira página. A letra, um pouco tremida, era hesitante. Bem diferente da sua caligrafia atual. Teve a sensação de que estava para ler algo escrito por outra pessoa. Um coração batia no fundo do arranjo da banda. Feito o seu. Sincronia e harmonia. A voz de Roger Waters surgiu sobre os acordes do piano de cauda de Bob Ezrin, um dos produtores daquele álbum. E a estrofe que inspirara o título do seu pequeno livro veio feito um trampolim. Artur mergulhou na saudade de alguém que ele fora num passado remoto.

Você estava distante, caçando o tempo que voa.
A chuva caía fina, e a tarde passava à toa.
Veio pousar na janela, um pequeno passarinho.
O seu nome era desejo e lá mesmo fez seu ninho.
Mas o tempo é instável, e a chuva fina apertou,
ao desmanchar, seu abrigo escorreu feito um amor.
Deitado nesse refúgio das nossas contradições,
o mesmo amor palpitava, ferindo dois corações.
O benefício da dúvida, o mal de toda certeza.
Angústia da serenidade, alegria da tristeza.
Entre tantas ambiguidades, havia uma exatidão.
Aquele amor não cabia em mais do que um coração.
Você olhou nos meus olhos, levantou-se e foi-se embora.
Eu nem olhei pro relógio, já sabia que era a hora.

Artur riu por dentro. Era difícil de acreditar que fora ele que escrevera aquilo. Talvez nem o considerasse, se não estivesse diante de quase um tratado sobre todas as suas separações ao longo da história. Uma fotografia do que experimentara em todas as ocasiões em que fora abandonado. Repetições. Voltas ao redor de si. Um retrato colorido de um mundo em preto e branco. Podia analisá-lo. Lembrar-se de Catarina e de todas aquelas meninas que haviam passado pela sua vida. Rememorar tudo que sentira. Mas não conseguia sentir nada. Releu o poema várias vezes. Analisando linha por linha. Eu era um visionário e não sabia, cogitou com um certo sarcasmo. Achou uma pena que a própria Catarina nunca tivesse lido aquilo. Ela ficaria orgulhosa, imaginou. Respirou fundo e virou a página. Cauteloso. Com medo de ofuscar a boa impressão que a poesia lhe causara. Deu de cara com aquele pequeno colóquio. A última coisa escrita naquele livro. Tomou coragem e leu.

– Só sei que nós nos amamos muito...
– Por que você está usando o verbo no presente? Você ainda me ama?
– Não, eu falei no passado!
– Curioso, não é? É a mesma conjugação.
– Que língua estranha! Quer dizer que nós estamos condenados a amar para sempre?
– E não é o que acontece? Digo, o nosso amor não acaba, o que acaba são as relações...
– Pensar assim me assusta.
– Por quê? Você acha isso ruim?
– É que nessas coisas de amor eu sempre doo demais...
– Você usou o verbo doer ou doar?

– Pois é, também dá no mesmo...

Artur riu novamente. Desta vez para fora. Uma gargalhada. Lembrou-se de que na época não levara aquilo a sério. Era só uma *sacação* em cima de conjugações verbais. Uma brincadeira semântica. Uma pilhéria. Mas aquela coisa sobre o amor não acabar e aquela relação que estabelecera entre doer e doar ti-

Casa vazia

nham lá os seus méritos. Porém todas as páginas em branco que vinham na sequência. Vazias. Davam a entender que, naquele tempo, ele não atingira que havia algo ali. Entretanto havia. Seus pensamentos retrocederam ao telefonema do Jack. Aquela tarefa que recebera de escrever uma letra talvez não fosse tão despropositada assim. Talvez tivesse mesmo a capacidade para fazer aquilo. Afinal, como troçara na ocasião, tivera bons professores. Talvez, caso se esmerasse, pudesse até realizar um bom trabalho. Talvez isso fosse só o efeito da vodca lhe dando coragem. Talvez. O fato é que foi se sentar no sofá da sala com o livrinho no colo e uma caneta na mão. Intrépido. Olhou ao redor. Já era tarde. O silêncio da madrugada parecia materializar-se na luz daquele pequeno abajur. Aquele poema antigo agira feito um convite para uma reunião assombrada. Todas as suas ex-namoradas encontravam-se presentes. Flutuando a sua volta. Para cada uma, uma lembrança. Um pote de ouro de doações perdidas no fim de um arco-íris de dores desvanecidas. Parecia que assistia ao filme de sua vida. Tal qual fosse um espectador de si mesmo. Um ator saindo da cena para se ver. Uma espécie de 'Rosa Púrpura do Cairo'. Lembrou-se do filme de Woody Allen, o clássico embate entre a ficção e a realidade. Naquele momento, não saberia distinguir qual era qual. Continuava sem sentir nada. Armado. De caneta em punho. Olhando para aquela página em branco. Ligeiramente amarelada. Que, estática, ricocheteava o seu olhar. Sentiu-se intimidado. Não sabia o que fazer. Então, quase num arroubo de loucura, decidiu escrever sobre o filme que projetara em torno de si, ou melhor, descrever.

Luz acesa, alta madrugada,
me reúno com fantasmas,
já não sei mais nada.

*Só queria ver seu rosto
surgir na janela,
bruxuleante como à luz de velas.*

*Não foi só dor, nem solidão,
mas teve que ser assim,
e eu descobri que a perda pode ser mãe do perdão.*

*Nada mais importa.
Tudo tem sua hora,
e era a hora de ir embora.
Pra quê machucar seu coração?*

*Nada mais importa.
Vou abrir a porta.
Em algum lugar lá fora,
vou achar amor e diversão.*

*Eu procuro no escuro pensamentos claros.
Vou caindo em armadilhas
que eu mesmo armo.*

*Mesmo assim estou tranquilo,
esperando pelo dia
com as luzes acesas e a casa vazia.*

De repente, levou um susto ao dar-se conta de que chegara ao fim da página. E, do mesmo jeito que iniciara, parou de escrever. A aterradora página em branco agora se encontrava repleta de palavras. Suas palavras. Leu aquelas estrofes em voz alta, contudo, elas não fizeram muito sentido. Os vocábulos apenas

Casa vazia

bailavam na sua frente. A dança das palavras. Ao som do silêncio. No ritmo de uma música que não havia. Eram tão somente um relato. Uma visão. Um surto. No entanto a letra estava lá. Pronta. "A perda pode ser mãe do perdão". O verso ecoava liberdade. Não sabia dizer se a letra era boa ou ruim, se era popular ou mesmo musicável. Não levara nem dez minutos para escrevê-la e isso lhe soava como um claro indício da sua falta de valor. Mas não conseguir formar uma opinião a respeito do que havia recém-escrito era, de alguma maneira, reconfortante. Era como se não tivesse sido ele a registrar aquilo, e sim alguma entidade do além. Uma massa disforme de sabedorias alheias que se apoderara do seu corpo. A qual ignorava. E como diz o ditado, ignorar é uma benção. Outrossim, ditados são frutos dessa inconsciência coletiva. Generalidades à parte, como não tinha um título em mente, repetiu o final do último verso no alto da página: 'Casa Vazia'. Olhou pela janela e, num relance, teve a impressão de ter visto uma sombra passando pelo canto do olho. Os fantasmas se despediam. A escuridão já começava a se dissolver em primeira luz da manhã. O mundo girava. A sua cabeça girava. Os rostos e restos de todas aquelas mulheres giravam dentro dele. Ele precisava dormir. Não possuía mais forças para se levantar. Então ficou deitado ali mesmo. Jogado naquele sofá. E dormiu. Dormiu o cansaço de todas as suas separações que agora também dormiam. Dóceis. Em forma de tinta sobre o papel.

Faixa 03
A torre da canção

Jack Gonzalez ficou mudo por alguns segundos. A perplexidade deslocada no tempo e no espaço. O telefone no ouvido e o futuro nos olhos. O impacto daquelas palavras repercutindo num vendaval de pensamentos e considerações. Acabara de ouvir Artur Fantini recitar 'Casa Vazia'. A letra soava perfeita. Exatamente o que buscava para o novo trabalho e nem sabia. Era clara, fluida e poética. O discurso, o ritmo e o tom certos. Muito melhor do que todo o material que reunira até então. E a rapidez! Fantini escrevera aquilo em um único dia. Teve certeza de que estava diante de algo grande. Já imaginava as próximas, já imaginava o disco, já imaginava...

A voz de Artur trouxe-o de volta à realidade.

– *É tão ruim assim?* – perguntou, inseguro.

– *Ahn!? Ruim!? Como assim!?* – Jack respondeu, surpreso.

– *Ah! Não sei! Você ficou em silêncio. Achei que estava procurando uma forma educada de me dizer que não tinha gostado* – ponderou, com sinceridade.

– *Que é isso!? Fiquei em silêncio por absoluta falta de palavras para dizer o quanto gostei. Ficou perfeita. Meus parabéns* – disparou.

– *Puxa! Você achou mesmo?* – Artur duvidou, incrédulo.

– *Qual é, Fantini? Você está falando sério ou fazendo charme?*

– *Não!! É sério! Não consegui definir se ela tinha ficado boa ou não. Simplesmente não consegui.*

– *Isso acontece com os melhores poetas* – Jack amenizou. – *Fique sabendo que não ficou boa, ficou excelente.*

– *Poeta, não! Sem exageros, Jack* – fez questão de corrigir.

– *Como você quiser, meu amigo. Poeta, escritor, letrista... O que interessa é que você acertou em cheio. Hoje mesmo vou compor uma música para essa letra. E você pode tratar de fazer mais nove dessas. Quero fazer um disco com dez faixas* – intimou.

— Nove!!! Você está louco? Acho que não consigo. Foi pura sorte eu ter escrito uma, e mais sorte ainda você ter gostado. Não me sinto nem um pouco capaz de escrever outra, o que dirá nove. É melhor a gente se contentar com esta. E olhe que já foi demais.

— Não pense nas nove. Faça uma de cada vez. Do mesmo modo que você fez esta. Sem pressa. Quando queremos algo grande, precisamos estabelecer pequenos objetivos. Passo a passo. Siga o mesmo ritual. Essas coisas ajudam no processo criativo — ensinou.

— Então vou ter que beber muito para escrever tudo isso — brincou Artur.

— Então beba, meu chapa!!! Beba muito! — disse Jack, devolvendo a brincadeira.

Artur desligou o telefone. Confuso. Sentira-se desconfortável ao ouvir a palavra poeta associada a si. Soou-lhe como um título honorífico ao qual não se julgava à altura. Uma designação que encerrava uma pompa majestosa demais. Em contrapartida, ele já tinha escrito uma poesia. E uma letra de música. E sido elogiado por isso. Não é o que os poetas fazem? — questionou-se. A verdade é que não se sentia no controle daquilo e, na sua visão, isso desautorizava a sua autoria. Acreditava que não poderia existir um autor sem autoridade sobre sua obra. Era uma contradição em termos. Lembrou-se de quando era criança e ganhara um livro mágico de colorir. O truque era passar um pincel molhado com água para que os desenhos se enchessem de cores. Não achara a menor graça na época. Mesmo sendo só um menino. Sabia que aqueles desenhos perfeitos não traziam nada dele. Era o mesmo lance que experimentara escrevendo. Derramou uma lágrima que secara há tempos e a página se encheu de verbos. Mágica barata. Simples assim. Os elogios não o envaideciam, pelo contrário, tornavam-no um impostor. Por outro lado, sentira-se aliviado ao escrever a respeito de sua separação. Fora

A TORRE DA CANÇÃO

quase um exorcismo. E isso era positivo. Possuía vários demônios à espera de serem exorcizados. Uma legião inteira deles. Pensou outra vez em não se sentir no controle durante o processo criativo. Não sabia o porquê, contudo aquela questão chamara a sua atenção. Feito uma nota desafinada numa sinfonia de reflexões. Considerou que suas dores talvez fossem frutos do fato de querer controlar seus afetos. Filhas do desejo de realizar seus desejos. Todavia era impossível controlar o que sentia e também o que os outros sentiam por ele. Tentar controlar o incontrolável fatalmente o levaria à perda do controle. Um eficiente mecanismo de autodestruição. E o que seria a loucura se não a perda do controle? Então escrever seria a sua loucura? Pressupôs que pisava num terreno lodoso. Num perigoso campo minado. Decidiu ouvir uma música para afastar aquelas ideias sombrias.

A primeira que cogitou foi uma do Leonard Cohen. Estranhou. Não lembrava o nome, porém sabia que era a última faixa de um de seus discos preferidos do bardo canadense, 'I'm Your Man'. O trabalho de procurar pelo álbum no meio de algumas pilhas foi terapêutico. Já deixara de lado as questões sobre o ato de escrever, quando o localizou e leu o nome da composição: 'Tower of Song'. O título era emblemático. Ficou curioso para saber por que aquela música, praticamente uma desconhecida, viera parar na sua cabeça. Com certeza já a escutara diversas vezes, mas nunca como uma protagonista. E, no momento em que a voz grave e inconfundível de Mr. Cohen começou a cantar, teve a sua resposta. Aquelas palavras o acertaram no estômago. Feito um soco. Seco. *"I ache in the places where i used to play, and i'm crazy for love but i'm not coming on"*[6].

---

6 Sinto dor onde me dava prazer, e eu sou louco por amor, mas não consigo me satisfazer. (tradução livre do autor)

Ouviu o restante da música num silêncio contemplativo. Artur adorava aquele disco, mas nunca prestara muita atenção naquela canção específica. Talvez por não ser a sua música favorita daquele álbum, talvez por ser o epílogo de um disco denso. Enfim, aquela falha estava sendo prontamente corrigida. Ele a escutou repetidas vezes. Deliciando-se com a nova descoberta. Leu e releu a letra. E que letra! Uma balada extraordinária, realizou. No fim, chegou à conclusão de que era uma composição sobre a amargura e a solidão do próprio ato de compor. Amargura e solidão. O preço do aluguel para morar na torre da canção, dizia Cohen. Deduziu que o seu lugar estava garantido. Ele já havia pago pelo seu aposento. Adiantado. Para escrever era necessário desprender-se da realidade e, ao mesmo tempo, vestir-se dela. Era necessário ter uma certa sensibilidade e, ao mesmo tempo, ser insensível. Artur Fantini precisara se perder dos seus desejos para decifrar o significado daquilo. Agora, ele sabia. Para escrever não bastava o talento, nem sequer sorte ou ousadia. Para escrever era preciso ter vivido um grande amor. Estava convicto de que chegara a sua vez.

 Meia garrafa de vodca depois, ele estava sentado no sofá com o pequeno livro preto nas mãos. A mesma hora, a mesma luz, a mesma posição, a mesma caneta e o mesmo estado etílico. Criando o seu ritual, como sugerira Jack. Abriu o livro na página de 'Casa Vazia'. Reexaminou a letra. E desta vez gostou do que viu. Não atinou que naquilo havia a influência de o amigo ter gostado. O gosto dos outros. Sempre nele. Incrustado naquelas palavras capturadas. De tantos nomes. De Amandas, Beatrizes e Catarinas. Do abecedário de suas dores. Interrompeu aquelas abstrações. Tinha um trabalho a fazer ali. Virou a página e deparou novamente com outra página em branco. O mesmo medo do vazio. A mesma questão com relação ao que

A TORRE DA CANÇÃO

escrever. O que, pelo menos, já não eram novidades. Num momentâneo lapso de razão, lembrou-se da primeira noite em que estivera na casa de Lorena. A lembrança veio como uma cena. E, assim como fizera antes, ele começou a descrever o roteiro daquele filme imaginário.

Ela te convida para a casa onde ela mora,
um apartamento com a vista da baía.
A noite vai passando, e ela vem trazendo vinho.
A garota é decidida e é isso que te encanta.
Num quadro de cortiça, você vê suas poesias.
Entre fotos e colagens, um cartão com algo escrito.
Você força os seus olhos e tudo que consegue ler é a palavra 'musa'.

Você quer ficar com ela todas noites que ainda restam.
Você confia nela mesmo sem ter um motivo
e percebe que ela agora é a dona do seu mundo.
Você sempre abandona tudo aquilo que não pode controlar.

Eva anda inquieta no jardim do paraíso.
O seu corpo perfeito tem o gosto da virtude.
A serpente agoniza, rodeada de curiosos,
ela sabe que o futuro é uma imagem desfocada.
Adão olha pra Eva feito o mar bate nas pedras.
No auge da viagem, de repente, ele dispara:
a felicidade só existe quando é compartilhada.

Eva quer ficar com ele todas noites que ainda restam.
Sabe que ele lhe daria um pedaço do seu corpo.
A maçã do paraíso tem um gosto conhecido.
Eva sempre abandona tudo aquilo que não pode controlar.

Enquanto ela se veste, você fica observando.
Cada peça que coloca, você gosta do estilo.
Os dois ficam em silêncio, o que soa confortável,
e quando chega a hora de dizer que vai embora.
Ela acende um cigarro, e você entende tudo,
que você sempre foi dela desde quando existe o tempo.
O silêncio é o contrato entre as almas que conseguem se entender.

Ela quer ficar contigo todas noites que ainda restam.
Você confia nela mesmo sem ter um motivo,
mas percebe ela distante mesmo estando ao seu lado.
Ela sempre abandona tudo aquilo que não pode controlar.

    Viu-se em meio a uma paz. Calada. Um vazio tranquilizador que parecia ser a continuação dos versos. E era. Releu o que escrevera. Numa tacada só. Ficou em silêncio. Tomado por um sentimento de abandono. Uma percepção doida e doída. Notou que o manuscrito ocupara duas páginas e meia do seu livro. Desta vez, levara mais de uma hora para concluir o trabalho. Desta vez, algumas rasuras indicavam que ele, de alguma maneira, tentara controlar sua escrita. Em vão. As dúvidas se repetiam. Aquilo prestava? Soava pretensioso? Tudo que conseguiu enxergar é que não estava apenas escrevendo letras, e sim exprimindo a sua relação com Lorena. E foi esse pensamento junto à última palavra da primeira estrofe que lhe trouxeram o título: 'Musa'.

    De súbito, imaginou-a lendo aquilo. Tinha certeza de que ela se identificaria. O que sentiria? Questionaria se ele encerrava o direito de expor algo tão pessoal? Tão deles? Sentiria algum remorso pela dor que lhe causara? Ele riu por dentro ao realizar que estava transformando o fracasso daquele relacionamento em versos que seriam musicados e, depois, vendidos feito sabonetes. Não pôde deixar de experimentar um certo gosto de vingança. A simples reviravolta do destino. Vendeta, esta era a palavra. Certa vez, ouvira alguém dizer que todas as dores causadas pelas mulheres deveriam ser pagas em direitos autorais. Na época, achara aquilo um tanto bobo, todavia agora entendia. Era justo. Aquela dor era sua, faria dela o que bem quisesse. E assim sendo, sanguinário, resolvera esquartejá-la e vendê-la em porções. Sob o epíteto de letras de música.

* * *

Ao ouvir o novo parceiro recitando 'Musa', Jack ficou estupefato. Disse que a ideia era ótima e que adorara aquela analogia com Adão e Eva. Elogiou a profundidade e originalidade de alguns versos, mas fez uma ressalva. Talvez a letra estivesse muito grande. Calculou que a música ficaria com seis ou sete minutos. Extensa demais para uma canção *pop*. Falou também que isso poderia impedir a faixa de tocar nas rádios e dificultaria o interesse nela por parte dos fãs, uma vez que, dificilmente, decorariam tudo aquilo. Sugeriu que talvez fosse o caso de editá-la. Artur imbuiu-se de uma inimaginável bravura e o contestou.

– *Pode mexer se quiser, mas, se você pretende inovar com o novo disco do Sinclair, não pode ter preconceitos nem ficar preso a dogmas. Precisa se arriscar, Jack* – colocou resoluto.

Para reforçar seu ponto de vista, contou que, quando Bob Dylan quis lançar 'Like a Rolling Stone' como um *single*, a gravadora recusou-se a fazê-lo, argumentando que, além de a canção ser muito roqueira para os padrões de Dylan, sua duração, cerca de seis minutos, era muito longa para os padrões do mercado. E o projeto foi engavetado. Contudo, uma *demo* da música caiu nas mãos do dono de um clube noturno que, no mesmo dia, mandou tocar a preciosidade. A sua estreia causou um imenso alvoroço. Tanto que, naquela memorável noite, o *disc jockey* foi impelido a repeti-la diversas vezes seguidas até saciar a plateia. Por coincidência, entre os presentes, encontrava-se o diretor de programação de um grupo de rádios que, no dia seguinte, ligou para a gravadora solicitando o *single*. Então, o compacto simples foi lançado com metade da música em cada lado pois as emissoras ainda estavam receosas de tocá-la por inteiro. Mas o clamor popular forçou-as a voltar atrás e, desta maneira, acabaram tocando a versão integral. O rumo curioso dos fatos é que, por conta disso, alguns *djs* foram obrigados a parar no meio da canção para trocar o lado do disco e tocar o restante. Moral da história: a música quebrou paradigmas e chegou ao topo das paradas, contrariando todas as expectativas do mercado e comprovando que o artista enxergava mais longe do que os executivos. Diante de argumentos tão relevantes, Jack teve que se convencer. Nada como ter um letrista conhecedor da história da música *pop*, pensou.

Gradual e naturalmente, as outras letras foram saindo. Uma a uma. Noite após noite. Garrafa de vodca em garrafa de vodca. Umas quase sem nenhum esforço, vomitadas. Outras causando certa dor, paridas. E, assim, vieram ao mundo 'Muito Pouco Pra Entender', 'Café Paris', 'Sentinela', 'O Próprio Amor', 'Esse Meu Jeito', 'O Amor Nos Faz Crianças', 'Homem Chuva' e 'Furta-Cor' para juntar-se a 'Casa Vazia' e 'Musa'. Eram mais do que simples títulos, eram pedaços do seu coração arrancados a ferro e fogo. Memórias vivas. Desta forma, em apenas um mês, a tarefa, que antes parecia impossível, estava consumada. Dez letras. Artur olhava para o seu pequeno livro preto e mal podia acreditar que tinha escrito tudo aquilo. No entanto escrevera.

Cada etapa do relacionamento com Lorena fora retratada. Poesia e passado de mãos dadas. Jack foi igualmente rápido nas composições. E três meses depois do primeiro telefonema, ou seja, bem antes do planejado, o Sinclair entrava em estúdio para gravar seu novo disco. O processo de gravação durou outros três meses. Durante esse período, Artur retornou à rotina habitual. Sua vida sem graça de casa-trabalho, trabalho-casa. Chegou a esquecer aqueles dias conturbados de dublê de poeta. Quando já se acostumava de novo com o reconfortante torpor da frustração, o disco ficou pronto.

Veio um telefonema de um executivo da gravadora, propondo uma bolada a título de adiantamento pelo contrato de edição das músicas. Tudo acertado. Artur fez rapidamente as contas e constatou que era o equivalente a quase um ano do seu salário. Aquilo foi a deixa para fazer o que queria e deveria ter feito há tempos: abandonar o emprego na firma. O que levou a cabo no dia seguinte. Enfim, um alívio para ambas as partes.

Veio um segundo telefonema, desta vez era o Jack, convidando-o para uma audição privada do novo álbum do Sinclair. Somente ele e a banda. Informou que 'Quinta Essência' seria o nome do disco, uma referência ao fato de ser o quinto trabalho deles e, ao mesmo tempo, o começo de uma nova fase. Além disso, comentou que o resultado da obra superara todas as expectativas do grupo e da gravadora. Um *discaço*. Todos estavam muito animados e confiantes no sucesso da empreitada.

– Bem, agora só falta você ouvir, não é? – terminou dizendo.

Até então, apesar da insistência do amigo, Artur se recusara a escutar as músicas. Dissera que só ouviria quando estivesse tudo pronto. Jack considerara aquilo uma excentricidade, mas respeitara a vontade do parceiro. A verdade é que, por trás daquela postura do letrista, havia uma mistura de medo com insegurança. Um escrúpulo em ver a sua vida emocional materializada naquilo que ele mais amava no mundo, ou seja, em canções.

* * *

Artur Fantini acordou cedo no dia combinado para a visita ao estúdio. Estava agitado. Como se já soubesse que aquele dia seria um divisor de águas na sua vida. Tentou manter a calma e preparar-se emocionalmente o máximo que pôde. Fracassou. Os versos de Caetano Veloso em sua linda 'Oração ao Tempo' pareciam ter fugido do 'Cinema Transcendental' e invadido sua mente. *"Por seres tão inventivo e pareceres contínuo. Tempo, tempo, tempo, tempo. És um dos deuses mais lindos"*, ele cantarolou por diversas vezes. Seguidas. Mesmo assim, o dia passou lento. Que o tempo é relativo. Séculos depois, finalmente chegou ao local. Na hora marcada. Que o tempo é preciso.

Ele jamais estivera num estúdio profissional e ficou impressionado com o que viu. Toda aquela aparelhagem caríssima a sua volta. A mesa de som gigante. Todos aqueles periféricos. Compressores e efeitos. Milhares em dinheiros. Milhares de luzes coloridas e outros milhares de botões. Um ambiente futurista. Parecia ter entrado na cabine de comando de uma nave espacial. O odor característico dos componentes eletrônicos aquecidos pela corrente elétrica espalhava-se pelo recinto. O peculiar aroma dissipado pelos equipamentos novos. O cheiro dos sonhos de todos os músicos. Os membros do Sinclair estavam presentes na sala técnica. Avistou o amigo, cantor e guitarrista da banda, Jack Gonzalez. Acenou timidamente para o parceiro, que retribuiu a saudação. Sentados ao seu lado estavam o tecladista, Carlos Emmer, e o baterista, Pablo Palmieri, os quais conhecia da primeira formação. Embora não tivessem intimidade, também saudaram-no cordialmente. Em pé, atrás deles, o baixista e novo membro do grupo, Luca Lago, a quem foi prontamente apresentado. Todos vieram cumprimentá-lo pelas letras. Foram unânimes em dizer o quanto tinham gostado do seu trabalho e o quanto estavam felizes em tê-lo, agora, como poeta do grupo. Jack tomou a palavra fazendo o convite oficial.

– Bem, Artur. A gente se reuniu e chegou à conclusão de que a sua participação foi fundamental no processo deste disco. Você realizou algo que nenhum de nós seria capaz de realizar. Assim, tanto para garantir que você faça parte dos nossos próximos discos quanto para preencher essa lacuna do grupo, decidimos convidá-lo a ingressar na banda. A partir de hoje, você é o nosso quinto elemento. Isso se você aceitar, é claro – propôs.

Artur tomou um susto. Aquilo lhe pareceu totalmente descabido. Como poderia ser integrante de uma banda de *rock* sem ser músico? Ao mesmo tempo, fazia algum sentido. Intuía que no fundo, soterrado por camadas de sons, fúrias e outras subjetividades, aquele disco era parte da sua história. Mas como aquilo seria posto em prática? Precisava visualizar o panorama antes de dar uma resposta? Conversaram então sobre a possibilidade de ele tocar violão nos *shows*. Sabiam que ele tinha alguma noção do instrumento e disseram que, com um pouco de dedicação e treino, poderia tocar o suficiente para executar as canções de modo satisfatório. Não havia nenhum embuste ou armação naquilo. Era só uma justificativa para o mundo, uma vez que a sua principal função no grupo seria a de letrista.

– Galera, fico lisonjeado e muito tentado com o convite. E o que eu posso dizer é que, se vocês são malucos o suficiente para me fazer uma proposta dessas, tudo que eu posso fazer é ser maluco o suficiente para aceitá-la – acolheu Artur, mesmo sem ter muita certeza do que estava fazendo.

Todos comemoraram e se abraçaram feito num gol. Aquela alegria coletiva fez com que Artur se sentisse estranho. Um intruso dentro do seu próprio corpo. Tal qual estivesse vivendo a vida de outra pessoa. Pressentia um perigo incógnito e sentia-se atraído por ele. Viu-se num pequeno barco. Afastando-se cada vez mais da costa. Arrastado pela correnteza. Não sabia se teria forças para remar de volta, todavia resolveu deixar a corrente levá-lo mar adentro. Afinal, foi do sonho de terras longínquas que se fez a coragem dos grandes navegadores.

 Passadas as congratulações, todos se posicionaram perante a mesa de som. Pablo Palmieri, baterista e 'fornecedor' oficial da turma, acendeu um baseado que rolou de mão em mão. Quando chegou a sua vez, Artur deu uma titubeada. Não fumava *um* desde os tempos da adolescência, porém ponderou que a recusa podia soar mal e decidiu aceitar. Tragou profundamente e segurou a fumaça. Logo experimentou o efeito da droga se espalhando. Envolto num doce torpor. Um retorno à juventude perdida. Olhou ao seu redor e viu-se numa espécie de tribo. Índios interestelares em sua viagem a um planeta desconhecido. A maconha bateu bem, realizou consigo. O ritual sagrado dera início. A trupe comentava entre si sobre lances engraçados que haviam acontecido no decurso das gravações. Piadas internas que não faziam o menor sentido e, por isso mesmo, Artur morria de rir de tudo que falavam. Vieram mais alguns tragos e muitas outras risadas. Ele estava leve. O nervosismo desaparecera por completo. Poderia ficar o resto da noite com aqueles rapazes, rindo daquelas besteiras e tal. Mas alguém lembrou o que estavam fazendo ali. E, desta forma, com todos devidamente calibrados e sintonizados, a audição começou.

 As músicas foram tocando. Uma a uma. E o tocando. As melodias e arranjos davam às letras ênfases até então insuspeitas. Quando um tema chegava ao fim, ele nem tinha a chance de processar tudo o que estava sentindo. Outra canção já vinha em seguida. Uma sequência de ondas gigantes caindo sobre a sua cabeça. Afogando-o dentro de si. O coração palpitando. Um vulcão no seu peito. Querendo entrar em ebulição. Ao terminar de ouvir a última das dez composições, Artur não conseguiu mais disfarçar os seus olhos rasos d'água. Estava emocionado. O disco era lindo. Olhou para os rapazes da banda, que corresponderam com sorrisos. Olhou para Jack Gonzalez, que retribuiu com um terno olhar de agradecimento. Enfim, o vulcão explodiu. Um estouro de nuances e sensações contraditórias. E, diante de tanta força e beleza, Artur não conseguiu impedir que as lágrimas rolassem. E isso fez com que todos o abraçassem. E celebrassem. Mais do que depressa, ele enxugou o rosto. Pois aquelas não eram lágrimas de consternação. Nem de júbilo. Eram lágrimas de saudades. Saudade de tudo que ele havia passado até ali. Saudade de tudo que ainda estava por vir.

Faixa 04
O homem que vendeu o mundo

Semblantes sérios. Olhares compenetrados. O cantor e guitarrista Jack Gonzalez tocava violão, sentado sobre um tapete colorido. O tecladista Carlos Emmer olhava para o ventilador de teto, deitado na cama. O baterista Pablo Palmieri avistava a paisagem, recostado no parapeito da janela. O baixista Luca Lago jogava cartas numa mesa lateral, solitário. E Artur Fantini lia um livro no canto do fundo daquele quarto cenográfico. Um clique...
A foto da banda estampada na capa do LP.
Luzes, câmera e ação. *Flashes* e manchetes. As feras à solta. O circo estava armado.
Sob os holofotes, Artur experimentou a fama repentina. Com a repercussão do lançamento do disco, seu nome foi parar nas páginas das revistas especializadas e dos cadernos culturais dos principais jornais do país. Algumas resenhas carregavam um pouco nas tintas. Chegou a ser chamado de "o novo poeta do *rock*", "a voz da juventude", "o coração selvagem da canção" e outros títulos do gênero. Exageros, a lógica fantasiosa do *marketing*. Havia também outras críticas com tons negativos. Que sempre as há. Essas o acusavam de valer-se de um sentimentalismo barato que beirava a pieguice. Um recurso apelativo para alçar o mediano grupo a uma posição jamais atingida pelos discos anteriores. Os críticos e suas verdades absolutas. Para o bem ou para o mal. Ele ria de ambos os posicionamentos. Dogmatismos à parte, no geral, a receptividade ao novo trabalho da banda tinha sido muito boa. E as suas letras eram a locomotiva que puxava o comboio. Aquele alucinado trem da ilusão.
À medida que o álbum dava os primeiros passos rumo ao topo das paradas, suas poesias eram citadas em matérias e programas. Viajando nas ondas do rádio e da televisão. Os novos compromissos artísticos deixavam-no extremamente atarefado.

Vivia para cima e para baixo numa rotina de ensaios, entrevistas, sessões de fotos e festas de lançamento. Em breve estrearia a tão aguardada turnê do grupo. E a agenda já começava a ficar cheia. Eles não teriam quase nenhum fim de semana livre pelos próximos meses. A banda arregaçava as mangas. Os empresários esfregavam as mãos.

Agora era oficial. Artur Fantini era o novo violonista e letrista do Sinclair. Enquanto se esmerava para fazer jus àquele crédito, treinando por horas a fio no excelente instrumento que Jack lhe dera de presente, um admirável mundo novo de gentes e reconhecimentos abria-se diante de si. Bebidas, drogas e mulheres vinham no pacote. Pode-se dizer que era exaustivo, mas, em compensação, deveras divertido. No entanto, aquela situação toda não chegava a ser uma completa surpresa. Desde o início, Jack o alertara para não se deslumbrar com o que poderia vir.

– *O sucesso é efêmero e mentiroso. A popularidade é só uma consequência do trabalho. Nada além disso. As pessoas acham que alguém fica famoso da noite pro dia. Não fazem ideia do tempo que leva pra essa noite virar dia* – dissera certa vez.

Aquele sermão todo não era necessário. Artur conhecia muitas histórias de ascensão e queda. Artistas que se deixaram levar pelo lado *glamouroso* daquele meio e acabaram por se perder. Queimados na fogueira das vaidades. Tragados pela roda-viva da luxúria. Esmagados nas engrenagens da máquina do entretenimento, cruel moedor de carnes e sonhos. Não havia jeito de acontecer com ele. É certo que nunca esqueceria a primeira vez que escutara a sua música tocando no rádio. Ou a primeira vez que lera elogios a seu respeito num jornal. Foram sem dúvida momentos únicos. Sensações extraordinárias. Indescritíveis. Mas na maioria das vezes vivia tudo à distância. Tal qual um personagem de si mesmo. Não levava nada daquilo muito a sério. Nem a ele próprio. É óbvio que ele já sabia que aconteceria, pressupôs quando e como seria e planejou tudo que diria e tal. Até que o fato realmente se deu. Durante uma daquelas intermináveis entrevistas coletivas, ele avistou Lorena sentada entre os repórteres. De nada adiantou tudo que vislumbrara. Não, a vida não permite ensaios. Na hora em que a viu, seu olhar petrificou e suas mãos ficaram geladas. Fazia quase três anos que não a encontrava, quase três anos que nem sequer ouvira falar dela. Aquela mulher desaparecera feito tivesse se dissolvido no ar. Mas a simples visão daqueles olhos verdes o transportou por dobras temporais e avenidas sensoriais até compartimentos secretos de sua alma. Que sinuosos são os labirintos dos nossos sentimentos. Aqueles cabelos vermelhos e brilhantes tornavam-se, agora, chamas incontroláveis, derretendo o seu coração. Ela parecia diferente. Ele não sabia identificar propriamente no quê. Talvez tivesse engordado um pouco. Talvez a pele e o cabelo estivessem mais bem-tratados. A verdade é que estava mais bonita. E pronto. Uma fruta madura. No ponto.

– E então, senhor Fantini? – um dos jornalistas insistiu, interrompendo suas digressões.

– Perdão. Você pode repetir a pergunta? – Artur solicitou, restabelecendo-se o mais rápido que pôde.

– Indaguei se o senhor não considera que as suas letras são um tanto pretensiosas – reiterou de forma deselegante.

Artur ficou alguns segundos em silêncio. Já se preparava para devolver a agressão gratuita, quando percebeu que era justamente o que o sujeito esperava dele. Decidiu não dar o gosto.

– Sem dúvida que sim. A pretensão é uma das matérias-primas da criação – retrucou irônico.

Fez uma pequena pausa para criar um suspense.

– E digo mais. *Todos aqueles que ousam assumir o próprio talento são pretensiosos. O problema não é esse. A pretensão é livre. O senhor mesmo acabou de usá-la para fazer esta pergunta. Não acha?* – colocou, arrancando risadas dos presentes. Esperou o silêncio e continuou.

– Como eu dizia. *O problema não é ser pretensioso. Isso nós dois somos. O problema é arcar com as consequências de assumir o seu talento. Pagar essa conta. Aí o buraco é mais embaixo. Aí a coisa é para poucos. E este é o motivo de eu estar sentado aqui. Eu pago a minha conta diariamente. E vou confessar: isso é muito mais custoso do que o senhor possa imaginar* – arrematou sob aplausos.

Respondeu a mais duas ou três questões. Desta vez, menos explícitas. E não conseguiu mais dizer nenhuma palavra até o fim da entrevista. Se alguém o interpelava, ele apenas olhava de relance para Jack que, perspicaz, logo se incumbia de dar a resposta. Seu embate, agora, era com Lorena. Tentava evitar a tentação de olhar para ela. Mas isso lhe era impossível. Sentia que ela não tirava os olhos dele. Às vezes, dava uma espiadela rápida só para confirmar, desviando o olhar em seguida. Ao sentir-se notada, ela, imediatamente, volvia na sua direção. Numa brincadeira de gato e rato. Afinal, quando Jack rebateu a última pergunta e deu aquela conferência como terminada, todos foram deixando o recinto. O último repórter se retirou. E ficaram somente os dois. Artur e Lorena. Frente a frente. Sentados. Cada um em seu lugar. Imóveis. Finalmente admitindo a troca de olhares. Se a cena tivesse trilha sonora, com certeza ouvir-se-ia ao fundo 'A Flor e O Espinho', o velho samba de Nelson Cavaquinho. *"Tire o seu sorriso do caminho, que eu quero passar com a minha dor"*, cantaria a voz rouca do boêmio carioca. Mas ali só havia o silêncio. Ensurdecedor. Ela se levantou, foi até ele e lhe deu um abraço apertado.

― *Você é incrível!* ― proferiu ao pé do seu ouvido.

― *Você foi!* ― rebateu Artur, apartando-se.

Então ela o fitou no fundo dos olhos e falou.

― *Perdão se lhe causei alguma mágoa. Eu nunca quis o seu mal! Juro! Entrei nessa crise... enfim, aquele foi um período tão confuso. Eu me sentia no meio de uma encruzilhada. Sem saber aonde ir. E sem saber como lidar com toda aquela situação, com todos aqueles sentimentos contraditórios. Só sabia que precisava me afastar...*

― *Não há o que perdoar* ― cortou. ― *Na verdade, eu que tenho que agradecer. Foi você quem tornou tudo isto possível* ― completou, mostrando com as mãos o ambiente a sua volta.

Ela permaneceu séria.

― *Temos tantos assuntos para conversar...* ― insinuou.

― *Talvez numa outra ocasião, Lorena. Ando bastante ocupado com essa história do lançamento do disco. Quando a agenda acalmar um pouco, a gente marca de tomar um café* ― desconversou educadamente.

― *Não, por favor! É sério! Tem muita coisa que você precisa saber. Que eu preciso contar, explicar...* ― Lorena não conseguiu concluir, atravessada pela assessora de imprensa que acabara de adentrar a sala.

― *Desculpem se estou interrompendo algo importante* ― disse a moça, pressentindo o clima tenso no ar.

― *Não, está tudo bem* ― ambos responderam quase ao mesmo tempo. Recompondo-se.

― *Não queria atrapalhar a conversa. Mas o pessoal já está indo pro carro. Vocês estão atrasados pro ensaio* ― informou, dirigindo-se ao letrista.

Os dois entreolharam-se. Mudos. As palavras já se haviam despedido. Ligeiras. Lorena estendeu-lhe um cartão de visitas, pedindo que ele ligasse na primeira oportunidade. E, naquele embalo, os dois se despediram.

Seus companheiros conversavam animadamente, ao passo que o carro contratado pela gravadora levava o grupo para o estúdio de ensaio. Artur permanecia quieto no banco detrás. Perturbado. Tentava assimilar o encontro que tivera com Lorena. Aquele último olhar que haviam trocado permanecia impresso em seus olhos. Feito tatuagem. Tentava entender como ele podia, após tanto tempo, depois de tudo que ocorrera, ainda ficar balançado por ela. Nos seus planos, ela não existia mais. Isso era certo. Estava morta e enterrada nas suas letras. Exorcizada. Mas sentir o seu perfume e o seu corpo junto ao dele havia despertado algo adormecido. Algo que parecia não pertencer a este mundo. Como se as suas almas estivessem conectadas em algum outro plano. Todavia aquela ideia era esotérica demais para um sujeito pragmático como ele. Não conseguia acreditar naquelas fantasias adolescentes. Talvez aquela instabilidade fosse fruto de ter percebido uma nesga de arrependimento por parte dela. Camuflada naquele elogio. Sim, era isso! Tarde demais, querida. Dessa vez você se deu mal, pensou consigo, satisfeito com o corte que tinha dado. Sim, ele fora rápido em rebater, mas não rápido o suficiente para não ser atingido. Mesmo que à revelia, Lorena regressara a sua vida. Reivindicando o seu posto. O trono de rainha da sua dor.

* * *

Era o ensaio geral do Sinclair. A última reunião antes da nova turnê cujo início estava previsto para a semana seguinte. Alguns parentes, amigos próximos e convidados especiais deliciavam-se com o concerto privado. O cheiro de maconha dominava o ar. O som comia solto. O grupo estava afiado. Artur empenhara-se nos estudos e tocava como nunca imaginara. Nas conversas internas da banda, Luca Lago, o novo baixista, sempre expunha uma curiosa teoria. Ele sustentava que, em se tratando de instrumentos de cordas, podia-se aperfeiçoar facilmente o trabalho da mão esquerda – a digitação, os acordes e tudo mais –, mas o da mão direita era bem mais difícil. Referindo-se às levadas e tal. Afirmava que a pegada e o ritmo já vinham 'de fábrica' e brincava que Artur era sortudo, nascera com uma boa mão direita. Os elogios dos parceiros de banda a sua dedicação o estimulavam. Contudo, lá no fundo, sabia que, mesmo tendo evoluído a olhos vistos, ele não era tão bom instrumentista quanto o restante da turma. Isso o impelia a esforçar-se ainda mais para manter a concentração e não perder as notas e formatos das canções. No entanto, no decorrer dos ensaios, o efeito das drogas não ajudava muito. Não conseguia evitar que a sua mente viajasse feito quando escutava seus discos no sofá de casa. Com frequência, via-se longe. Vagando em lembranças. As suas próprias letras arrancavam-no dali e levavam-no de volta a um lugar antigo e conhecido. Ao bosque da solidão. Onde o seu lar se chamava tristeza. Uma velha construção abandonada pelo tempo. Dominada pelas heras da saudade. Onde o telhado era de vidro.

    A apresentação aproximava-se do final. Enquanto conferia a afinação da guitarra, Jack anunciou o penúltimo número do repertório, revelando que era uma de suas composições prediletas do novo disco, 'Muito Pouco Pra Entender'. Em seguida, a banda atacou.

Tenho muito pouco pra esconder
e acabo sem ter quase nada meu.
Nem é bem assim que acontece,

só não achei alguém que seja como eu.
Pra me ouvir falando dos meus erros
e ainda assim querer me dar a mão,
que entenda esses descaminhos
e esse medo do meu coração.

Tenho muito ainda que aprender,
mas quanto mais aprendo, menos sei.
Já estou cansado de acertar
onde foi que eu errei,
e me ver lançado ao espaço,
de ficar por lá, girando assim,
conhecendo cada lágrima
que vai caindo, fugindo de mim.

Conforme a música prosseguia. Artur foi transportado para o dia em que a sua ex-mulher fora embora. Era tudo ilusão. O tempo não passara. Viu-se diante da cena. A última visão que tivera dela naquele dia fatídico. Lá estava Lorena. Parada perante a porta. Olhando para ele. Um olhar triste. Perdido. Carregado de dor. A dor de seus próprios desejos. O peso daquela dor envergando as realidades. Sentiu outra vez aquela mesma autocomiseração que experimentara na época. Ao vê-la virando-se de costas e saindo. Malas em punho. Deixando para trás a porta fechada e um vazio imenso. Na casa. E nele. Jack continuava a cantar.

Tenho muito ainda por fazer,
mas nada do que eu faço muda minha direção.
Nessa estrada que eu peguei,
em qualquer sentido, estou na contramão,
e o destino sempre é incerto.

Se eu me vejo perto de chegar ao fim,
de repente, volto ao começo
e dou de cara com tudo que passou por mim.
Tenho muitas coisas pra esquecer.
Só não esqueço aquelas que causaram dor.
Eu daria tudo pra afogá-las
nesse mar de perdas que se chama amor,
e se eu sempre volto ao passado
é que o futuro nunca vai chegar,
é que eu quero viver no presente,
mas o presente acabou de passar.

    Sempre que ouvia Jack cantando as suas letras, Artur sentia-se estranho. Parecia que o companheiro de trabalho estava lendo as páginas do livro do seu coração. Preenchendo, com aquela profusão de palavras, o silêncio que Lorena deixara. E os versos surgiam tal qual farpas. Difíceis de digerir. Um embrulho no estômago. Veio um mal-estar súbito. Sentiu pânico. Mas não quis ceder. Respirou fundo. Olhou ao redor. Tudo parecia normal. Suas mãos continuavam a fazer os acordes. Trêmulas. Os outros também tocavam imersos em seus pensamentos. Ninguém se olhava. Aquele som poderoso era o produto de todas aquelas viagens. Um somatório de sonhos, memórias e reflexões. Observou os convidados. Envolvidos. Hipnotizados pela canção. Embriagados de encanto. Que são múltiplas as realidades. E diversas as percepções.
    A música seguia o movimento final.

Falta muito pouco pra entender
que nem tudo tem uma explicação,

*enquanto isso eu procuro alguém
que não me faça procurar em vão.
Será que essa pessoa existe?
Bem que podia ser você!
Algum dia talvez eu descubra,
falta muito pouco pra me entender.*

*Às vezes, eu procuro respostas
como você procura outros olhos agora.
Às vezes, a vida esconde as respostas
como você se esconde dos meus olhos agora.*

Veio o derradeiro acorde. Preciso e intenso. Feito um tiro seco. E, antes que qualquer um dos presentes tivesse alguma reação, Artur começou a gritar. Desesperado. A princípio, os outros acharam engraçado, mas, quando perceberam que o negócio era sério, ficaram assustados. Artur berrava e se debatia com todas as suas forças. Jogou o violão no chão e socou as paredes. Fora de si. Num surto violento de cólera. Tentaram tranquilizá-lo. Aos poucos, foram trazendo-o de volta. A realidade foi surgindo no horizonte. E vindo em ondas. Quebrando aos seus pés. Marolas à beira-mar. Trouxeram um copo de água. Ele foi se acalmando. Uma vergonha enorme tomou o lugar do desespero. Pediu desculpas aos companheiros. Pediu desculpas aos convidados. Amiúde. Não sabia explicar o que tinha acontecido. Algum lance naquela letra. Não notara, até então, a dimensão do que escrevera. Sentiu-se devassado. Completamente descoberto. No seu íntimo. Questionando-se como tivera a ousadia. Agora era tarde demais. Voltou a pedir desculpas. Prometeu que aquilo não se repetiria. Vergonha. Sentia muita vergonha. Vergonha da cena bizarra que protagonizara.

Vergonha de ter-se exposto tanto naquelas palavras. Vergonha do que todas aquelas pessoas deveriam estar pensando dele. Carlos Emmer, o tecladista da banda, passou o braço sobre o seu ombro e o conduziu para fora do estúdio. Para respirar um ar fresco. Ficaram conversando numa área aberta localizada na parte detrás do prédio.

– *Fica calmo, meu camarada. Está tudo bem* – Emmer abriu o papo, acendendo um *cigarrinho* que, estrategicamente, levara consigo.

– *Já estou calmo. Só estou envergonhado* – declarou.

– *Envergonhado com o quê?* – perguntou, dando uma longa baforada.

– *Com o quê!?!* – respondeu Artur, apontando na direção do estúdio.

– *Imagina, Artur. Todo mundo ali é de casa. Relaxa. Está tudo certo. É claro que a turma vai entender* – colocou, oferecendo, em seguida, um *pega* do baseado.

– *Não sei se é uma boa ideia fumar agora. Depois de tudo isso* – hesitou.

– *Vamos lá, rapaz. Agora é o momento perfeito. Você está precisando de um colo. Mesmo que seja um colo da mãe natureza* – argumentou, rindo e fazendo o sinal de paz e amor com os dedos.

Artur cedeu. Deu um trago profundo e soltou a fumaça de uma vez só. Feito quem disfarça um suspiro. Os braços da mãe terra o envolveram. Cálidos. Um alívio imediato. Carlos Emmer tinha razão. Vez em quando, todos precisamos de um colo. Um lenitivo que suavize a nossa angústia. Ele mergulhou no rio dos seus sentimentos. Nadando até o lago da sua alma. Onde a criança dentro dele adormecia. Aninhada. Embalada no colo de si. Afinal, até as crianças sabem que o colo é o melhor abrigo contra o medo. E realmente há diversos tipos de colo. Físicos.

Afetivos. E até químicos. Talvez isso explique o sucesso que o álcool e as drogas fazem no nosso planeta.

– Então, está se sentindo melhor?

– Sim, amigo. Obrigado – Artur agradeceu. – Mas não foi só isso – continuou. – Acho que passei do meu limite. Eu me expus demais nas letras deste disco – clarificou, demonstrando arrependimento.

– Pois fique sabendo que muita gente vai se reconhecer nelas, meu velho – disse o tecladista. – Eu mesmo levei uma porrada na primeira vez que ouvi 'Muito Pouco Pra Entender'. Ela é forte demais. Inclusive comentamos sobre isso, quando estávamos gravando esta faixa – confidenciou em seguida.

Aquela confissão mexeu com Artur.

– Você se identificou com ela? Como assim? Esta letra é 'tão eu'! – indagou.

– 'Tão eu' também – respondeu rindo. – E saiba que eu me vi um pouco em cada uma das suas letras. Talvez seja isso, quanto mais fundo mergulhamos em nós, mais penetramos no íntimo das outras pessoas. Deve haver este local dentro da gente que nos conecta. Onde somos todos parecidos. Alguma coisa assim. E você consegue chegar lá na hora de escrever, por isso escreve tão bem. Acredito que este seja o motivo de estarem falando tanto do seu trabalho por aí – concluiu.

Quanto mais pessoal é o que se escreve, mais genérico aquilo se torna, Artur resumiu consigo. Parecia tão contraditório. Todavia fazia sentido. Nunca havia pensado naquilo sob aquele viés. No entanto, era o mesmo princípio pelo qual se identificava com todas aquelas canções de seus artistas prediletos. Milhares e milhares de músicas que, por diversas vezes, transportaram-no para locais que ele nem supunha existir. Eram as músicas estas antenas. Captando o sinal deste misterioso universo do imaginário popular. Onde experiências, amores e existências alheias se misturavam, criando uma espécie de mágico caldo

sensorial. Um mar de perdas, oceano por onde ele sempre navegou, águas de onde emergiram as suas próprias letras.
Artur deu um abraço no companheiro.
– Obrigado, Carlos. *Pelas palavras, pela compreensão. Por tudo. Você foi muito legal. Acho que vou pra casa descansar um pouco. O meu dia foi muito intenso. Avise à trupe que precisei ir embora. Diga a eles que eu deixei um abraço, mas estava sem graça de entrar lá para me despedir e tal* – agradeceu, recebendo, em seguida, o apoio do amigo.

Artur não voltou ao estúdio sequer para pegar seu instrumento. Naquele momento, ele não apresentava condições psicológicas para encarar a banda e os convidados. Foi direto para o seu cafofo. Durante o trajeto, um tema começou a tocar na vitrola da sua cabeça. Insistente. Logo que entrou no apartamento, correu para colocar o *long-play* no toca-discos. Procurou exaustivamente. Porém não conseguiu localizá-lo. A canção continuava rodando na sua imaginação. Era a faixa-título de um dos primeiros discos do Bowie, 'The Man Who Sold The World'. Podia jurar que tinha aquele álbum. Lembrou-se inclusive da última vez que o escutara. Uma noite na qual Lorena lhe esclarecera que aquela capa, com o cantor andrógino deitado num sofá, usando um vestido, só havia sido lançada na versão inglesa. Continuou procurando por todos os lados. E nada. Finalmente, realizou que jamais o encontraria pois aquele disco não lhe pertencia. Era dela. Ficou frustrado. Um filho deserdado, ou melhor, um marido. Pois, às vezes, vão-se os anéis e levam consigo os dedos.

O ataque que tivera no estúdio continuava ecoando. Não se lembrava de ter tido uma reação tão dramática em toda sua vida. Era como se ele não fosse mais a mesma pessoa. Um ator perdido em cena. Dividido. Um confronto de identidades. Fragmentadas. Aquela história de banda. Aquele processo de escrever. Tudo aquilo o havia arremessado longe. Suspenso no espaço. Um mergulho no âmago do seu ser. E ele não sabia mais quem era. Ele se distanciara dos seus desejos. E ficara à deriva. Sem direção. Em todos os sentidos. Um cão sem dono e sem destino. Vagando. Porquanto são os desejos que comandam a vida. Um outro Artur se aproveitara da situação e ocupara o seu lugar. Uma metamorfose de si mesmo. Um outro Artur que agora vestia o seu corpo e o seu sorriso. Contudo esse não era um bandoleiro qualquer. Esse novo 'eu' lhe dava os braços. Um fiel companheiro. E ficavam todos desorientados. Imersos naquele caos. Feito um carro desgovernado, atravessando o deserto. Ele ao volante. Desanimado. Que viver é desejar profundo. E disso não sabia mais. Sentiu um calor subindo pelo corpo. Irradiando. Foi até o banheiro e jogou um pouco d'água na cara. O refrão da canção do Bowie continuava no seu pensamento. Em loop. *"I thought you died alone, a long long time ago. Oh no, not me, we never lost control. You're face to face with the man who sold the world"*[7]. Artur enxugou o rosto e mirou sua imagem no espelho. O cristal refletiu um vulto. Sim, havia uma pessoa ali. Mas ele não se reconheceu.

---

[7] Eu achei que você tinha morrido há muito tempo. Sozinho. – Mas não! Eu não! Nós nunca perdemos o controle. Você está cara a cara com o homem que vendeu o mundo. (tradução livre do autor)

Faixa 05
Algum dia na sua vida...

Caía o fim de tarde feito uma chuva de verão. Refrescando um dia quente e agitado. De encontros e desencontros. De arroubos e sobressaltos. Na vitrola, Chico Buarque cantava 'Futuros Amantes'. *"Não se afobe, não, que nada é pra já. O amor não tem pressa. Ele pode esperar em silêncio. Num fundo de armário. Na posta-restante. Milênios. Milênios no ar"*, poetizava o compositor. Artur suspirou. Profundamente. Sentou-se na poltrona ao lado da mesinha do telefone. Segurava um pequeno cartão de visitas em uma das mãos. Olhou para aquele pedaço de papel. Leu e releu o número que estava escrito. Como se quisesse memorizá-lo. Olhou para o aparelho. Imaginou o que viria em seguida. Ficou desanimado. Olhou novamente para o número. Receoso. Indeciso. Algo dizendo que sim. Algo gritando que não. Olhou mais uma vez para o aparelho. E, diante de tamanha dúvida, sua coragem diluiu-se em inércia. Pôs o cartão sobre a mesa. Outro dia, pensou. Outro dia...

Naquele mesmo instante. Numa outra residência. Num outro bairro da cidade. Um outro aparelho de telefone descansava sobre um pequeno criado-mudo. Mudo. Observando sonolento uma menina ruiva que brincava pelo chão da sala com pequenos cubos de montar. Em silêncio. Silêncio até demais para uma criança de dois anos. A babá, acostumada com aquela tranquilidade, aproveitava para fazer as unhas. Displicente. A televisão exibia um desenho animado e colorido. Ignorado por ambas. Na estante ao lado da TV, diversos livros e discos repousavam organizados. Dividindo pacificamente o espaço com alguns objetos decorativos. Entre esses, um belíssimo vaso *murano* azul. Nesse, duas gérberas vermelhas que derramavam as suas sombras sobre um porta-retratos. Nesse, a foto de um casal abraçado. Nessa, eles sorriam. Felizes.

Lorena entrou no apartamento com um ar sério. Ao ouvir o barulho da porta fechando, a pequena Clarice largou a brincadeira para trás e saiu correndo. Gritando para saudar a mãe. Ao vê-la, Lorena sorriu. Pegou-a no colo e deu-lhe um abraço apertado. Ficaram girando pela sala numa divertida valsa calada. As duas gargalhavam vertigens. Ela pôs a menina no chão e levantou, ajeitando o vestido. A criança rapidamente voltou a se distrair com os seus brinquedos e fantasias. Em seguida, a babá passou a reportar os acontecimentos do lar no decurso da ausência da patroa. Pura rotina. Lorena apoiou-se na estante, enquanto ouvia o enfadonho relato. Reparou que as flores já começavam a murchar. Precisava trocá-las. Foi quando seus olhos bateram naquela foto. Ela e Artur. Uma fotografia tirada na última viagem que haviam feito juntos. Ela adorava aquele retrato. Aqueles sorrisos costumavam deixá-la alegre, no entanto, naquele momento, simplesmente apagaram o seu. Ela estivera com ele naquela manhã, durante a entrevista coletiva. Como tinha mudado! Como estava bem, refletiu. Mais bonito. Um jeito desalinhado que transparecia uma certa fragilidade, dando-lhe um charme todo especial. Um ar de poeta. Irresistível. Presumiu que as outras garotas deviam estar fazendo fila na sua cama. Preferiu não pensar nisso.

 A babá continuava o seu prolixo discurso que, agora, entrava no eletrizante capítulo das necessidades da dispensa. Lorena permanecia calada. Dispersa. Presente ali, fisicamente, mas seu espírito permanecia na sala de imprensa da gravadora. Abraçada ao Artur. Aquele deslocamento da realidade ecoando em um passado remoto. Realimentando nostalgias. Lembrou-se de quando recebera o resultado positivo do teste de gravidez. Apesar da lonjura que a separava daquele dia, podia visualizar cada detalhe, como se estivesse acontecendo naquele exato momento. Interrompeu a babá, dizendo que precisava trabalhar. Trancou-se no escritório, sentou-se à escrivaninha e entrou outra vez naquela máquina do tempo. Viajando nas asas das lembranças.

Viu-se adentrando a casa com o envelope do exame guardado na bolsa. Entrando no banheiro e fechando a porta. Abrindo o registro do chuveiro e posicionando-se debaixo da ducha. Naquele banho, no entanto, ela não se lavou. Ficou ali parada. Deixando a água escorrer pelo seu corpo. Rememorou toda a dúvida que vivenciara na ocasião. O conflito entre a razão e a emoção. O seu cérebro apontando suas poderosas armas contra o delicado jardim de flores do seu coração. A sua intuição mandava-a correr para o quarto e abraçar o marido, contando-lhe a novidade, mas a razão gritava o contrário. Ela não podia ter aquele filho. Não estava preparada para aquilo. Havia a carreira. Na qual começava a fazer o nome graças aos seus esforços e abdicações. Havia o Artur. Em quem não sentia a solidez necessária para dar tão importante passo. Havia o casamento. No qual andava sufocada pela mesmice da vida a dois. Ela sentia que envelhecia um ano a cada dia, que caminhava a olhos vistos para se tornar tudo que sempre repudiara na sua juventude rebelde: a parte fundamental do núcleo da família burguesa. E, ao sair daquele *box*, estava partida.

Perdida.

Ela desatinou. Aquela batalha interna durou quase um mês. Dia após dia. Uma guerra na qual os mortos eram sempre ela. Todos. E quanto mais amadurecia as ideias, mais o conflito se acentuava. O presente vinha embrulhado no amor e carinho que sentia por Artur, entretanto a projeção do futuro era distorcida e fora de foco. E o tempo não a esperava. Não, o tempo não espera ninguém. Apenas segue a sua trajetória infinita. Um trem sem paradas. Um bonde sobre um trilho feito de luz. Ela não sabia o que fazer com relação à vida que se formava em seu ventre; não obstante, chegou a um veredito. Sem nenhuma culpa. Que esta pertence aos que têm certezas. Sem nenhuma certeza. Que esta pertence aos loucos. E foi desta maneira que chamou Artur para a fatídica conversa. Anunciou a sua decisão de se separar e, paralelamente, em segredo, resolveu dar um fim àquela gravidez indesejada. Foi a decisão mais difícil que tomou em toda sua existência. Afinal, escolher é um sinônimo de perder. E disso ninguém está livre. Mas uma pequena contingência mudou o traçado da sua resolução. Um olhar. Um olhar de uma menina. Um olhar de uma menina que saía do consultório. Um olhar de uma menina que saía do consultório, enquanto Lorena aguardava a sua vez. Um olhar de uma menina que saía do consultório, enquanto Lorena aguardava a sua vez na sala de espera da clínica de aborto. Se o dicionário utilizasse imagens para traduzir os significados das palavras, aquele olhar estaria vinculado ao verbete arrependimento. Uma menina que devia ter no máximo dezesseis anos. Sem a capacidade emocional nem a vivência suficientes para assimilar o processo pelo qual acabara de passar. Mas que sentira na própria carne o que significava arrepender-se. E o seu corpo anunciava isso para o mundo. Através dos olhos. Através do olhar. Lorena ficou sensibilizada. Ela é tão novinha, pensou com os seus botões. Chamaram-na logo em seguida. Chegara a sua vez. No entanto, não conseguiu ir adiante. Contrariando a própria vontade, levantou-se e tomou a direção da saída. Não planejou nada. Arrumou as malas e deu alguns telefonemas pontuais, organizando a mudança. Cogitou ligar para Artur. Mas não o fez. Não queria dividir nada daquilo com ele. Talvez por ter perdido o momento certo. Talvez por medo ou intuição. Talvez por culpá-lo. A verdade é que as crises existenciais apresentam-se com as mais diversas máscaras. E a realidade era que não queria ser mãe, mas seria. Tudo mais eram os restos desta confusão. Assim, pouco tempo depois, com a vista ainda enevoada de dúvidas, ela estava acomodada na poltrona de um ônibus. Cortando a estrada. Rumo ao seu antigo lar. Rumo à casa de Dona Teresinha, a sua mãe. E viajou o resto da noite e parte da manhã seguinte. E não olhou para trás. Nunca.

* * *

A gravidez era a desculpa perfeita para reaproximar mãe e filha. O relacionamento entre as duas ficara abalado desde que Lorena saíra de casa e resolvera tomar as rédeas de sua vida. Naqueles últimos anos, a comunicação não passara de algumas ligações em datas festivas e só. Deveres e obrigações. Ambas sentiam muito a falta uma da outra. Mas nenhuma delas dava o braço a torcer. Orgulhosas. Agora, contudo, aquele afastamento viria a calhar. Dona Teresinha mal sabia sobre o seu relacionamento com Artur. Para se ter uma noção, Lorena nunca mencionara que eles moravam juntos. O que tornava mais fácil convencê-la da história que arquitetara. Pois, do mesmo modo que não quis revelar ao ex-marido, decidiu que não contaria a ninguém a respeito do paradeiro do pai daquela criança. Ninguém. Diria a todos que fizera uma inseminação artificial. Esta seria a versão oficial. E se houve algum outro motivo por trás daquela decisão, não se saberá jamais. Que não há quem atinja os meandros das veleidades de uma mulher. Nem mesmo elas.

A vida pacata de cidade do interior lhe fez bem. O ar puro e a simplicidade. O conforto e o apoio da família. A lua regendo a sua gestação. Prateando as prosas na varanda. A comida saudável e farta regando as conversas na mesa de jantar. Lentamente, ela foi desacelerando. Permanecia trabalhando à distância, escrevendo matérias cada vez mais esporádicas para jornais e revistas, mas isso ficara em segundo plano. Dormia cedo e acordava com os galos cantando. Os dias pareciam mais longos. E as noites pareciam mais claras. Incentivada por Dona Teresinha, passou a fazer extensas caminhadas. Que conselho de mãe não se ignora, se segue. Ela andava por mais de uma hora. Todos os dias. Não planejava o trajeto. Apenas andava. Ia e depois voltava. Para cá e para lá. Por aqui e por ali. Era um momento só seu. Consigo. Andar era um movimento mecânico que lhe possibilitava manter o contato com a terra e, ao mesmo tempo, deixava a cabeça livre para divagar. Era como chegar até as nuvens com os pés no chão. Aquela atividade passou a ser sua terapia. Organizava suas ideias, acalmava seu espírito e exercitava seu corpo. E esse foi se transformando. A barriga e os seios crescendo. As pernas inchando. O rosto engordando. A princípio, aquilo mexeu com a sua vaidade, entretanto todos juravam que ela estava mais bonita do que nunca. Embora não se convencesse daquilo, passou a aceitar e, mais do que isso, começou a curtir a gravidez. Compreendeu que sentir uma vida sendo gerada dentro dela era único. Era fantástico. O maior mistério da natureza. A resposta que todos os filósofos buscavam para as suas questões mais densas. No seu mais pleno sentido, era simplesmente ser.

    Durante as caminhadas, Lorena meditava sobre a vida. Nos rumos que tomara ao longo dos anos. Suas escolhas. Suas perdas. Suas reparações. Aos poucos, foi elaborando que havia um padrão nas suas atitudes. Um moto-contínuo de recorrências. O mito do eterno retorno. Feito a história de um filme que se repetia. Ela podia mudar os cenários e as locações, contratar novos atores coadjuvantes e tudo, mas o roteiro mantinha-se o mesmo. Idealizou que era como se ela fosse pega por um

ALGUM DIA NA SUA VIDA...

redemoinho. E se visse rodando. Rodando e passando diversas vezes pelo mesmo ponto. No fim, sempre acabava tragada pela força da sucção. Então morria. Então renascia. Todavia nunca se libertava. Um novo redemoinho aparecia. E ela começava a girar de novo. Uma escrava dos seus desejos, diriam inexoráveis psicanalistas. Atire a primeira pedra quem não o for.

Em certa ocasião, cruzou com um casal descendo a rua. Discutindo. Parecia ser apenas mais uma daquelas brigas corriqueiras do tipo 'você fez isso e você fez aquilo'. E era. Sentiu-se aliviada por não ter mais que passar por aquele tipo de situação desgastante. Neste dia, porém, não conseguiu parar de pensar na sua separação. Era certo que ela se sentia bem por estar sozinha. Muito bem, por sinal. Mas era certo também que sentia falta de Artur, de compartilhar a sua gestação com ele e tal. Uma contradição irracional. Uma espécie de culpa. A verdade é que o amparo da família não supria o apoio paterno. Aquele lance de macho mesmo. Provedor. Imaginou o que ele sentiria se soubesse que seria pai e concluiu que não podia privá-lo daquele direito. Decidiu, então, que contaria a ele na oportunidade certa, mas, até lá, manteria o sigilo.

Assim. Passo a passo. De passeio em passeio. As peças foram se encaixando. As nuvens se dissipando e o céu clareando. Ela foi entendendo que, por mais que parecesse tomar suas decisões, na verdade, nunca tivera escolha. Fez o que podia fazer. Da melhor forma que conseguiu. Não, não havia razão para arrependimentos. Porque a experiência é apenas um nome que damos aos nossos erros depois que os cometemos. E todos nós precisamos perder para descobrir o que perdemos.

Os meses se seguiram. Na velocidade com que a vida se faz. Caminhava pelo sétimo mês da gravidez. Caminhando. Era uma manhã feito outra qualquer. Ela saiu para andar, como fazia todos os dias. Certa hora, passou por um terreno baldio. O local encontrava-se coberto de mato e lixo. Exalava um odor fétido. Sentiu-se enjoada. Quis distanciar-se o mais rápido possível daquele cheiro desagradável. À medida que se afastava, lembrou-se de quando era criança. Da época em que existia ali um pequeno parque de diversões. Era um parque tosco, rememorou rindo. Desses de interior. Sem grandes brinquedos ou atrações. Não importava. Em seu imaginário infantil, era o melhor ponto da cidade. E nele havia um carrossel. O seu brinquedo preferido. Já ensaiava o desgosto pelo impiedoso fim que o parque tivera, quando, de repente, teve um *insight*. O redemoinho e o carrossel eram a mesma coisa. Ambos a deixavam girando sem sair do lugar. Num sonho encapsulado. Num círculo fechado. Num anseio contínuo. Contido. O mesmo. E o mesmo. A abstração abrira uma dobra temporal, e ela retrocedia a um dia na sua infância. Naquele parque. Viu a imagem do seu falecido pai. Aguardando-a do lado de fora do brinquedo, pacientemente, enquanto ela rodava, flutuando em sonhos ingênuos. Ele aparecia diferente a cada volta. Uma hora sorrindo, noutra reflexivo. Uma hora acenando, noutra conversando com alguém. Numa das voltas ele não estava mais lá. A ausência e o medo. Na volta seguinte, ele reapareceu com um saco de pipocas. Oferecendo a ela. Lembrou-se da felicidade que experimentou. A felicidade dos reencontros. E o *insight* desdobrava-se. Num *origami* de devaneios.

 O carrossel era feito uma máquina do tempo que sempre a levava de volta ao mesmo ponto. Essa espécie de lugar mágico no qual se sabia amada. Talvez fosse isto. O mundo era um grande carrossel. Cheio de música e luzes coloridas. Girando. Girando. E a vida eram as voltas que dávamos nele. A graça da brincadeira não era olhar para dentro, e sim para fora. Era ver as coisas mudando ao redor. A cada rotação. Mesmo que estivesse condenada a girar para sempre no redemoinho das suas escolhas, precisava manter-se na borda. Mesmo que passasse inúmeras vezes pelo mesmo ponto, precisava notar as novidades que se apresentavam no entorno. Perceber o novo que há no mesmo. O 'novo olhar' tomando o posto do 'olhar de novo'. Desvanecendo-o. Tal qual aquela imagem do seu pai que se despedia de suas fantasias. Seus olhos encheram-se de lágrimas. Que disto são feitas as lições. Pequenas gotas no oceano da sabedoria. Ela retornara à realidade. Agora era a vez de seguir com sua vida. E assim o fez. Naquele mesmo dia, regressou para sua cidade, para seu novo apartamento, para seu novo cotidiano. E continuou girando no seu redemoinho. E continuou sonhando no seu carrossel.

* * *

Clarice nasceu numa noite de lua cheia. Como haviam combinado previamente, Dona Teresinha foi passar uma temporada com a filha. Para ajudar com a criança e tudo. E contra todas as crenças e expectativas, Lorena revelou-se uma ótima mãe. Visto que a maternidade não se pensa nem se explica, apenas se sente e se realiza. Uma alucinação de eventos reais. E aquele pequeno ser indefeso, demandante e desejoso despertou nela sentimentos desconhecidos até então. Um mês e meio depois, a mãe precisou partir. Voltar para suas coisas. Retomar o dia a dia. Prontificou-se, no entanto, a continuar colaborando. Contratou uma babá e ficou responsável pelo pagamento do salário dessa. A princípio, Lorena disse que aquilo não seria necessário. Ela preferia cuidar da criança sozinha e tal. Puro orgulho. Sua mãe insistiu tanto que ela concordou em fazer uma experiência. Desta forma, confrontada com a realidade de ser uma mãe solteira, não demorou a constatar que Dona Teresinha sabia o que estava fazendo. E ficou feliz por ter aceitado aquela generosa oferta. Agradecida. De coração.

Foram seis meses amamentando. Seis meses de novos acontecimentos diários. Seis meses sem dormir direito. Ela nunca imaginara que ter um filho poderia ser uma aventura tão radical. Gradativamente, porém, foi voltando a ensaiar aquela vontade de se sentir desejada. As voltas do redemoinho. Soube de uma vaga no caderno cultural de um pequeno jornal. Mandou o currículo e uma pequena compilação de textos publicados. E foi convocada para uma entrevista.

Passou seu batom vermelho, há quanto tempo que não se pintava! Passou seu vestido verde com bolas brancas, parecia mais jovem nele. Passou seu perfume preferido e se sentiu confiante. Porque flor colorida e perfumosa todo mundo quer cheirar. Conseguiu o emprego. Acreditava que, sendo a responsável por aquele serzinho, deveria ter uma fonte de renda mais sólida e constante. Não era lá um grande salário. Mas receberia todo começo de mês. De quebra, poderia ganhar um dinheiro extra, escrevendo alguns *releases*, prestando assessorias e coisas do gênero. Era o suficiente.

Ainda havia uma lacuna a ser preenchida. A obrigação de contar para Artur sobre sua filha. Não sabia decifrar o enigma de não tê-lo feito até então. Talvez não houvesse um motivo. Ou fossem vários. Se tentava encontrar uma resposta, sentia que os eventos foram meramente acontecendo. No início, logo na descoberta da gravidez, estava assustada demais para dividir tudo aquilo. Dominada pela crise, não queria correr o risco de ele a dissuadir com relação à decisão de fazer o aborto. Sabia que ele seria radicalmente contra. Não falou. No decorrer da gravidez, enquanto morava na casa da mãe, no começo, estava muito autocentrada para se preocupar com isto e, em seguida, achou que seria muito frio e contraproducente contar pelo telefone. Não ligou. Quando voltou para casa com aquele barrigão quase explodindo, não se sentiu com forças para enfrentar o desgaste emocional que aquela conversa decerto causaria. Enfim, a Clarice nasceu e veio aquela turbulência toda de demandas. E assim, sem se dar conta, foi deixando para depois. E acostumando-se com isso. E o depois nunca virou agora. Pois o futuro está sempre à frente e, por mais que caminhemos em sua direção, nunca o alcançaremos. Sim, o passo que nos aproxima é o mesmo que nos afasta. Desse modo, quanto mais o tempo passava, mais difícil se tornava a tarefa; e quanto mais difícil se tornava a tarefa, mais o tempo passava.

    Um dia, viu-se pelas vizinhanças de onde moravam. Imaginou se Artur teria se mudado ou se continuava morando por ali. Resolveu descobrir. Num ímpeto de ousadia, ligou, da rua mesmo, para o seu velho número. Surpreendeu-se que ainda o sabia de cor. Ficou muda ao ouvir a voz do ex-marido respondendo do outro lado da linha. E, após escutar repetidos e insistentes *"alôs e quem está falando?"*, desligou o telefone na cara dele. Atônita. Andou até o bar da esquina e tomou um suco de maracujá para acalmar os nervos. Respirou profundamente, desatou os nós do medo e retornou. Desta vez não quis ligar. Foi direto ao apartamento. Entrou pelo portão de grade do prédio que, a despeito das constantes reclamações da síndica, sempre estivera aberto. Subiu pelas escadas e chegou ao corredor do segundo andar. Ao aproximar-se da porta de entrada, ouviu uma música que vinha de dentro da residência.

    A jornalista musical identificou de imediato: 'One Day In Your Life', do Michael Jackson. Ela se aproximou até quase encostar o ouvido contra a porta. E ficou ali parada. Feito uma espiã. Deliciando-se naquela melodia linda. Naquela voz de um adolescente que já trazia a carga sentimental de um ancião. Uma canção triste. Triste de tanta beleza. Michael continuava cantando. *"One day in your life, when you find that you're always waiting for a love we used to share"*[8]. Ao ouvir aqueles versos, Lorena teve certeza de que Artur jamais a perdoaria. Ela quase podia ver a mágoa que causara. Como se essa se materializasse na sua frente. Um coração partido. Sangrando. Um monumento arquitetônico esculpido em carne. Um obelisco erguido em homenagem à dor de cotovelo. E defronte daquela escultura fantasmagórica, compreendeu que, apesar de tanto tempo já ter passado, ele ainda não superara a dor da separação. Desta maneira, concluiu que, ao menos naquele momento, não poderia lhe contar sobre a criança. Estava convicta de que ele a odiaria. E isso não era o pior. Pressupôs que odiaria Clarice também. Talvez nem quisesse vir a conhecê-la. Ela não podia se arriscar. Se fosse só com ela, tudo bem, mas não tinha o direito de fazer aquilo com a própria filha. Afastou-se da porta, então. Olhou para a campainha mais uma vez. Mas nunca a tocou. A canção continuou tocando. Lá dentro. Mas nunca chegou ao fim.

* * *

Lorena viu que horas eram. Estava sentada à mesa do escritório havia cinco minutos. Olhando para o nada. Vagueando. Inebriada por todas aquelas lembranças. Anos de sua vida tinham acabado de passar na tela da sua imaginação. Voando. Diante de si a folha de papel em branco. Tal qual o silêncio que

---

[8] Algum dia na sua vida, quando você perceber que continua esperando pelo amor que nós compartilhávamos. (tradução livre do autor)

precede o iminente estrondo. Lembrando que ela precisava escrever a matéria a respeito do novo álbum do Sinclair. Urgente. Sem mais evasivas. Foi se restituindo. Procurou dentro da bolsa o caderno de anotações. Garranchos que rabiscara durante a entrevista coletiva e que só ela poderia interpretar. Percebeu o bosquejo de um coração sobre uma citação de Artur expondo que não entendia aquele tratamento majestoso que lhe concediam. "A poesia pertence à sarjeta, e não aos tronos", afirmava. Não seria fácil escrever aquela crítica. Botou o disco da banda para tocar na vitrola e resolveu ler o encarte para se inspirar. Passou os olhos nas letras de forma aleatória. A primeira que avistou chamava-se Café Paris. Ao ler o título, não pôde deixar de associá-lo a um trabalho de um de seus fotógrafos prediletos, Henri Cartier-Bresson. Tratava-se de uma fotografia intitulada 'Brasserie Lipp', na qual se avistava uma jovem, com o rosto encoberto pelos cabelos, sentada à mesa na varanda de um café parisiense. Ela trajava um curtíssimo vestido branco. Chique e sensual. A moça parecia alheia ao mundo, concentrada apenas na leitura de seu jornal, enquanto comia um *croissant* ou algo assim. Era observada, ao fundo, por uma senhora idosa, que lhe lançava um olhar penetrante, exprimindo um misto de reprovação e inveja. Lembrou que eles tinham um pôster daquela foto pendurado na parede da sala. Imaginou se Artur teria se inspirado na fotografia. Mesmo que inconscientemente. Um broto de saudade surgiu na planície das suas fantasias. Ela o cortou de imediato. Voltou-se ao poema e o leu mentalmente. Feito fosse uma récita.

Já é tarde pra lembrar que o tempo não volta atrás.
A estrela que agora brilha talvez nem exista mais.
Aos sonhos cabe juntar tudo que foi esquecido,
ao largo dessa avenida, o que poderia ter sido.

*Seu olhar já não traz o fogo que incendiava os dias
e ficam as cinzas nos cantos de intermináveis noites frias.
Ainda que haja vontade, vontades são impacientes.
Nós fomos pelo mesmo caminho, pra lugares diferentes.*

Au revoir, mon amour.

*E ficamos a sós, lado a lado. Cada um com a sua culpa
que o amor tem o seu fardo e sua dose de cicuta.
Não se percebe a verdade até que se deixa o cortejo,
diziam que o rei estava nu, mas ele vestia um desejo.*

Au revoir, mon amour.

Lorena suspirou. Enxugou uma quase lágrima que se alojara no canto do olho. Fugidia. Acabara de se ver no retrato. A moça no café era ela. Experimentara pessoalmente cada um daqueles versos. Vivenciara na própria pele cada uma daquelas expressões. Sentira cada uma das dores imersas naquelas entrelinhas. Ela reconhecia tanto o senso estético quanto a sensibilidade de Artur. Seu espanto era de nunca ter suspeitado daquele talento todo para escrever. Imenso. Imerso. Ele conseguia descrever em palavras o que era só de sentir. De modo claro e simples. Quase uma bruxaria. *Au revoir, mon amour*, despediu-se resignada. Era a sua vez de trabalhar.

No alto da folha, escreveu o título: 'Sinclair, uma nova banda velha'. Parou por alguns segundos e não teve como impedir uma gargalhada solitária. Não pensara antes de escrever. A proposição era, na verdade, uma das muitas teorias malucas de Artur que tanto a divertiam. Sua hipótese acerca de bandas novas. Ele sempre dizia que havia dois tipos delas, as 'novas bandas velhas' e as 'velhas bandas novas'. Acreditava que as primeiras tinham estirpe, boas referências e decerto teriam um futuro. Já as segundas eram mais do mesmo, clones mal ajambrados de grupos famosos que não levavam a lugar nenhum e, certamente, seriam relegadas ao esquecimento. Ficou rindo sozinha. Recordando. Passagens e imagens surgindo na sua mente. Mixadas à música. Congelou o pensamento na visão do sorriso de Artur no dia em que o conhecera. E com aquele instantâneo da memória perante si, apostou numa primeira frase.

Senhoras e senhores, a poesia está de volta às ruas.

Depois disso, não parou mais de escrever. Estava inspirada. O resto da crítica veio na sequência. Uma torrente de palavras jorrando sobre o papel. Impetuosa. Incontrolável. Feito fosse uma carta de amor.

Faixa 06
O longo caminho rumo ao topo

Os primeiros raios de sol surgiram no horizonte, despedindo a noite de seu ofício de mistérios e descansos. Artur já aguardava pela alvorada que se aproximava para visitá-lo. Sentado à beira da cama. Fazendo hora para ir ao estúdio, local marcado para a partida do ônibus da banda. Banho tomado e mala feita. Tudo pronto. Não queria se adiantar nem se atrasar. Nada que demonstrasse aflição ou desleixo, afinal, era o dia da estreia do Sinclair. Seriam quatro horas de viagem até a cidade onde a turnê começaria. Eles teriam três *shows* pela frente naquele final de semana. Três noites em três cidades diferentes. A ansiedade tirara-lhe o sono e agora lhe tirava a paciência. Olhava para os ponteiros do relógio que pareciam não ter dormido também. Vagarosos. Preguiçosos. Descrevendo lentamente seus eternos ciclos.

Chegou ao ponto de encontro no horário marcado. Pontualmente. A turma começou a zombar do tamanho de sua mala ao notar o esforço que fazia para carregá-la. *– Vai passar um mês fora?* – caçoaram, exibindo suas mochilas. Alguém explicou que o primeiro mandamento do 'Manual de Sobrevivência na Estrada' era viajar o mais leve possível. A roupa do corpo e mais duas trocas completas, ou seja, calças, camisas, cuecas e meias. Além disso, deveria colocar na mochila uma blusa de frio, uma sunga, um par de chinelos e alguns produtos básicos de higiene pessoal: escova e pasta de dente, desodorante, pente e xampu. Esses de preferência com artigos em versões reduzidas. Era tudo que precisava levar consigo. Com esses itens, ele estaria preparado para qualquer viagem, independente da sua duração, da cidade na qual a apresentação se realizaria e da época do ano em que ocorreria. Em excursões mais extensas, as roupas sujas deveriam ser lavadas durante o banho e postas para secar na grade detrás do frigobar do quarto do hotel. Rápido e eficiente. Bastavam algumas batidas no ar depois de lavadas para que elas secassem praticamente passadas. Com o tempo perceberia que o ideal seria manter uma mochila sempre pronta. À espera do *show* subsequente. O único trabalho seria repor o que eventualmente estivesse sujo, quando retornasse. Ele tinha muito ainda que aprender.

O ônibus seguia interior adentro. Queimando o asfalto. Desbravando a rodovia. Todos aproveitavam a viagem para dormir mais um pouco. Todos não. Embora cansado pela noite mal dormida, Artur ficou acordado por todo o trajeto. Roncos, pigarros e tosses faziam as vezes de trilha sonora dentro do veículo. Ele olhava pela janela. Absorto. A janela do mundo se abrindo. Nuvens, montanhas, cidades, campos e bosques. Molduras do cotidiano de outras pessoas que ficavam pelo caminho. Ver aquelas paisagens passando era feito olhar para a vida. O que via próximo, passava rápido; o que via ao longe, passava lento. Tais abstrações o remeteram a uma composição do disco novo. Chamava-se 'Sentinela'. Ele adorava aquela letra. Uma das poucas de que conseguiu gostar logo que terminou de escrever. As estrofes repercutiam na sua memória. Ecos. Reminiscências. Cantaroladas. Mentalmente.

Quem nunca viu um navio passando distante?
Quem nunca sentiu? Solitário comandante.
O mar azul e em frente a dor hesitante.
Quem nunca se viu do tamanho de um instante
Que antes era um sonho?

E você parecia tão triste, vendo a chuva bater na janela,
sentinela de um futuro que é turvo como a imagem de alguém
que vai ficando para trás,
que vai ficando para trás.

O LONGO CAMINHO RUMO AO TOPO

Quem nunca fugiu sem saber qual o próximo passo?
Quem nunca partiu? Coração em mil pedaços
e pelo chão as pegadas não deixam um rastro,
deixam solidão e a saudade de um abraço,
laços que agora nós.

E você enxugava seu rosto como quem suplicava carícias
que um dia recebidas, devolvidas à lembrança de alguém
que hoje não existe mais,
que hoje não existe mais.

Ao reiterar aqueles versos, deu-se conta de que algumas passagens traziam duplos sentidos, até então, despercebidos. Ao menos por ele. As homofonias e os seus enigmas semânticos ocultos. Começando pelo título, seria "Sentinela" ou "Senti Nela"? Depois vinham "Em frente a dor..." ou "enfrente a dor"? "Nós (fios embaralhados)" ou "nós (pronome pessoal)"? "Partiu (foi embora)" ou "partiu (quebrou)"? A composição estava repleta delas. Nunca tinha observado aquilo. E os novos significados descobertos pareciam fazer mais sentido. Seriam coincidências ou sincronicidades? Deixe estar. Que isto é da alçada dos arcanos do inconsciente.

O barulho monótono do motor. A paisagem passando. As pessoas dormindo. O pensamento na letra. Ele se sentiu só. Um estrangeiro. Resolveu ir até a cabine do motorista. Em busca de companhia. Perguntou se podia entrar e acabou ficando por lá. Conversando. O motorista era um sujeito legal. Dividiram várias histórias. Casos do cotidiano, experiências de outras viagens, relatos de acidentes e tal. Aquela superficialidade era tudo de que precisava. Contudo a hora passou e o assunto morreu. Artur ficou em silêncio. Diante dele, a estrada que parecia não ter fim. Vindo em sua direção. Constante. Como se fosse o próprio destino sendo engolido pelos seus olhos. Que os caminhos são feitos para serem percorridos. E ele tinha fome de futuro, mas esta não se sacia. Afinal, chegaram à cidade e instalaram-se no hotel. A trupe combinou de sair para perambular, almoçar, testar o som e tudo, mas ele declinou. Tinha até vontade de se aventurar com os companheiros, todavia o sono cobrava a sua dívida. Alta. Carecia realmente de descansar. E bastou encostar a cabeça no travesseiro para apagar. Pairando sobre camadas de fantasias. Embalado nos braços de Morfeu.

Artur acordou com o telefone do quarto tocando. Era o produtor da banda reclamando que ele estava atrasado para o *show*. Deu um salto da cama. Olhou pela janela. Já era noite. Dormira a tarde inteira. Perdera completamente a noção das horas. Num pulo, colocou a primeira roupa que viu pela frente e desceu voando. Todos o aguardavam no saguão do hotel. Ouviu um discurso veemente do sujeito sobre a intolerância do grupo a atrasos, outro mandamento do tal 'Manual de Sobrevivência'. O rapaz expunha que aquilo era uma das poucas coisas que não se admitiam nas turnês, que aquele era um mal começo e por aí afora. Artur não entendia nada. Permanecia zonzo. O seu corpo encontrava-se ali, mas esquecera o cérebro entre os lençóis da cama. Não esclareceu nem contestou. Alguém reparou que vestira a sua camisa do avesso. Ele se ajeitou. Entraram no transporte. Ele foi atrás. Apenas seguia o fluxo e, ao se dar conta, já estava no local do evento, dentro do camarim do Sinclair. Só então, aquela letargia o abandonou, acordando-o de fato. Estava faminto. Não comia desde o café da manhã. Localizou os sanduíches e frutas que descansavam incólumes numa mesa lateral e avançou sobre eles, devorando-os com uma avidez que chamou atenção dos outros. Troçaram que ele estava economizando a diária de alimentação. Artur riu e continuou comendo.

Foi quando o alarme soou. Um dos membros da equipe técnica entrou na sala, anunciando que faltavam quinze minutos para o início do espetáculo. Artur tomou um susto. Enfim a ficha caiu. Caiu e deu um nó no seu estômago. Um enjoo. O cansaço distraíra a sua ansiedade. Mas a iminente realidade a despertara. Ele correu para o banheiro para vomitar. E tudo que acabara de comer desceu pela privada. Enxaguou a boca, jogou uma água na cara e regressou ao camarim. Percebendo o ocorrido, Jack sentou ao seu lado e tentou sossegá-lo.

– Fica tranquilo, Artur. Está tudo bem. Tanto você quanto a banda estão muito bem preparados. Basta fazer o que combinamos e ensaiamos e vai dar tudo certo. O resto acontecerá por mágica. Você verá – afirmou.

Ele quis acreditar nas palavras tranquilizadoras do amigo, mas isto não diminuiu a sua inquietação. Para se distrair, resolveu repassar os acordes das canções mentalmente. A emenda saiu pior do que o soneto. Teve um branco pavoroso que o deixou mais nervoso ainda.

– Jack, não lembro sequer como se tocam as músicas – confessou arrepiado.

– Não pense nisso. Você pode não lembrar, mas a sua mão lembra. Logo que você começar a tocar, volta tudo – Jack o acalmou.

Veio o anúncio de cinco minutos. Suas mãos começaram a suar. Um *roadie* trouxe um aparelho de som portátil, colocou-o no meio da sala e ligou. Um poderoso *riff* de guitarra invadiu o ar. Aquela era a canção motivacional da banda. 'It's A Long Way To The Top', do AC/DC. Ao passo que o som rolava, o grupo reuniu-se, abraçando-se num círculo. Jack abriu a preleção, discorrendo sobre a importância daquela estreia. Sobre a importância de cada *performance* na trajetória do grupo. A oportunidade de retribuir o carinho e de conquistar novos fãs. A chance de entrar nas vidas daquelas pessoas como anfitriões de uma noite memorável. Incentivos e estímulos. Pediu a todos que mantivessem a humildade, concentração, atitude e comprometimento. E terminou dizendo que a Música estava com eles, e que o céu era o limite. Todos aplaudiram e uniram suas mãos no centro da roda. E quando o refrão da música do grupo australiano entrou, jogaram as mãos para o alto e cantaram juntos, dançando em volta do aparelho de som feito índios em volta da fogueira, entoando o grito de guerra do Sinclair, *"It's a long way to the top if you wanna rock'n roll"*[9]. A energia daquela música propagou-se pelo ambiente. Estavam prontos para a batalha. Entre muitas risadas e saudações de boa sorte, posicionaram-se na escada que dava acesso ao palco. As luzes se apagaram, e a multidão aclamou em êxtase. Um ruído assombroso. Parecia uma torcida comemorando um gol. As pernas de Artur tremiam feito vara verde. Involuntárias. Que às vezes o corpo não obedece, comanda.

    Eles adentraram o palco no escuro e se posicionaram. O barulho do público vinha em ondas. Negras. Imerso naquela escuridão, Artur não conseguia enxergar sequer o braço do instrumento. Todos os aspectos do prenúncio de um pesadelo presentes. Indiferente a seu pânico, Pablo Palmieri iniciou a contagem, batendo com as baquetas e gritando. – Um. Dois. Três. Quatro. As luzes acenderam junto ao primeiro acorde. Era a hora do *show*.

    Apesar de o público pular e dançar numa catarse coletiva, a primeira música foi um desastre. A tremedeira de suas pernas se alastrou, dominando-o por inteiro. Ele mal conseguia se ou-

---

9 É um longo caminho até o topo, se você escolher o *rock*. (tradução livre do autor)

vir. O som parecia uma massa disforme. Incompreensível. Não distinguia o timbre da bateria do timbre do seu violão. Um caos sonoro. Lembrou-se, então, das orientações de Jack no decorrer dos ensaios. Ele sempre repetia que aquela máxima das leis de trânsito, "na dúvida, não ultrapasse", podia ser adaptada para o palco, "na dúvida, tire a mão do instrumento". E foi o que ele fez. Escondeu-se num canto. Tentando não ser visto. Mais fingindo do que executando. Olhou ao redor. Apavorado. Para sua surpresa, tudo parecia normal. Os outros tocavam como se nada estivesse acontecendo. Talvez aquilo fosse apenas um fenômeno acústico. Nele. Pois o som só existe dentro da nossa cabeça. Fora dela é apenas um deslocamento de ar. Uma vibração no ambiente. Entretanto a única vibração que Artur sentia era de nervoso. Ele tinha ânsias de vômito. Vontade de sumir dali. Mas a apresentação continuava. Primorosa.

O sofrimento continuou no transcorrer da segunda música. Por mais que tentasse manter-se calmo, a realidade o confrontava. O concerto mal começara e ele já rezava pelo seu fim. Todavia os dezesseis temas listados no repertório aos seus pés sinalizavam que a coisa ia longe. Uma agonia. Mais uma vez, espiou a sua volta. Parecia ser o único que não estava se divertindo. Perguntava-se como alguém podia achar aquilo legal.

A terceira canção era 'Sangue Latino', um *cover* que a banda preparara para o megassucesso dos Secos e Molhados. Apesar dos lamentáveis engasgos no violão da introdução, frutos da apreensão de Artur, Jack começou a cantar os primeiros versos: *"Jurei mentiras e sigo sozinho. Assumo os pecados, uh, uh, uh"*. Ao ouvir aquelas palavras, algo inusitado aconteceu. Uma transformação repentina e inexplicável. O som clareou. Nítido. Cristalino. O nervosismo desapareceu. E ele se sentiu leve. Solto. Uma mudança prodigiosa. Ele não sabia se fora por causa da letra ou qualquer outra coisa. Mas ao perceber aquilo, evoluiu pelo palco numa desenvoltura surpreendente. Tocando com maestria. Dando tudo de si. Envolto numa alegria que escorria pela sua cara. Na forma de suor e sorrisos. Agora sim, o espetáculo fluía. Na veia. Aquilo era mais do que fora do comum, era onírico. Sentia uma corrente de energia que percorria toda a plateia e chegava a ele, entrando pelo estômago e subindo pela espinha. Vibrando. Conduzindo-o para uma outra dimensão. Uma estranha realidade. Um sonho que absorvia os sonhos alheios e os juntava num único anseio coletivo. De felicidade. Jack descrevera com perfeição o que aconteceria no palco. Tratava-se da mais pura magia.

O cantor saudou o público, disse algumas palavras sobre a retomada da carreira do Sinclair e anunciou o quarto número. O som rolou à vera. Artur dirigiu-se para o lado do palco que Luca ocupava. Gostava bastante do balanço daquela linha de baixo. O baixista aproveitou a deixa da aproximação.

– *Você não reparou ainda? Tem uma menina que não tira os olhos de você* – gritou no seu ouvido.

Artur ficou procurando, mas não distinguiu a referida moça no meio de tanta gente.

– *Ali, no lado esquerdo. Perto do palco. Aquela loira de blusa preta. Gata demais* – Luca apontou.

Ele olhou na direção que o companheiro indicara e, de repente, avistou a garota. Foi um espanto. Ele ficou paralisado. Quando os seus olhos se cruzaram, teve a impressão de que o mundo parara de girar. Como se o passado, o presente e o futuro deixassem de existir. Sendo condensados em um único tempo. Mais que perfeito. Como se a eternidade fosse absorvida em um único segundo. Infinito. Um planeta sem imagens ou sons. Como se toda a beleza da natureza tivesse sido raptada e enclausurada naqueles olhos. A banda continuava a tocar, mas o que ele ouvia eram apenas ecos. Reverberando distantes. E quando parecia que aquele momento ia durar para sempre, ela sorriu ao perceber que fora notada. E as cores explodiram num assombro. E luzes cintilantes brilharam no entorno. E o som ressurgiu em sua intensidade máxima. Ele estava de volta, porém, agora, não estava só. Não conseguiram mais desgrudar os olhos um do outro. Ele não tocava mais para a plateia. Tocava com exclusividade para ela. Ela não contemplava mais a apresentação. Só tinha olhos para ele. E bailavam regidos pelo charme. E flutuavam pelo salão encantados pela melodia. Numa valsa sensorial. E trocavam olhares. E sorriam. E, assim, conversavam. Pois sabiam que não precisavam mais das palavras. Que falas são falhas. E ambos sabiam exatamente o que estava acontecendo. Um encontro entre duas almas. Apagando a realidade ao redor que insistia em sua existência inútil. Um encontro de dois corações. Alterando a percepção temporal. Um salto no tempo. O grupo já atacava a última canção do *show*. E para eles a noite mal começara.

    A música chegou ao fim. Delírio geral. Artur permanecia em transe. Arrebatado. Os demais integrantes retiraram-se, um a um. Pablo, o último a sair, observou que o companheiro ficara para trás e o puxou para fora do palco.

    – O que houve? – perguntou o baterista.

    – Nada, nada... aliás, estou em êxtase! *Que* show! *E você viu aquela menina loira? O que foi aquilo?* – respondeu, voltando a si.

    – *Não, o que eu vi foi uma moreninha linda... Mas é assim mesmo. Essas são as nossas fãs* – gracejou. – *Prepare-se, meu amigo. Não se apaixone porque vai aparecer uma dessas a cada fim de semana* – completou.

    – *Que nada! Feito ela não há igual. Ela é demais* – duvidou Artur.

    – *Você vai ver! Espere e você vai ver* – sentenciou Pablo.

Juntaram-se aos outros integrantes na coxia. Todos se confraternizavam pelo sucesso do evento. O público, agora, clamava pelo *bis*. Eles estavam tão excitados com o concerto que decidiram tocar mais três músicas.

— *Mas quais?* — alguém quis saber.

Seguiram-se outros intermináveis poucos minutos de deliberações. Cada um queria tocar uma diferente. Artur ansiava por retornar ao palco.

— *Vamos! Vamos, pessoal!* — apressou impaciente.

— *Mais um pobre ser infectado pelo vírus da estrada* — brincou Pablo.

Todos riram, mas ele nem ouviu. Só queria voltar à cena. E foi o primeiro a entrar. Ao aparecer sob as luzes, ouviu novamente aquela ovação da plateia. Ficou aflito. Contudo, desta vez, o seu nervosismo tinha outra causa. Procurou pela menina, mas não enxergava nada com aquela luz intensa na cara. O resto do conjunto apareceu. A banda se preparava para recomeçar a festa, e ele não conseguia avistá-la. Vieram a músicas. E nada. Percorria os olhos por todos os lugares. A garota sumira. Aonde ela foi? Ela não podia fazer isso comigo, pensava. Buscava alguma justificativa para ela ter ido embora. No entanto as respostas não o consolavam. A perspectiva de que nunca mais a veria era desanimadora. Não sabia nada sobre ela, nem mesmo o nome. Por outro lado, houvera aquela conexão. Próxima. Incompreensível. As canções avançavam. Ele não conseguia se concentrar no que estava tocando. Na sua memória só havia espaço para a imagem daqueles olhos. Azuis? Castanhos claros? Verdes? Nem isso ele sabia responder. E foi tendo a certeza de que não a encontraria mais. Fora um encontro sem apresentações e sem despedidas. Que isso acontece com mais frequência do que se imagina. O espetáculo chegara ao fim. Teve que se conformar. Os músicos perfilavam-se no proscênio para o tradicional agradecimento ao público. Ele não tinha a quem agradecer. Fez aquela reverência só para constar. E se despediu de ninguém.

No camarim, o grupo teve apenas alguns minutos para relaxar, conversar e beber algo. Logo as tietes começaram a surgir. Adentravam o recinto, rindo e falando alto. Lá fora, uma fila de gente. Todos queriam alguma coisa dos artistas. Alguns eram insistentes e sem noção. Pediam uma camisa, um anel, um relógio... um objeto qualquer que fosse. Felizmente, a imensa maioria se contentava em tirar fotos e pegar autógrafos. Os outros membros do Sinclair pareciam se divertir. Mas Artur permanecia num canto. Um sorriso falso no rosto. Gestos automáticos.

Os *flashes* doíam ao bater nos seus olhos e ele autografava o que aparecesse na sua frente; discos, cadernos, folhas de papel, guardanapos, peças íntimas, cédulas de dinheiro... Não via sentido em nada daquilo. Comportava-se tal qual um androide programado para agir educadamente naquele tipo de situação. Haviam combinado que, depois dos *shows*, atenderiam alguns fãs. Se não estava desfrutando da experiência, pelo menos atuava de modo profissional. E convencia.

Ele acompanhava a conversa de dois rapazes que, sem se importarem com a sua presença, arriscavam-se numa criativa interpretação de uma de suas composições. Tão diversa da sua própria leitura, porém, ao mesmo tempo, tão plausível. Aquele bate-papo informal o entretinha. Achava notável tal processo. As pessoas se apoderavam das suas poesias sem a menor cerimônia. Analisavam e professavam explicações. Constituíam sentidos, como se a ligação emocional lhes desse o direito de propriedade sobre o que estava escrito naqueles versos. E o mais incrível é que de alguma forma estavam certas. O mercado fonográfico podia ter transformado tudo aquilo num produto. A legislação autoral podia ter estabelecido quem eram os proprietários legais. Mas vidas não são mercadorias, e sim experiências compartilhadas. Era disso que se tratava. Quem era ele para dizer o que significavam aquelas letras? De repente, uma voz doce e feminina o desviou de seus devaneios.

– *Oi* – ele ouviu.

Seus olhos ergueram-se na direção daquele som. E aqueles olhos que avistara do palco ressurgiram diante dele. Lindos. Causando um sobressalto. Agora, de perto, na claridade do camarim, podia comprovar que eram cor-de-mel. Duas gemas de âmbar. Camufladas de enigmas. Incrustradas num rosto luminoso. E, acompanhando tudo aquilo, vinha um corpo escultural. A garota era um assombro.

– *Você pode me dar um autógrafo?* – ela perguntou delicadamente.

Ele permaneceu mudo. Seus lábios estavam indecisos entre dizer algo e beijar aquela boca que se movimentava em câmera lenta.

– *Cla-claro!!* – gaguejou, demonstrando involuntariamente a sua perturbação. – *Qual é o seu nome?* – conseguiu interpelar.

– *Marina* – ela respondeu com um sorriso.

Ouvir aquele nome embalado naquele sussurro angelical tinha ares de um sonho. Inebriante. E, embriagado por toda aquela beleza, escreveu a primeira imagem que lhe veio a mente. Quando terminou, dobrou o papel. Ergueu-o no ar e o entregou. Nesse breve movimento, eles se tocaram involuntariamente. Estavam quentes. Um frêmito subiu pelas suas mãos, percorrendo seus braços. Ficaram sem graça.

– *Posso ler agora?* – Marina pleiteou, tímida.

– *Sim!* – devolveu Artur. – *É para ler agora* – intimou.

Ela desdobrou o papel com cuidado e leu:

O LONGO CAMINHO RUMO AO TOPO

*Para Marina,
que basta os seus olhos cruzarem com os meus
para a felicidade chegar de repente
e toda alegria que antes ausente
espalha-se agora em volta da gente.
Com amor,
Artur Fantini.*

Ela dobrou o papel sobre o peito ao terminar de ler. Fascinada.

– Que coisa linda! – suspirou. – É de alguma letra inédita sua? – perguntou em seguida.

– Não! Isso é só seu – ele assegurou.

– É de longe o melhor presente que já ganhei na minha vida – ela agradeceu.

– Que bom que você gostou. E que bom também que você apareceu. Cheguei a achar que nunca mais a veria – Artur confessou.

– Por quê? – quis saber.

– Ora! Você sumiu durante o bis. Procurei por todos os cantos e não consegui encontrá-la em lugar nenhum... – esclareceu.

– Que nada! Eu vim ao show acompanhada de uns amigos e, naquela hora, fui me despedir deles. Como estavam lá no fundo, distantes do palco, acabei vendo o final da apresentação de lá mesmo – Marina justificou.

– Ainda bem. Porque o mundo não ia ter mais a menor graça sem você – Artur flertou.

Marina enrubesceu. Seguiu-se um silêncio acanhado, mas ela conseguiu se desvencilhar, puxando outro assunto.

– Como você consegue? Digo, você escreveu isto assim do nada? – investigou, mostrando o pedaço de papel.

– Não sei responder. Apenas vem à minha cabeça e eu escrevo.

— Mas você nunca pensou sobre isso? Sobre esse processo de escrever? – interrogou.

— Poxa! Que pergunta, hein!? Ninguém nunca se interessou por isso – contrapôs surpreso.

— Na verdade, interesso-me muito por este assunto. Estou fazendo doutorado em Letras. O meu campo de pesquisa é a linguística. Qualquer coisa relacionada a escrita me interessa – explanou.

— Uau! Você é surpreendente. O que eu faço para me defender de uma mulher tão bonita e tão inteligente? – indagou.

— Obrigada pelos elogios, mas você não precisa se defender. Eu não mordo – gracejou. – Ah! E você ainda não respondeu a minha questão – insistiu.

— Olha, já pensei sobre isso, contudo não sei se a minha resposta vai estar à altura de uma doutora em Letras – colocou.

— Sem exageros, vai. E é só doutoranda, por enquanto – Marina corrigiu.

— Bem, doutora – zombou, sob os protestos calados da moça. – Eu não controlo o que vem. Controlo para onde vai. Ou algo parecido com isso. É como se as palavras fossem cavalos selvagens arrastando uma carruagem. E eu fosse um simples cocheiro – fez a analogia, tentando elucidar.

— Você é um verdadeiro poeta, sabia? – ela falou, encantada com a comparação.

— Juro que não tenho culpa – ele brincou. – Aliás, esse papo está interessante demais para um camarim. Não acha? Que tal a gente ir para um lugar mais tranquilo? – arriscou Artur.

— Ótima ideia – consentiu Marina. – Inclusive já sei aonde podemos ir – concluiu, fazendo mistério.

* * *

O LONGO CAMINHO RUMO AO TOPO

A lua cheia flutuava no céu. O solitário olho noturno. Observando-os. Eles conversavam sentados no banco de um mirante. Deserto. Diante deles, milhares de luzes cintilavam feito pequenos diamantes. Estrelas no chão. Luzes da cidade. Os grilos improvisavam sua sinfonia, cantando para a noite. E a noite os encantava. Serena e aconchegante. Uma atmosfera singela. Antiga. Aquele cenário conduzia o diálogo. Ponderavam acerca da velocidade da vida em épocas remotas; sem eletricidade, sem carros e sem outras modernidades tecnológicas. Cogitavam como teria sido viver naqueles tempos. E fantasiavam a possibilidade de terem se conhecido em outras encarnações. Delírios sãos. A prosa seguia a aspiração legítima de se conhecerem melhor. E foi dessa maneira que Artur ficou sabendo que ela só estava ali de férias, visitando a família. De fato, eles moravam na mesma cidade. E nem tão afastados um do outro. Ela havia mudado para lá há alguns anos, por causa dos estudos na universidade e tal. As coincidências existem, mas não o são. Marina confessou ter comprado o disco do Sinclair e ficado maravilhada com as letras de Artur. Porém nem imaginara vir a conhecê-lo. Era no mínimo curioso eles estarem ali. Conversando. E conversavam a respeito de seus cotidianos e aspirações. Até que discorreram sobre o que tinha ocorrido naquela casa de espetáculos. Ficaram relembrando cada olhar, cada instante. Rindo. Envergonhando-se e orgulhando-se daquele flerte. Quando chegaram à conclusão de que não sabiam explicar o que acontecera, ficaram em silêncio. A lua, a noite e os olhos nos olhos. Como se quisessem eternizar aquele momento. Como se pudessem ficar ali para sempre. E suas bocas se aproximaram. Lentamente. E eles se beijaram. E se beijaram muitas vezes. Mas, novamente enganados pelo tempo, realizaram que o dia já vinha raiando. Eles precisavam ir embora.

Ela o acompanhou até o hotel. Em breve, Artur embarcaria no ônibus da banda rumo à próxima cidade, ao próximo *show*. Contudo ainda podiam ficar mais alguns momentos juntos. Ele a convidou para subir ao quarto. Marina ficou na dúvida. Não estava acostumada a ir tão longe na primeira noite. No entanto, as circunstâncias eram favoráveis. Ninguém que conhecia ficaria sabendo. E o mais provável é que não se encontrassem nunca mais. Aceitou o convite.

Já no cômodo, começaram a se abraçar e a se beijar. Não tinham pressa. Deitaram-se sobre a cama e foram tirando a roupa um do outro. Peça por peça. Num ritual lento e sensual. A maciez do contato entre suas peles nuas. Uma reação química de prazeres e murmúrios cuja veracidade era atestada pelos milhões de poros arrepiados. Suas bocas sussurravam palavras tão lascivas que enrubesceriam quaisquer vergonhas e suas línguas provavam seus gostos secretos. Chegaram ao fim das preliminares, todavia não puderam consumar o ato. No auge do clima, o telefone tocou. É certo que, a princípio, eles o ignoraram, mas quem quer que estivesse do outro lado da linha não dava sinais de que desistiria com facilidade. Por fim, Artur atendeu. Impaciente. Era o produtor avisando que o ônibus da banda sairia em quinze minutos. Ele já começava a sentir ódio daquele sujeito chato, entretanto precisava correr. Não queria ser repreendido de novo. Sem opção, passou a arrumar suas coisas o mais rápido que pôde. Sua excitação ainda era visível. Marina sentou-se na cama. Encolhida. Desolada. O corpo latejando.

— *Não fica assim... nós teremos muitas oportunidades para terminar o que começamos hoje* — alentou.

Em seguida, pediu-lhe o número do telefone, prometendo que ligaria assim que voltasse para casa.

O LONGO CAMINHO RUMO AO TOPO

– Mas eu só retorno das férias daqui a três semanas. Até lá você nem vai mais lembrar de mim – proferiu. Inconsolável.

– Não se preocupe. Eu também tenho uma viagem com a banda na semana que vem. Vamos ficar duas semanas fora. E saiba que esperar esse tempo todo só vai aumentar o meu apetite – retrucou sincero.

Despediram-se entre beijos sôfregos e ele partiu. Pegou dois nacos de pão na mesa do café da manhã e voou para o ônibus. Suas pernas ainda tremiam. Pelo menos desceu na hora. Banda e equipe já embarcavam. A turnê prosseguia. O cheiro de Marina persistia nele. Forte. Marcante. Que disso são feitas as lembranças.

Contando com a parada para o almoço, a viagem durou cerca de dez horas. Desta vez ele aproveitou para descansar. E durante aquele sono agitado, Artur teve um sonho peculiar. Sonhou com Lorena.

Ela estava sentada num banco de madeira. Sob uma árvore repleta de flores rosadas. Uma brisa morna balançava as folhagens, esvoaçando seus cabelos ruivos. As flores caíam. Numa chuva rósea. Uma luz dourada envolvia a cena. Lorena olhava para baixo, introspectiva. Ele se aproximou. Ela ouviu o barulho das folhas secas sendo pisadas e volveu na sua direção. Quando o viu, esticou o braço, oferecendo-lhe uma maçã prateada. Ele pegou a fruta e viu o reflexo do seu rosto. Porém era o rosto dela que via espelhado. Artur mordeu a superfície lisa da fruta. A insólita maçã tinha um gosto doce. Lorena sorriu ao perceber a sua surpresa. Ele quis beijá-la, mas aquela imagem desvaneceu-se. Então, caminhou até o banco e sentou-se. Estava sozinho. Ouviu o farfalhar das folhas acima dele. Ergueu os olhos. Os raios de sol atravessavam os galhos. Os contornos criavam formas abstratas. Era bonito. Reparou

BAILE DAS ALMAS

que, num dos ramos, um pássaro negro o observava. Ao se dar conta de que fora descoberta, a ave voejou. Artur passou a ver através dos olhos do bicho. Ele adejava entre as nuvens. Cada vez mais alto. O barulho e a força do vento a cada manobra que fazia eram impressionantemente reais. Lá embaixo, avistou uma estrada. Uma linha tênue cortando a imensidão. Passou a acompanhar o seu trajeto. O sol preparava sua despedida, aproximando-se do horizonte. Decidiu alterar a rota e cortar caminho por cima das montanhas. Ele notou que sobrevoava algumas casas. Aproximou-se. Um povoado. De repente, sentiu uma dor lancinante. Começou a cair. Tentava retomar o voo, mas era inútil. As asas não respondiam mais. Fora de controle. Fora atingido por algum projétil. Nada a fazer que não seguir o seu mergulho fatal. Foi uma queda feia. Agora agonizava no chão, ofegante. Viu um menino aproximando-se com um estilingue na mão. A criança era ele. E ele pegou aquela ave ferida com todo zelo. Pôde sentir a maciez das penas. Pôde sentir a culpa. Pôde sentir que a vida já deixava aquele pequeno corpo ainda quente. A respiração curta e irregular. Cessando por completo. Ao ver o pássaro morto, uma tristeza o acometeu. Ele o envolveu numa folha. Cavou um buraco com as mãos. E acomodou-o gentilmente na pequena cova, cobrindo-o de terra. Catou algumas pedras e as arrumou sobre o túmulo improvisado. Feito uma pirâmide torta. A escultura da ausência. Uma outra criança apareceu. Uma menina com olhos cor de mel. Eram os olhos de Marina. Usava uma saia longa e florida e uma camisa de um tecido translúcido. Eles sentaram lado a lado. Ela o abraçou, tentando consolá-lo. Artur sentiu-se protegido. E chorou pelo passarinho. Ao vê-lo chorando, a menina simplesmente se levantou e partiu. Abandonando-o. Estava só novamente. O crepúsculo virou noite.

E ele contemplou aquele céu estrelado. Eram tantas estrelas, mas tantas estrelas, que teve a impressão de que poderia tocá--las. Esticou o braço... Acordou assustado com uma voz gritando. Era o produtor da banda. Sempre ele.

– *Acorda pessoal. Chegamos.*

* * *

Outra cidade, outro hotel. Apenas nomes orbitando mais um *show*. Que esta seria a sua nova rotina de chegadas e partidas. Ele sentiu o mesmo frio na barriga antes de subir ao palco. A mesma mágica sobre ele. E de lá admirou novos rostos com novos sorrisos que se apresentavam. Convites abertos à tentação do prazer fácil. Que a índole da cobiça é volátil. Pensou em Marina enquanto tocava. Sentiu-se dividido. Que é a condição dos desejos já nascerem divididos. Era claro que aquele encontro fora especial. No entanto era um capítulo à espera de ser escrito. Diante dele havia o agora para ser vivido. E, naquela altura, era a vida que o conduzia. Artur apreciava todas aquelas meninas. E perceber-se notada por um dos músicos parecia ser um poderoso mecanismo de ativação da libido feminina. Escolheu uma. Não só pela beleza, mas pelo jeito com que ela dançava também. Afinal de contas, dançar é mais do que uma interação com a música, é a expressão de um desejo reprimido.

Já no quarto do hotel, a fã o advertiu sobre a necessidade do uso de preservativos. Ele nem se tocara daquilo. Não chegara àquele ponto com a Marina. Desculpou-se pela falha, mas pediu que o aguardasse, enquanto providenciava. Bateu no cômodo ao lado. Carlos Emmer atendeu a porta. Ao ver o tecladista, Artur desistiu de perguntar. Emmer era o único casado da banda. Inclusive tivera a oportunidade de conhecer a sua esposa no ensaio geral do Sinclair. Além de ser uma atriz famosa, era uma mulher lindíssima. Uma celebridade. Ali com certeza não encontraria o que precisava.

— *O que foi?* — sondou Carlos.

— *Nada, só estou atrás de camisinhas, mas bati na porta errada* — respondeu Artur.

— *Engano seu, meu caro. Veio ao lugar certo. Tenho um monte delas aqui* — riu, convidando-o a entrar.

Lá dentro, Artur avistou duas mulheres seminuas deitadas sobre a cama. Elas o cumprimentaram entre risadinhas. A TV estava ligada.

— *Estamos vendo um filme com a minha mulher. Quando vi que estava passando... bateu uma saudade, sabe? Ela não é linda?* — disse, apontando para a esposa que aparecia na tela da televisão à medida que pegava as camisinhas na mala.

Aquela cena foi demais para Artur. A naturalidade de Carlos era quase surreal.

— *Como assim? O que significa isso? Como você consegue?* — metralhou Artur, incrédulo com o que via.

— *Entenda uma coisa, Artur. Estamos na estrada. Tudo que acontece por aqui não é real. Aqui não somos as mesmas pessoas. Somos personagens que criamos para nós mesmos e o que fazemos simplesmente se dissipa no ar. Feito fumaça. Esse é mais um dos mandamentos do nosso 'Manual de Sobrevivência' que você deve aprender. Um dos principais* — revidou rindo.

— *Como assim não é real? Fumaça? Que papo é esse? Traição é traição onde quer que seja* — arguiu.

— *Eu não acredito em fidelidade. Acredito em lealdade. De modo que eu nunca traio a minha mulher* — formulou.

— *É, Carlos, seria bastante conveniente se não fosse a mesma coisa* — zombou.

– Está bem! Já que você é tão moralista e gosta tanto de teorias, eu vou contar a minha sobre fidelidade e lealdade – proferiu irônico.

– Sou todo ouvidos – Artur estava interessado.

– Vamos lá, senhor Virtude. Para mim, a fidelidade tange muito mais uma questão física. Um acordo tácito com a outra pessoa de como podemos ou não podemos usar os nossos corpos. Um ardil para gerar uma noção de propriedade. O que não passa de uma falácia pois ninguém é de ninguém. Já a lealdade é uma questão de ideias. De crer no que você sente e pensa a respeito de alguém. A fidelidade tem um cunho passional ao passo que a lealdade é puramente amorosa – concluiu.

– Não sei se consigo entender. Para mim, fidelidade e lealdade continuam sendo sinônimos – aventou Artur.

– Talvez uma analogia explique melhor o meu ponto de vista – propôs Carlos. – Imagine a seguinte situação hipotética. Ao abastecer o carro, você sempre põe gasolina nos postos de uma mesma bandeira. Contudo você não faz isso por acaso. Você é um admirador das artes, por exemplo, e aquela companhia, dentro das empresas petrolíferas, é a que mais investe nesse setor. Assim, comprar combustível com eles é quase uma atitude ideológica. É a sua forma de retribuir àquela corporação; de demonstrar que gosta, e mais, que acredita nos valores dela. Pensar desta maneira o torna leal a esta companhia. Colocar gasolina apenas nos seus postos o torna fiel a ela. Percebe a diferença?

Artur não respondeu. Apenas fez um sinal com a cabeça para que ele continuasse.

– Agora imagine que você está viajando por uma estrada, quando descobre que o combustível do seu carro está acabando. Começa a procurar um lugar para abastecer, todavia não consegue encontrar. O tempo vai passando e a gasolina chegando ao fim. De re-

pente, avista um posto. Não é daquela bandeira que você prestigia, mas é o único que localizou num raio de quilômetros. Obviamente, você para e abastece. Foi uma contingência? Uma casualidade? Não importa. O ponto aonde quero chegar é o seguinte. Esse ato constitui a quebra da fidelidade, mas não mancha a sua lealdade. Apesar de as circunstâncias terem agido para você abastecer em outro posto, você continua acreditando naquela companhia e continuará abastecendo com eles sempre que possível, pelos mesmos motivos de antes. Captou agora?
– Fidelidade!? Postos de gasolina!? Você é muito cara de pau, isso sim! – disse Artur, rindo.
– Não quer ficar por aqui? A festa já vai começar – convidou Carlos com a anuência das mulheres na sua cama.
– Não, obrigado. Já tenho convite para uma outra festa. Particular – respondeu Artur, pegando as camisinhas e piscando o olho.
Ele voou para o seu quarto onde a moça o esperava pacientemente. A transa foi rápida. Nenhum dos dois estava muito inspirado. Foi mais uma reposição hormonal do que uma trepada. Logo que se satisfez, Artur se arrependeu de ter levado a garota para cama. Teria sido mais proveitoso resolver a coisa sozinho, supôs. Quis que ela virasse fumaça e desaparecesse da sua frente. Surpreendeu-se consigo. Aquilo não combinava com ele. Porém era o que estava pensando. Desta feita, antes que se animassem de novo, revelou que só conseguira uma camisinha. Além disso, estava cansado demais e teria que acordar cedo para seguir viagem. Contou mais algumas mentiras de como tinha gostado da noite e despachou a menina do modo mais educado que conseguiu. Ficando a sós com suas reflexões. Ponderando acerca das teorias de Carlos.
    O argumento do amigo soava mais como uma bela desculpa, contudo encerrava um quê de verdade. Sobretudo na ques-

tão da fidelidade estabelecer um sentimento de propriedade sobre o outro. Carlos Emmer podia ser um porco chauvinista, mas explanara aquilo de forma criativa. Lembrou-se de uma situação que vivera com uma antiga namorada. Certa vez, estava transando com ela, imaginando que transava com uma outra menina que conhecera recentemente. Quando terminaram, ele se sentiu muito mal. Como se a tivesse traído. Segundo o tecladista, ele não teria sido infiel, mas desleal. Talvez infidelidade não fosse a mesma coisa que deslealdade, no entanto continuavam sendo traições. Mas existiria traição em pensamento? Teoricamente, aquilo não fazia sentido. Se fosse assim, não existiria um ser humano fiel no mundo. Ou melhor, leal... Era confusa essa questão. Teorias polêmicas à parte, era indiscutível que a vida na estrada seguia uma lógica própria. Irreal. Aflorando outras personalidades. Propiciando novas experiências. Permitindo atitudes dúbias. Eles viviam enfurnados num ônibus, num hotel, num camarim ou num palco. Dormiam pouco e alimentavam-se mal. E, mesmo com tantos aspectos negativos, ele continuava se sentindo bem. Querendo mais. Um prazer quase masoquista. Em outras palavras, a estrada era uma droga que corrompia. E na primeira dose, ele já estava irremediavelmente viciado.

O terceiro dia da turnê seguia seu curso. O ônibus partiu em direção a mais uma cidade. Apesar do pouco tempo viajando juntos, a mudança no humor de todos os integrantes da equipe já era visível. Estavam cada vez mais longe de casa. Afastados. Cansados. E com fome. As conversas rareavam e bastavam pequenos fatos irrelevantes para deflagrar discussões bobas. Pablo, o baterista, fez as vezes de 'gerente de clima' e decidiu distribuir baseados para melhorar o astral da galera. Foi uma fumaceira. Parecia que estavam num filme do 'Cheech & Chong'. Uma neblina tomou conta do veículo. Mal se enxergavam duas poltronas à frente. Quando o nevoeiro se dispersou, todos estavam entorpecidos. Doidões. Grupos foram se formando, conversas surgindo e logo se viram num animado papo coletivo. Estimulado pelo efeito da droga, Artur imbuiu-se de uma rara bravura e resolveu contar uma de suas teorias malucas.

– *É sobre a música* – deu início. – *Podem dizer que estou doido, mas acredito que seres extraterrestres visitaram o nosso planeta na antiguidade. Inclusive há incontáveis evidências disso. Desde pinturas rupestres representando naves e astronautas a grandes construções que nem as pirâmides, inexplicáveis para a tecnologia e conhecimentos da época. Enfim, partindo disso, desenvolvi a teoria de que, se eles realmente estiveram por aqui, o seu maior legado foi a música. Acho que sons tonais eram o meio de comunicação desses povos alienígenas, uma espécie de língua avançada deles, algo assim. Os nossos ancestrais devem ter tentado aprender aquilo e o melhor que conseguiram foi reproduzir algumas notas. O que chamamos de música hoje em dia* – completou.

Alguns companheiros explodiram em risadas. Outros consideraram plausível. Já que aquele era o jogo, Jack decidiu entrar na brincadeira.

– *Ah! Eu também tenho uma ideia maluca* – aventurou-se. – *Creio que as árvores sejam os seres mais evoluídos do nosso planeta.*

– *Como assim? Explique melhor* – disse Pablo.

– *Acompanhem o meu raciocínio. Quanto mais a nossa tecnologia evolui, menores são as distâncias que nos separam. Quanto mais avançados nos tornamos, menos precisamos nos locomover. Concordam? Seguindo esta perspectiva, vamos chegar a um ponto evolutivo em que não vamos precisar sair do lugar para nada. Nem para se comunicar, nem para se alimentar, nem para se reproduzir. Exatamente o que já acontece com as árvores. Simples não?* – ilustrou Jack.

O LONGO CAMINHO RUMO AO TOPO

A coisa estava interessante.

– Pois isso me fez pensar – interveio Pablo. – *Partindo desse ponto evolutivo, ou melhor, vegetativo da raça humana que você colocou, podemos imaginar algumas alterações físicas pelas quais passaríamos. Se a gente não precisasse mais andar, a tendência seria que as nossas pernas atrofiassem e afinassem. Não acham? Continuando. Neste futuro, provavelmente haveria um tipo de máquina com tecnologia avançada através da qual nós nos comunicaríamos e tudo mais. Com isso, de tanto manusear o aparelho, apertando botões e teclas, os nossos dedos ganhariam importância sobre outros membros, desenvolvendo-se e alongando-se. Igualmente podemos imaginar que estaríamos conectados mentalmente a esse dispositivo. Isso ampliaria de tal forma a nossa atividade cerebral que, por evolução, os nossos cérebros e crânios aumentariam de tamanho. E para finalizar, por questões de segurança, certamente viveríamos confinados em lugares fechados, sem luz natural. Portanto, nossos olhos teriam que se adaptar a esses locais mais escuros e também ficariam maiores. Ou seja, se perceberem bem, acabei de descrever a imagem que temos hoje em dia dos extraterrestres* – concluiu rindo.

– *Então você está querendo dizer que os extraterrestres são seres humanos do futuro que encontraram uma forma de viajar no tempo?* – arriscou Luca.

Todos ficaram calados, pensativos.

– *É... eu tenho uma teoria que comprova todas as teses que vocês expuseram* – Carlos quebrou o silêncio. – *Essa maconha do Pablo é da melhor qualidade. Vocês estão muito doidos. Isso sim!* – arrematou, arrancando risadas de todos os presentes.

Mais tarde, entretanto, quando se dirigiam ao local do show, o mau humor instalara-se novamente. Ninguém se olhava. Ninguém se falava. E quase não trocaram palavras entre si até entoarem o grito de guerra antes de subir ao palco. Todos pareciam esgotados. Tudo indicava que fariam uma apresentação burocrática. Daquelas para cumprir tabela. Contudo, contrariando todas as expectativas, aquela noite foi a melhor de todo o fim de semana, a banda e o público estavam inspirados. Numa sinergia espantosa. O som redondo. Encaixado. Vigoroso. Todos se entreolhavam no palco como se quisessem certificar-se de que aquilo estava acontecendo mesmo. A mágica cumprira o seu papel com perfeição. Afinal, como dizia a máxima na última página do 'Manual de Sobrevivência na Estrada':

– *Fiquem tranquilos, no fim tudo dá certo.*

Animado com o espetáculo, o grupo se reuniu no camarim para comemorar aquela primeira viagem da retomada da banda. Como sempre, bebidas e mulheres foram os convidados especiais. Artur conheceu uma menina. Ficaram de papo num canto. Ela era interessante. Parecia bem mais nova do que as outras. Mas, como era bastante atrevida e agia de forma tão segura, acreditou que aquela juventude estava só na aparência. Ele a convidou para acompanhá-lo até o hotel. Ela topou sem hesitar. A distância era curta e eles decidiram caminhar. Continuaram a conversa ao longo do percurso até que ela foi direta, perguntando se ele podia lhe dar algum dinheiro pelo que estavam prestes a fazer. Ele achou aquilo inusitado. Revelou que não estava acostumado a pagar para ter sexo. Ela insistiu, dizendo que as aulas iriam recomeçar em breve e precisava muito do dinheiro para comprar o material escolar e tal. Artur ficou surpreso.

– *Material escolar? Quantos anos você tem?* – ele duvidou.

– *Quinze* – ela confessou.

– *Como assim? Você é menor de idade?* – espantou-se.

Explicou então que ele poderia ser preso por aquilo. Pedofilia é crime, sentenciou. Ela quase suplicou que fossem adiante. Estava acostumada. O gerente do hotel já a conhecia e tudo. Garantiu que ninguém ficaria sabendo. Artur se sentiu deprimido. Aquilo já passava de todos os limites. Pegou algumas notas que trazia no bolso e deu para a garota, mandando-a de volta para casa. Seguiu até o hotel. Sozinho. Porém não conseguia parar de pensar no que acabara de acontecer. Aquela menina, ainda uma criança, vendendo o corpo para conseguir um pouco de educação. Era muito triste. Desejou ter lhe dado mais grana, mas sabia que não adiantaria nada. Sabia que, assim que o dinheiro terminasse, ela faria aquilo de novo. Sabia que cada um tinha que enfrentar a sua própria sorte. Sabia que o mundo era muito injusto. E odiou saber de tudo isso.

Esperou seus companheiros voltarem da festa e caíram na estrada. Finalmente estavam regressando ao lar. Três dias viajando, convivendo intimamente entre si. Feito num casamento coletivo. Intenso. Aquele início de turnê fora uma aula. Um recipiente de conhecimentos. Um acelerador de experiências. Que assim são as viagens. Foram apenas três dias. No entanto, durante aquele curto período, ocorreram tantas coisas, conheceram tanta gente e estiveram em tantos lugares que ele poderia jurar que haviam ficado mais de um mês fora. Sim, a medida de tempo na estrada era de outra grandeza. Aqueles tinham sido só os primeiros *shows*. Muitos outros os aguardavam. Novas histórias e novas vivências. Novas pessoas e novas cidades. Que é disso que se trata a extraordinária aventura humana. Artur, agora, conhecia o outro lado da força. O poder do palco. A sedução da música. A magia do espetáculo. Descobrira o prazer em oferecer prazer. A diversão em divertir. A ilusão de ser adorado. Ele poderia fazer aquilo para sempre. E faria. E, o mais inacreditável, ainda seria pago por isso. Muito bem pago.

Faixa 07
Uma criança no tempo

Fim de semana à vista. E lá se foi a banda para outra viagem. A caravana do delírio seguia o caminho que dava no sol. Desta vez o destino era mais distante. Partiriam de avião. Ficariam dez dias fora. E realizariam sete apresentações. Em sete cidades. Os dois primeiros *shows* transcorreram dentro da normalidade. As coisas começaram a sair do eixo depois do terceiro. Eles teriam três dias livres naquela cidade. E todos festejavam a brecha na agenda. Um momento raro de lazer e descanso. *"Agência de viagens SinclairTur, as melhores férias você encontra aqui"*, brincavam com o *slogan* que haviam inventado para a situação.

Se não tivesse ficado tão empolgado com a possibilidade daquela folga, talvez Jack não tivesse passado do ponto na bebida. Aliás, passado do ponto seria um modo sutil de dizer. Talvez não tivesse metido o pé na jaca e enxugado sozinho uma garrafa inteira de uísque. De todo jeito, isso seria só mais uma circunstância corriqueira se, no meio da bebedeira, ele não tivesse acabado na cama com a produtora local daquele evento. Uma morena bem apanhada que morava na cidade vizinha. Tal passagem não teria nada de mais, se a mulher não fosse casada. O que também poderia ser considerado perfeitamente normal se ela, igualmente bêbada e tomada de culpa, não resolvesse ligar para o marido e terminasse confessando a escapulida. Mesmo esses fatos seriam totalmente admissíveis, se o marido, enfurecido de ciúmes, não tivesse pego o carro de madrugada para ir até a cidade onde eles estavam. Esta não passaria de mais uma das divertidas histórias de estrada do Sinclair, se a raiva do sujeito não se convertesse em pressa, se a pressa não virasse imprudência e se a imprudência não o levasse a tentar uma ultrapassagem perigosa bem no meio de uma curva. Mas não ficaríamos preocupados com esse episódio se, naquele exato momento, um outro carro não viesse trafegando pela pista contrária. Ainda poderíamos dizer que teria sido só um susto, se a colisão frontal não tivesse sido tão violenta. De toda maneira, não falaríamos em coincidências inconcebíveis se, entre os ocupantes daquele outro veículo, não estivesse uma jornalista ruiva que viajava a trabalho pela região, escrevendo uma matéria sobre as bandas da efervescente cena local. Contudo, o acaso não seria um personagem cruel desta história, se o nome desta jornalista não fosse Lorena Lopes. E, por fim, não chamaríamos todos esses acontecimentos de tragédia, se ambos não viessem a falecer no terrível acidente.

As notícias voaram ao sabor dos ventos. Velozes. Ao saber do acontecido, Artur foi assaltado pela surpresa. Pasmo. Aquilo era inacreditável. Um lamento silencioso. Surgindo. Crescendo. Expandindo-se. Sem ter por onde sair. Pensava no seu último encontro com Lorena. Naquela sala de imprensa da gravadora. Aquele abraço. Feito uma despedida que não se supunha. Pensava naquele sonho recente com ela. Agora profético. Outras imagens sobrevinham. Aleatórias. Um beijo de bom dia. Um sorriso gratuito. Uma discussão boba. Ela mexendo nos cabelos distraída enquanto lia o jornal numa manhã qualquer. Memórias capturadas de cenas cotidianas. Que já não haveria mais. Mesmo resignado e acostumado com o afastamento físico da ex-mulher, com a privação de seu amor e com a falta sentida da relação deles, concluir que nunca mais a veria o deixou desnorteado. Afinal, é impossível vislumbrar o vazio absoluto da morte. Ele se sentia repleto de toda aquela ausência. Ela virara uma lembrança. Materializada dentro de si. Imaterial. Passou o dia inteiro remoendo aqueles sentimentos. Decompondo-os em tristezas. Elaborando aquela perda tão difícil de aceitar. Ela era tão nova... Tão cheia de vida... Uma injustiça, ponderava. Aquela

UMA CRIANÇA NO TEMPO

angústia o acompanhou até que, no fim da tarde, decidiu retirar-se para uma praia remota. Precisava espairecer. Sentou-se na areia. Na beira do mar. E acompanhou o pôr do sol. O ciclo planetário que se cumpria. Transformando o dia em noite. Era lindo seguir aquela grande bola de fogo que, lentamente, naufragava no horizonte. Deixando um rastro das mais diversas tonalidades. Matizes de amarelos e vermelhos misturando-se e alastrando-se pelo céu azul. Uma pintura sublime. Uma festa de ouros e cores. Uma silenciosa oração, que veio acendendo a primeira estrela. Solitária. Se tivesse algum conhecimento de astronomia, ele saberia que se tratava de Sirius. Mas como não tinha, fantasiou que fosse a sua antiga amante navegando pelo firmamento. Na forma de estrela. Brilhando. Uma música brotou na imensidão dos seus pensamentos e, ao se dar conta, ele sussurrava a melodia. Era 'Faltando um Pedaço', do Djavan. "*O amor e a agonia cerraram fogo no espaço. Brigando horas a fio, o cio vence o cansaço. E o coração de quem ama fica faltando um pedaço. Que nem a lua minguando. Que nem o meu nos seus braços*". Quando terminou de entoar aqueles versos pungentes, uma aflição sem fim se abateu sobre ele. Feito um meteoro. Em chamas. E Artur, enfim, conseguiu chorar a sua perda. Que as lástimas têm gosto de lágrimas.

A noite chegara. Revelando outras estrelas. Incontáveis. Longínquas. A maioria tão distantes que suas luzes haviam atravessado o cosmo por milhões, ou talvez bilhões de anos até chegar aos seus olhos. Algumas talvez nem existissem mais. E Artur ficou ali. Sob aquele céu estrelado. Um céu do passado. De lembranças. Ele abraçou os joelhos. Encolhido. Intuindo o quanto nossas vidas são ínfimas diante do universo. Um breve instante no infinito. Pequenos pingos nos mares da eternidade. O barulho das ondas batendo na praia. Ninando a sua imaginação. Devaneios metafísicos. E tudo era tanto que lonjuras e dimensões se religaram num todo. E ele se sentiu parte de tudo aquilo. E esse tudo era uma consciência única. Um fluxo inconsciente. De todos os seres e todas as coisas. Atemporal. Onipresente. Onisciente. Onipotente. Ele não precisava mais acreditar em Deus. Que crenças são para os que ignoram. Provara da existência divina. Agora, ele sabia. Comungado, rezou por Lorena. Almejou que ela encontrasse o seu caminho de luz rumo a este todo. Não obstante o seu pesar, sentiu-se leve. Levantou-se, sacudiu a areia e voltou para sua vida. Limpo. Ou quase. Levava grudado ao corpo alguns restos de tristeza que iniciavam a sua metamorfose em saudades.

    O restante da banda também ficou bastante abalado com o episódio. Sobretudo Jack. Sentia-se o maior responsável pelos trágicos acontecimentos. Ainda mais quando foi informado de que uma das vítimas do acidente era a ex-mulher do parceiro. Uma coincidência arrepiante. Catastrófica. Não sabia como agir, nem como se desculpar com o amigo. Ficou tão desanimado que cogitou cancelar os quatro *shows* que restavam. Conversou acerca desta possibilidade com Carlos Emmer, que achou melhor irem com calma. Ligaram para o empresário. Esse comunicou que, perante os fatos, eles estavam amparados legalmente para adiar aquelas datas. Daria um certo trabalho reagendá-las e tal, mas isso não seria impossível. No máximo teriam um pequeno prejuízo. A decisão estava com eles. Ambos chegaram à conclusão de que o melhor seria consultar a opinião dos outros integrantes para, depois, chegarem a uma resolução conjunta. Como não localizaram Artur, marcaram uma reunião para a manhã posterior. A trupe foi avisada e compareceu na hora marcada. O luto era geral. Com todos presentes, o letrista tomou a palavra.

– Bem, meus companheiros. Sei que é um momento delicado. Não só para mim como para todos nós. Mas, antes de tudo, eu gostaria de dizer que considero um absurdo você se sentir culpado pelo acidente – dirigiu-se ao Jack.

– Artur, eu realmente não sei o que dizer. Tudo que sei é que, se não tivesse ido pra cama com aquela mulher, nada disso teria acontecido – arrependeu-se o cantor.

– Se for assim, Jack. Todos somos responsáveis por tudo que acontece. As coisas estão conectadas. Todas as nossas ações, mesmo as mais banais, geram consequências. Mas não podemos nos responsabilizar por aquilo que não podemos prever – concluiu Artur.

O cantor não respondeu, contudo balançou a cabeça em anuência.

– Você tem razão, Artur. Mas não sei se vamos ter clima para seguir com as apresentações – disse Carlos. – Por um lado, acho que talvez fosse melhor adiá-las, no entanto algo me diz que deveríamos mantê-las. Por isso queria ouvir o que todos têm a dizer – expôs.

– Bem, se me permitem opinar – Pablo interveio. – O nosso ofício é levar divertimento para as pessoas, o que não significa que nós precisamos nos divertir também. Se isso acontecer, melhor pra gente, porém não podemos estabelecer isso como uma condição. Desculpem, sei que é difícil pensar em qualquer diversão depois do que aconteceu, mas devemos nos encorajar. Buscar forças para realizar o nosso trabalho. E fazê-lo da melhor forma possível. Sem dúvida que vai ser difícil. Isso tudo está tão próximo... Enfim, foi uma verdadeira tragédia. Mas foi uma fatalidade. Não podemos nos esquecer disso. Sei que vidas inestimáveis se perderam e não quero parecer insensível. A vida segue, e como dizem: o show tem que continuar – opinou.

– Estou com o Pablo – afirmou Luca. – Não vejo como insensibilidade, e sim como resiliência. Todos, mesmo que de formas diferentes, fomos atingidos por este acidente, mas não somos os res-

ponsáveis por ele. Nenhum de nós. Precisamos assimilar o choque e ir adiante – posicionou-se. – O que você acha, Jack? – perguntou na sequência.
– Entendo tudo que vocês expuseram. Confesso que, hoje, a minha vontade é cancelar estes concertos. Mas aceito a posição da maioria. Entretanto proponho que, independente da nossa votação, a palavra final seja do Artur. Afinal, era a ex-mulher dele. Ele tem o direito de querer ir ao enterro para se despedir e tal. É um lance pessoal. Se ele quiser voltar, nós deveríamos adiar estas datas – sentenciou Jack.
– Por isso não. Não gosto de enterros. E posso dizer que já me despedi da Lorena. Ontem à noite. Diante das estrelas. Rezei por ela e continuarei rezando. Eu não me sinto animado para tocar também, Jack, mas concordo com o Pablo, é a nossa profissão. Outrossim concordo com o Luca, temos que ser resilientes. Além do mais, acho que nessas horas trabalhar é a melhor coisa. Distrai e ameniza esse sentimento de perda. Por mim, vamos em frente.
Assim ponderaram. Assim deliberaram. E assim decidiram dar continuidade à turnê. Aproveitaram o restante da folga para conversar entre si. Ficar juntos. Dando forças uns aos outros. Tentando mitigar o trauma. Naquela noite, fizeram uma homenagem às vítimas do acidente. Artur os levou para a mesma praia que visitara no dia anterior. Acenderam uma grande fogueira. E prestaram os seus tributos. Cada um à sua maneira. Num ritual sincrético.
Na manhã seguinte, muito longe dali, deu-se o enterro de Lorena. Uma comoção entre familiares e amigos. Pouquíssimos notaram a falta de Artur. Uma vez que, desde a separação, ele se afastara por completo daquele círculo. Se tivesse comparecido, provavelmente teria ido também à recepção que se seguiu ao funeral – um encontro promovido por Dona Teresinha para

os mais chegados – e teria visto uma pequena menina. Ruiva.
Aqueles mesmos olhos verdes. Os olhos verdes de Diadorim, ele
constataria. Ali. No colo da avó materna. Alheia. Sem fazer ideia
do que se passava. Descobriria então que Lorena possuía uma
filha. E que o seu nome era Clarice. Ficaria sabendo que ela tinha
apenas dois anos. Faria as contas e chegaria à conclusão de que
fora concebida durante o relacionamento deles. Não! Ele não
cairia naquela história de inseminação artificial. Saberia que se
tratava de sua filha. Todavia o destino tem razões que a nossa
razão desconhece. E não quis permitir que nada disso se desse.
E a vida seguiu o seu curso. A criança foi morar no interior. Na
casa da avó. E a verdadeira identidade de seu pai foi enterrada
junto à mãe. Para sempre.

    Vieram os *shows*. A princípio, não havia muito humor para
farras e festas. Mas havia a música. E bastava ela entrar em cena
para ofuscar os últimos acontecimentos. Como se, no decurso
daqueles sucintos momentos sobre o palco, eles pudessem se
desligar da realidade. E foi ali que compreenderam que a banda
não era mais a mesma de antes. A relação entre eles mudara.
Mais entrosados. Os olhares que trocavam estavam diferentes.
Mais cúmplices. E tudo isso transparecia no som. Mais coeso.
Aquelas acabaram se tornando *performances* antológicas. De alguma forma, os eventos traumáticos reverteram positivamente.
Trouxeram um ingrediente que faltava ao grupo. Uma aliança
subliminar. Uma sintonia fina. Que as pessoas anseiam por
compartilhar felicidades, mas unem-se mesmo é na dor. As tragédias destroem para reconstruir.

    Não houve conversas na viagem de volta. Cada um assimilava do seu jeito tudo que acontecera. Em comum, uma tristeza
pela fatalidade. Guardada no peito. Recôndita. Contudo havia
uma sensação boa também. Fruto de perceberem que o espetá-

culo da banda entrara nos eixos. Despediram-se rapidamente no aeroporto. Pois sabiam que, em breve, estariam reunidos novamente para dar sequência à turnê. E partiram. Cada um para o seu lado. Cada um para sua realidade.

Logo que entrou no apartamento, Artur teve vontade de ouvir uma música. Mal tirou a mochila das costas, correu para o toca-discos e colocou o vinil, 'In Rock', do Deep Purple. Foi direto para a última faixa do lado A, 'Child In Time'. À medida que a introdução rolava, largou a bagagem no chão, acendeu um baseado e ficou viajando naquela música. Uma composição simples, com poucos acordes, mas que se sustentava por mais de dez minutos. Graças ao espetacular senso de dinâmica da banda e aos magníficos trabalhos, tanto do órgão de John Lord e da guitarra Ritchie Blackmore quanto dos *vocalizes* de Ian Gillan. A letra, curta e sombria, terminava com o verso, *"You'd better close your eyes and bow your head and wait for the ricochet"*[10]. Enquanto música e droga faziam efeito, aquelas palavras ficaram ricocheteando em sua mente. Como se fossem um presságio. Como se tentassem dizer que tudo que vai de alguma forma sempre volta. Tarde demais. A profecia já se realizara.

* * *

Ele não saberia dizer se foi apenas para cumprir com o combinado, se foi por fraqueza ou solidão, ou ainda, se foi por uma necessidade genuína de encontrar distrações. O fato é que, no final do dia, ligou para Marina. Ela ficou surpresa.

– *Nossa! Não acredito que você ligou!* – exclamou.

---

10 É melhor você fechar os olhos, abaixar a cabeça e esperar pelo ricochete. (tradução livre do autor)

– *Ora! Não foi o que combinamos?* – Artur indagou.
– *Com certeza. Mas a maioria dos homens não costuma cumprir esses combinados* – provocou.
– *Talvez eu seja diferente da maioria...* – devolveu a provocação.
– *Ah! Disso eu não tenho a menor dúvida. Mas achei que, depois de tanto tempo, você já teria me esquecido* – fez charme.
– *Você só pode estar de brincadeira. Primeiro que três semanas nem é tanto tempo assim, e depois, se eu bem me lembro, nós temos alguns assuntos pendentes. Coisas muito sérias, não?* – ele disse com humor.
– *Três semanas viajando e fazendo* shows *por aí e três semanas numa cidadezinha do interior são espaços de tempo bem distintos, não acha? Pra você, devem ter acontecido tantas coisas que os dias passaram voando; pra mim, aquele marasmo levou uma eternidade. De qualquer forma, você tem razão quanto aos assuntos pendentes* – riu. – *Precisamos nos ver. Pode ser amanhã a noite? Gostaria de levá-lo a um lugar especial* – Marina tomou a iniciativa.
– *Amanhã? Claro que posso* – respondeu.
– *Deixe eu anotar o seu endereço. Passo às nove horas para pegá-lo. Certo?* – ela propôs.
– *Perfeito* – concordou Artur.

No dia seguinte, às nove em ponto, ele estava pronto. Casaco de couro. Barba por fazer. Um autêntico *pop star*. Desceu as escadarias do prédio e ficou esperando em frente ao portão. Alguns minutos depois, o carro dela encostou na calçada. Ao vê-la descer do veículo, constatou outra vez o que tanto o atraíra no primeiro encontro com aquela loira dos olhos âmbares. Marina estava linda. Charmosa e cheirosa. Usava um vestido vermelho. Ligeiramente decotado. Justo o suficiente para delinear com primor os contornos do seu corpo perfeito. *Sexy*. Eles deram um longo beijo. Artur foi arremessado no tempo. Para aquela noite no mirante. Sob a lua. O ardor reacendeu de imediato. De tal modo que ela pôde sentir um volume crescendo, encostado na sua barriga. Abriram os olhos e sorriram um para o outro. Falar não era mais necessário. Artur lembrou-se de um verso de 'Musa': *"O silêncio é o contrato entre as almas que conseguem se entender"*. E, quando estava prestes a repetir aquilo em voz alta, percebeu o ridículo da situação e censurou-se. O quê? É o que faltava? Vai começar a se autocitar? Existem formas mais originais de ser arrogante, pensou com os seus botões.

– *Então! Aonde vamos?* – perguntou, ansioso por desfazer aquelas divagações, ao passo que entrava no carro.

– *Calma. É surpresa* – ela proferiu enigmática, pondo o veículo em movimento.

– *Ah! E antes que eu me esqueça. Eu jurava que tinha camisinhas lá em casa, mas não consegui encontrá-las. Você trouxe alguma?* – ele sondou.

– *Não! Mas a gente já resolve isso* – ela asseverou.

No caminho, eles pararam numa farmácia para comprar os preservativos. Artur procurou em todas as prateleiras, porém não conseguiu localizá-los. Discretamente, solicitou o produto ao balconista. O indivíduo não teve o menor tato. Gritou alto para um companheiro do outro lado da loja.

– *Ei! Bigode! Onde ficam as camisinhas?*

O local estava cheio. De repente, todos pararam o que estavam fazendo e volveram seus olhares para o casal. As atrações principais da noite. Marina ficou ruborizada. Artur quis se esconder. Sem opção, seguiu a indicação do atendente indiscreto. Atravessou o estabelecimento, distribuindo risinhos sem graça. Todos o encaravam com seriedade. Mas, no fundo, riam por dentro. Ele pegou as ditas-cujas. Tarefa cumprida. Saíram o mais rápido que puderam. Silenciosamente. Envergonhados.

Tentando chamar o mínimo de atenção. Como se isso fosse possível, após aquele escândalo burlesco. Quando entraram no carro, entreolharam-se e explodiram em gargalhadas. A noite mal começara e já estavam fazendo história. Marina seguiu seu plano, dirigindo-se para o destino secreto. Durante o breve percurso, ainda voltaram a rir, lembrando-se do episódio cômico. E dele ainda ririam muitas e muitas vezes depois.

Chegaram a um prédio charmoso. Uma construção antiga. A fachada *art déco*. Subiram até o sexto e último andar. Num elevador antigo. Desses com grade manual e tudo. Pararam diante da porta de entrada de um dos apartamentos. Enquanto a abria, Marina informou que aquele imóvel pertencia a sua família. Herança de uma tia excêntrica. E que só agora, depois de uma exaustiva batalha judicial, tinham expulsado o inquilino.

– *Daqui a algumas semanas, eu finalmente me mudo pra cá* – disse toda orgulhosa, ao entrarem no recinto.

Estava escuro lá dentro. Ela ligou a luz. Na verdade, uma única lâmpada elétrica acendeu. Ainda sem luminária. Pendurada no teto. Por um fio. A claridade revelou uma casa claramente desocupada. Um ligeiro cheiro de tinta fresca. Nenhum móvel. Nenhum quadro na parede. Vazia. No centro da sala apenas duas almofadas pretas e uma toalha xadrez vermelha e branca, dessas de piquenique, sobre a qual descansavam dois castiçais, uma garrafa de vinho e duas taças. Num canto, perto de uma tomada, um aparelho de som portátil. Nada mais. Marina o levou para conhecer o restante da residência. Dois cômodos, um banheiro, cozinha e área de serviço. Era pequeno, todavia aconchegante. Regressaram ao ponto de partida. Ela preparara o cenário e, agora, dava início à cerimônia. Abriu a garrafa. Encheu as taças. Acendeu as velas. E desligou a luz. As sombras se propagaram numa dança trêmula sobre o pálido amarelo. Criando um ambiente místico e sedutor. Que não há nada que supere o fogo em sua beleza e mistério. Ela se dirigiu até o som e colocou uma fita. Artur ficou apreensivo com o que poderia vir. Ele sorriu por dentro ao ouvir aquele piano *bluesy* dando a introdução para, em seguida, a voz triste e sensual de Nina Simone entrar cantando 'I Want A Little Sugar In My Bowl'. A garota acertara em cheio. Ela pegou as taças e veio em sua direção. Movimentando-se com galhardia ao som do *blues*. Ofereceu-lhe uma e ergueu a sua em brinde, dizendo:

– *Bem-vindo ao meu novo lar.*

Artur brindou, aproveitando a deixa da música.

– *Que lhe traga doçuras* – auspiciou com um sorriso sincero no rosto.

Eles beberam. Olhos nos olhos. A música. A penumbra. O vinho. A elegância. O clima romântico estava perfeito. A lascívia, última convidada daquela festa, acabara de entrar em cena. Contudo, apesar da atmosfera propícia e dos beijos e carícias que se seguiram, a chama das velas não se alastrou entre eles. De repente, mesmo sem ser convocada, uma lembrança fantasmagórica surgiu para visitar Artur. E ele se viu no meio de uma luta de anseios e desejos conflitantes. De um lado, a figura real de Marina, louca de vontade, representando a volúpia carnal. E no *corner* oposto, não menos viva, a lembrança de Lorena, santa do desalento, representando a culpa. Ele se esforçava para apagar o espectro da ex-mulher da cabeça, no entanto, por mais que tentasse, as suas tentativas mostravam-se inúteis. Afinal, a imaginação é mais poderosa do que a realidade, e esta é feita da vontade daquela. Assim, estimulado simultaneamente por duas cargas opostas, o seu corpo não respondeu. Nulo. Artur sentou-se sobre o chão da sala. Abatido. Derrotado. Pedindo perdão por aquela falha inadmissível. Marina, porém, não se abalou.

– Você não precisa se desculpar por nada. O mais importante pra mim é estar aqui com você – amenizou, sentando ao seu lado e o abraçando.

Os seus corpos envoltos um no outro. Num silêncio complacente. Os minutos passando. Alheios. Aquela compreensão ofuscou sua humilhação. Outra vez seguro de si, ele considerou que, depois de jogar por água abaixo todo o esforço de Marina para proporcionar aquela noite especial, ela tinha o direito de saber o que estava acontecendo. Tomou coragem e contou-lhe toda a história de Lorena, de quando a conhecera até o seu passamento naquele fatídico e recente acidente. Ao terminar o relato, sentiu-se aliviado em dividir aquilo com alguém. Ver Marina na sua frente, ouvindo com atenção o que ele dizia, deu-lhe o entendimento de que, da mesma maneira que as felicidades se potencializam quando são compartilhadas, as tristezas se enfraquecem. E assim vão habitar esse repositório do nosso passado. Pois quando alguma peça, nos intrínsecos mecanismos do destino, deixa de funcionar, é substituída de imediato. Sim, a impiedosa roda da fortuna não pode parar de girar. Nunca.

No desdobramento, Marina também se sentiu à vontade para falar sobre a sua última separação. Contou que conhecera o rapaz no último ano da universidade, e a relação começara no início da pós-graduação. Era um garoto sensível e inteligente. Ele tinha um jeito meio atrapalhado e isso lhe dava um certo charme. Ela gostava dele. E logo foram morar juntos. Não tinham muita grana, mas precisavam de muito pouco para se divertir. Dessa forma, as coisas funcionaram por um bom tempo. A harmonia entrou em descompasso no ano seguinte. Havia um certo professor. Havia uma sedutora afinidade de ideias. E ela se apaixonou pelo mestre. Foi um período difícil. Tentou lutar contra aquilo. Sentiu-se dividida. Culpada. No entanto, estava completamente atraída. O professor era mais velho, mais experiente, e o rapaz, a despeito de suas ingênuas tentativas, não era páreo para ele. Ainda que se sentindo péssima, ela terminou o namoro. Uma vez abatida a presa, o catedrático confessou que estava igualmente apaixonado, contudo era casado. Que apesar de seu casamento estar em crise, seria muito complicado se separar da esposa para assumir um relacionamento com uma aluna. Aquilo seria extremamente negativo para sua imagem e carreira. E mais, sua mulher certamente faria um escarcéu dos diabos e ambos acabariam prejudicados pelo episódio. Propôs então que fossem apenas amantes. Mesmo contrariada, ela aceitou. Apaixonada. Porém, após alguns meses, quando soube de diversos outros casos que o calhorda tivera com outras alunas, sentiu-se humilhada e o confrontou. – *Ou ela ou eu!* – deu o ultimato, obrigando-o a tomar uma decisão. Terminou sem o professor. E sem o namorado. Sozinha.

Aquelas eram somente velhas histórias de amores passados. Era bom sentir que o que tanto os machucara, agora, os confortava. O efeito da franqueza gerando a cumplicidade. E os dois permaneceram ali, abraçados, ao passo que todos aqueles fantasmas se afastavam. Um a um.

Estavam outra vez a sós. E, graças àquelas confidências mútuas, mais próximos e sintonizados do que nunca. Artur avaliou a situação. Poderia ficar o resto da noite ali. Aconchegado. Ou aventurar-se numa nova tentativa amorosa. Enquanto ponderava, suas mãos, quase que com vontade própria, arriscaram carícias mais atrevidas, no que foram imediatamente correspondidas. E o lance todo foi rápido. O que não significa dizer que foi menos intenso. A despeito do histórico recente e do desconfortável chão duro, desta vez foram até o fim. Os seus corpos sabiam se entender. E, tendo em vista a sinfonia de gemidos que se seguiu, com mais algumas atuações como aquela eles ficariam famosos na vizinhança. Os seus joelhos doíam. Machucados. O vento frio da madrugada entrava pela janela. Refrescante. Deitaram lado a lado. Saciados. Sentiam-se exauridos física e mentalmente. E cochilaram por algumas horas. Um sono agitado. Feito as sombras que tremulavam no teto. Sonhos de uma noite primeira. Que outras noites ainda viriam e com elas, outros sonhos.

As folhas do calendário foram caindo. E novos encontros tiveram vez. Não tantos quanto gostariam. Porque a agenda cheia do Sinclair dificultava bastante as coisas. Entretanto, sempre que era possível, davam um jeito de se ver. E se a quantidade não os satisfazia, restava-lhes investir na qualidade, transformando cada um daqueles momentos numa ocasião especial. É certo que aquilo custava caro ou exigia um engenho e criatividade imensos. Nos dois casos, eles acreditavam que o investimento valia a pena. É certo também que aquelas circunstâncias inviabilizavam qualquer tentativa de estabelecer uma relação mais séria. Eles pareciam não se importar. Iam vivendo intensamente cada noitada e cada programa. Aproveitando o melhor de cada situação. Num saudável exercício de possibilidades. Sem fazer grandes planos. Sem criar compromissos. Pois estes não conhecem a flexibilidade dos meios-termos.

* * *

A banda continuava de vento em popa. Os *shows* repercutiam positivamente, gerando cada vez mais apresentações. E as apresentações ficavam mais cheias, gerando cada vez mais repercussão. O disco vendia aos borbotões, deixando músicas e banda cada vez mais conhecidas. E as músicas tocavam em todos os lugares, gerando cada vez mais interesse pelo *show*. Num movimento cíclico. Numa espiral ascendente. Um vórtice. Mas, como é sabido, as coisas são calmas no olho do furacão. E mesmo com tudo aquilo acontecendo a sua volta, Artur só percebeu que a banda estava ficando realmente famosa, por conta de um episódio prosaico. Quase insignificante. O fato se deu numa daquelas tantas tardes pela estrada afora. Enquanto descansava sozinho num daqueles muitos quartos de hotel. Em outra daquelas tantas cidades que nem lhe interessava mais saber o nome. Esperando a noite chegar e com ela, outro daqueles muitos espetáculos. Ele escutou, através da porta, alguém que atravessava o corredor, cantarolando uma música do Sinclair. A princípio, achou curioso. Nem era uma das canções mais conhecidas e, quiçá por isso, tenha sentido vontade de ver quem a estava cantando. Correu para a porta e, quando a abriu, deu de cara com a camareira empurrando o carrinho de limpeza. A moça perguntou se ele precisava de alguma coisa e, diante da negativa, virou as costas e seguiu assoviando a melodia. Não havia nada de mais naquilo. Todavia aquela discreta passagem o fez alcançar a dimensão do sucesso que o grupo atingira. Porque não há, necessariamente, uma paridade entre a grandeza dos fatos e os seus efeitos. De todo modo, logo aquela percepção se tornaria palpável. Pública. Em alguns meses, o disco chegaria ao primeiro lugar nas paradas. Um fenômeno.

 E outro prodígio desabrochou. Entre Marina e ele. Quanto mais as obrigações com a banda os distanciavam, mais eles queriam ficar próximos um do outro. Já começavam algumas tímidas conversas com relação ao pouco tempo de que dispunham para si. Numa destas ocasiões, enquanto descansavam depois de uma longa e extenuante sessão amorosa, Artur a interpelou.

 – *Como foi o seu fim de semana?*

– Foi tranquilo. No sábado à noite eu saí com o pessoal da faculdade. Fomos a um bar e tomamos uns drinques e tal – relatou.

– Ah! Que bom. Eu me sinto menos culpado com o meu trabalho quando sei que você se divertiu – Artur exprimiu.

– É. Foi engraçado mesmo. Eles começaram a zombar de mim. Dizendo que você não existe. Que na verdade eu inventei um namorado imaginário – riu.

– Como assim não existo? Que história é essa? – perguntou, sem achar graça naquilo.

– Ah! Não leve a sério. É uma bobagem. É que eu sempre falo de você para os meus amigos, mas, como eles nunca nos viram juntos, ficaram brincando com isso – ela fez pouco caso.

– E de onde tiraram essa ideia de que nós somos namorados? – investigou, ainda sério.

– Ué! É como eu me refiro a você – ela confidenciou.

– Mas nós não somos namorados – ele a contradisse.

– E somos o quê? – Marina arguiu, ficando séria também.

– Poxa! Você sabe que isso é uma coisa complicada. Com todas essas viagens, com toda essa distância e tudo. Acho que podemos dizer que temos um caso, uma amizade colorida. Sei lá!? Mas com certeza não somos namorados. Eu nunca disse isso. Não quero criar um compromisso que eu não posso cumprir – Artur respondeu, com sinceridade.

– Pois saiba que não me importa se eu sou sua namorada. Para mim, você é o meu namorado e pronto – ela afirmou, segura de si.

Artur não soube contra-argumentar. Ficou pensativo. Quieto. Aquela conversa o deixara desconfortável. Era uma situação complexa. Sem dúvida. Não queria definir o que eles eram. Não via necessidade. Talvez até por não saber como fazê-lo. De qualquer forma, isso não dava a Marina o direito de definir por ele. Contudo ela lhe dera um nó. Não estava definindo por ele.

Ela estava definindo por si. E isso era muito estranho. O que queria com aquilo? Provar a sua independência? Lembrou que, em diversos momentos, ela fizera questão de demonstrar aquele atributo. Feito quando dizia que não gostava que ele pagasse tudo. Que não se sentia à vontade com ele se oferecendo para carregar as suas coisas. Lances assim. Não, aquilo era diferente. Talvez ela só quisesse demarcar um território que, efetivamente, já era dele, mas que ele não assumia. Talvez fizesse isso para se proteger, ou melhor, para protegê-los de aventureiros que tentassem invadir aquele espaço. Talvez até tivesse razão. Afinal, mesmo sem terem estabelecido um compromisso oficial, o que permitia que ambos saíssem com quem quisessem, era por ele que ela sempre esperava. E era com ela que ele sempre ficava. Pelo menos sempre que podia.

Embora não tenham voltado a tocar no assunto, Artur passou semanas com aquela conversa rondando seus pensamentos. Numa noite, a caminho de um evento, comentou com Jack Gonzalez sobre o papo que tivera com Marina. O amigo sugeriu que ele aproveitasse aquela situação. Colocou que, uma vez que ela não cobrara nenhuma posição dele, seria melhor deixar tudo como estava. Assim, teria uma namorada e, ao mesmo tempo, poderia ficar com outras garotas sem nenhuma culpa. O que era bem conveniente para alguém que vivia na estrada. Aquilo lhe pareceu apropriado. E decidiu seguir o conselho do cantor.

Naquela mesma noite, após a apresentação, conheceu uma fã no camarim. Com dois dedos de prosa, pôde ver por que ficara tão atraído. A garota possuía todos os atributos necessários; era inteligente, linda e engraçada. De fato, eles se divertiram à beça no quarto do hotel. Uma boa conversa. Uma boa transa. Tudo nos conformes. A certa altura, a beldade declarou que só faltava uma coisa para aquela noite ficar perfeita. Sem rodeios, perguntou se ele podia cantar uma música do Sinclair. Artur ficou meio sem graça. Explicou que não era cantor e tal. Mas ela insistiu tanto que ele acabou sucumbindo ao pedido. Antes, acendeu um baseado. Que a ocasião pedia uma calibragem especial. Depois que fumaram, pegou o violão. Penetrou naqueles olhos libidinosos e tocou a primeira canção que lhe veio. A segunda faixa do lado B do disco 'Quinta Essência', 'Esse Meu Jeito'. Ela acompanhava o ritmo com a cabeça. Balançando-a para os lados com leveza. Encantada com o show particular que Artur lhe proporcionava. Quando ele começou a cantar, ela fechou os olhos, envolvida pela melodia. Eram versos ingênuos e bonitos. Feito ela. E, para variar, combinavam com o momento.

Eu abri os olhos e vi você.
Nem reconheci o quarto da minha casa.
É estranho como você me faz esquecer,
e não pensar no que eu sinto,
e não sentir o que eu penso.

Sua boca vai abrindo bem devagar.
Alegres e brilhantes, palavras coloridas
vão girando à minha volta preenchendo o ar,
e vêm pousar no meu ouvido,
e sem notar eu estou rindo.

É só mais um jeito que eu achei pra lhe dizer,
que é só esse meu jeito de querer você.

Enquanto cantava, Artur lembrou-se de Lorena. Nem deu bola. Já estava se acostumando com isso. Sempre que prestava um pouco mais de atenção naquelas letras, aquilo se repetia.

Há muito percebera que aquelas palavras estariam para sempre impregnadas dela. Ao mesmo tempo, pensou em Marina. Sua... não sabia dizer o que ela era sua. Simplesmente, sua Marina. De quem era namorado sem que ela fosse sua namorada. Ele escrevera aquilo para Lorena, mas precisava reconhecer que os versos se encaixavam que nem uma luva nela também. E, para fechar aquele bizarro triângulo amoroso. Na sua frente. Aquela bela garota desconhecida. O frescor da novidade. Sorrindo e causando sorrisos. Exalando malícia. Reivindicando o posto de musa do momento. Que é sabido que as musas são muitas. E, mesmo com toda aquela confusão sentimental, ele se sentia bem por permitir-se viver aquela situação. Como se fosse um menino engatinhando sobre as várias possibilidades da vida. Uma criança descortinando os novos caminhos do amor que se revelavam. Continuou a cantar.

Vai ficando tarde e eu tento dormir.
O meu corpo pede, a minha alma nega.
É que não existe um lugar onírico pra onde ir
que eu não frequente o tempo inteiro,
que não pertença ao seu reino.

É só mais um jeito que eu achei pra lhe dizer,
que é só esse meu jeito de querer você.

Os aplausos solitários e os inesperados elogios à sua voz marcaram o fim do seu primeiro recital. Artur riu daquela expressão de puro deleite. A garota estava completamente entregue. Chegava a ser covardia. Sua poesia. Seu violão. Armas infalíveis contra jovens indefesas. Ali, no entanto, não havia vítimas. Eles ainda ficaram mais algumas horas naquele quarto.

Saboreando-se. Ah! O mundo é repleto de pessoas deliciosas e admiráveis, e poder prová-las é uma dádiva, ele versava consigo. Aquela teria sido uma experiência libertadora se, mesmo após a fã ter ido embora, Artur não continuasse a pensar nela. E descobrisse que a garota, tal qual Lorena, era uma mulher incomparável. E compreendesse que ambas tinham somente um grave defeito. Não eram a Marina.

* * *

Feito a ponta de um *iceberg*. Ínfima perante a imensa massa de gelo que se camufla sob as águas. A nossa consciência é insignificante diante do nosso inconsciente. E deste somos reféns. E por este somos conduzidos. Posto isso, Artur levou Marina para jantar. Não era uma data especial. Apenas tinha esses dias livres e queria encontrá-la. Ou seja, não fazia a menor ideia de que haviam passado exatos seis meses desde aquela noite no mirante. Era um restaurante encantador. Da moda. Mal tinham entrado, quando avistou, sentado a uma das mesas, um respeitado produtor que conhecera recentemente. O sujeito levantou e o cumprimentou, apresentando o amigo que o acompanhava. Educadamente. Artur retribuiu o cumprimento e apresentou Marina aos dois.

– *Está é Marina, a minha namorada* – disse sem pensar.

Na sequência, comentaram acerca da vontade mútua de virem a trabalhar juntos, trocaram algumas cortesias entre si e se despediram. O *maître* surgiu para acompanhá-los até os seus lugares.

– *Você ouviu como eu a apresentei?* – Artur surpreendeu-se consigo, após se acomodarem.

– *É claro que ouvi* – ela respondeu sorrindo.

– Não vai dizer nada a respeito? Vai fingir que foi uma coisa normal? Acabei de admitir que somos namorados – oficializou.
– O que eu posso dizer? Hmmm... Bem-vindo ao nosso namoro. Faz seis meses que eu o espero por aqui – colocou, com um brilho nos olhos. Bem-humorada.
– Seis meses... – ele repetiu, realizando o aniversário.
– Pois é! Como dizem... Antes tarde do que nunca – ela brincou.
– Bem... se eu levei seis meses para assumir o nosso namoro, espero levar seis décadas para descobrir que não a quero mais – profetizou.

Em seguida, Artur debruçou-se sobre a mesa para dar um beijo em Marina. Ao fazer o movimento, sem querer derrubou uma taça vazia. O cristal espatifou-se no chão. Em mil pedaços. Alguém numa mesa vizinha gritou.

– Mazal Tov![11]
– Mazal Tov! – Artur agradeceu.

Ele conhecia o velho costume dos casamentos judaicos, nos quais, no fim da cerimônia, o noivo pisa sobre uma taça. Um ritual para lembrar que, ao mesmo tempo que as alegrias devem ser regozijadas, as tristezas da vida não podem ser esquecidas. Enfim, levantou-se, deu a volta na mesa e beijou Marina. Era o primeiro beijo que dava na sua nova namorada.

Mas o namoro naquele esquema 'quando der a gente se vê' só durou alguns meses. Era ótimo quando estavam juntos. Todavia os dois chegaram à conclusão de que, se queriam se encontrar com mais frequência, a única opção viável seria juntarem os trapos. Ambos ficaram reticentes com a possibilidade de se mudarem para o apartamento de Artur. Apesar de ser mais amplo, ele morara ali com Lorena e tal. Como tinham a alternativa da

---

11 Boa sorte, em hebraico.

casa de Marina, optaram por esta. Havia, porém, um grave problema de falta de espaço. Duas residências montadas não caberiam em uma. Ele decidiu então que levaria apenas o essencial. Básico. A mudança foi um exercício de desapego. Pegou os poucos objetos eleitos. Algumas roupas, alguns discos – está bem, muitos discos –, alguns livros, o aparelho de som, os violões e mais uma ou outra coisa que julgou absolutamente necessária. Três caixas e duas malas no total. Fechadas com grande dificuldade. Já com o apartamento foi mais fácil. Trancou a porta feito quem vira uma página. E, na página seguinte, um novo capítulo o aguardava.

Faixa 08
Muito além das montanhas

Após dois *hits* atingirem a primeira posição das paradas, e três canções chegarem entre as dez mais executadas, o sexto *single* do grupo já começava a tocar nas rádios. Os discos de ouro, platina e platina dupla enfeitavam as paredes dos estúdios, salas e escritórios dos integrantes do Sinclair. Setecentas mil cópias haviam sido vendidas. A turnê chegava ao seu décimo primeiro mês, prestes a alcançar a expressiva marca de cento e cinquenta *shows* realizados. Os zeros multiplicavam-se nas contas bancárias de todos. Os números falavam por si. Estatísticas do êxito. E, se os sinais do sucesso eram evidentes, os de cansaço não ficavam para trás. Entretanto, naquele sábado à noite, a banda saiu do palco animadíssima. Sabiam que ainda precisavam correr para o hotel. Tomar um banho voando. Entrar no ônibus. E viajar pelo resto da madrugada. Não, não era masoquismo. Aquela alegria toda era justificada pelo raro domingo livre que os esperava no dia seguinte. Eles podiam contar nos dedos de uma mão as vezes que aquilo ocorrera nos últimos meses.

Artur entrou em casa com o dia amanhecendo. Pé ante pé. Fazendo o menor barulho possível. Marina ainda dormia. Foi até a cozinha e preparou o desjejum: café, suco de laranja, pão com manteiga e as famosas panquecas de chocolate que ela tanto adorava. Arrumou tudo numa bandeja, enfeitou com uma flor e levou até a cama. Ao pressentir o movimento, ela despertou. Seus olhos abriram-se devagar. Feito duas luas surgindo simultaneamente no horizonte de um planeta inexplorado. Numa galáxia remota. Luas de mel. Sorrindo com a surpresa. Nada podia ser melhor do que vê-la sorrir com os olhos daquele jeito. Veio um beijo de bom dia. E ele sussurrou algo no seu ouvido. Eram coisas só deles. Segredos de alcova. Palavras guardadas para serem ditas em manhãs como aquela. Manhãs de domingo. E, apesar do cansaço de seus corpos; ele, pela extenuante viagem; ela, pelo pouco tempo de sono, provavelmente acordaram alguns vizinhos com o alvoroço que fizeram naquele quarto.

Com os hormônios e as saudades novamente equilibrados, tomaram o café da manhã. Marina relembrou que eles tinham sido convidados para um churrasco do pessoal da universidade. Seria naquela tarde. No sítio de um colega. Localizado na área rural de uma cidadezinha serrana. Não era longe. Uma hora e meia de carro no máximo. Eles podiam dormir mais um pouco e, depois, pegar a estrada.

– *Vamos!? Vai ser divertido* – ela suplicou com uma doçura que convenceria um poste a atravessar a rua.

Aquele não era propriamente o programa que Artur idealizara para o seu domingo de folga. Não se sentia bem entre os companheiros de faculdade da Marina. Nas poucas vezes em que os encontrara, haviam feito questão de demonstrar que eram de outra categoria à qual ele não pertencia. Olhando-o com certa soberba. Como se fossem melhores ou algo assim. Eles, os eruditos. Ele, o popular. E Artur referia-se a eles como um bando de artistas frustrados. Dizia que sofriam da arrogância do saber. Uma atitude que os fazia acreditar que eram superiores, só porque sabiam citar uma dúzia de livros dos quais tinham lido apenas a orelha e, na melhor das hipóteses, mais algumas páginas. Gente que estudava e escrevia acerca de assuntos que só interessavam a eles mesmos. Especializando-se naquela linguagem pomposa e hermética. Um rebuscamento que no fundo não dizia nada. Vazio. Vazios. Enfim, apesar disso, ele não sabia recusar um pedido de Marina. E, obviamente, concordou. Ela se aninhou sobre o seu peito. Satisfeita. E voltaram a dormir. Serenos. Algumas horas depois, acordaram bem-dispostos. E aproveitaram para colocar a conversa em dia, à medida que o carro ganhava terreno na sinuosa estrada que subia a serra. Uma viagem muito agradável. Prazenteira.

Muito além das montanhas

Artur ficou encantado com o lugar. A chácara era linda. Incrustada no meio da mata. A primeira coisa que chamou a sua atenção, logo na entrada, ao lado da porteira, foi um pequeno sino antigo que fazia as vezes de campainha. Ele adorava sinos. Passada a cancela, havia um pomar com as mais diversas árvores frutíferas. Um caminho de pedras serpenteava toda a sua extensão até a vivenda, uma construção colonial que merecia ser tombada pelo patrimônio histórico. O anfitrião os levou para conhecer o interior da casa principal. A porta de entrada, com detalhes entalhados na madeira, abria-se para uma sala de estar que parecia ter saído de uma revista de decoração. Um convite para nunca mais partir. O assoalho de tábua corrida. O pé-direito altíssimo. Tudo era amplo e charmoso. O mobiliário de madeira envelhecida distribuía-se ao redor da lareira. Um tapete de couro de vaca completava o ambiente rústico e aconchegante. O recinto anexo abrigava uma sala de jantar onde uma mesa para doze pessoas, um grande lustre de pingentes e duas cristaleiras muito antigas causavam uma impressão de dobra temporal. O restante do imóvel ainda reservava três quartos e uma sala de leitura. Aposentos espaçosos. A construção fora feita de modo que todos os cômodos desembocassem numa varanda interna que circundava um belíssimo jardim de inverno. No centro deste, uma pequena fonte. A cozinha – equipada com um velho, porém operante, fogão à lenha – e a dispensa ocupavam toda a parte detrás da casa. A porta de serviço dava para uma trilha que levava a um velho estábulo utilizado como depósito. Um pouco além, a morada do caseiro. Todo o lado oriental da propriedade era cortado por um rio repleto de pedras. Cascatas que iam dar num lago. Uma piscina natural à beira da qual haviam construído uma praia artificial. Na área oposta, ficavam a sauna e um pavilhão cujo telhado era feito de sapê. Neste, a churrasqueira de alvenaria. Era lá que a turma se encontrava reunida naquele momento. Parecia que visitavam a locação de um filme rural. Tudo isso ao som de pássaros e outros bichos do mato. Tudo isso envolto no frescor do ar das montanhas. Um sonho campesino. Marina estava radiante. Raras eram as ocasiões em que podia desfilar entre os seus conhecidos com o seu namorado 'imaginário'. Artur, deslumbrado com aquele sítio, inebriado pela atmosfera campestre, socializava com todos os presentes. Bem-humorado. E apesar de alguns convidados, que tentavam testá-lo com aqueles papos supostamente inteligentes e definitivamente chatíssimos, ele bebia, ria e tirava fotos. À vontade. Quis saber mais a respeito da quinta e descobriu que ela pertencia à família do colega da namorada há tempos. Soube de passagens sobre o lugar. Histórias. Antigas. Que vinham desde os primeiros proprietários. Nobiliarquias e tal. E o principal, o rapaz contou que seu pai andava cogitando vendê-la. Aquela informação ficou ecoando na sua cabeça pelo resto da tarde. Tinha uma vontade antiga de comprar uma casa de campo. E aquele local havia despertado nele um efeito curioso. Pela primeira vez em toda a sua vida, conseguira imaginar a própria velhice. Perto da hora de se despedir, não resistiu. Perguntou ao amigo de Marina se ele sabia quanto o seu pai queria pela estância. Eles entraram na vivenda e ligaram para o velho. O valor, com a porteira fechada, era um pouco menos da metade do dinheiro que Artur guardava aplicado no banco. Ele nem regateou. Para surpresa de todos, fechou o negócio ali mesmo. O senhorio pediu apenas uma semana para retirar alguns objetos pessoais e cuidar da papelada. Tudo certo. Acertou também com Sinhozinho, o caseiro, e com Dona Maria, a sua esposa – uma cozinheira de mão cheia, diga-se de passagem –, que eles continuariam trabalhando na propriedade. A quinta era dele.

No dia seguinte, Artur foi até seu apartamento. Deparou-se com a velha bagunça de sempre. Entretanto, agora, essa não estava solitária, tinha a sujeira como fiel escudeira. Mas ele não desanimou. Começou a árdua tarefa de limpar e arrumar. O cansativo processo de separar e empacotar tudo. Não obstante, estava entusiasmado. Sentia-se reconfigurando a sua existência. Ficou impressionado ao se dar conta de que possuía muito mais do que necessitava. Artigos guardados. Acumulados. Esquecidos. Caixas e mais caixas de sua história. Tanta coisa para jogar fora. Foi quando decidiu que era hora de vender aquele imóvel também. Não que precisasse do dinheiro, embora tivesse se descapitalizado com a compra da casa de campo, ganhava muito e gastava pouco. A sua conta bancária engordava a cada semana. Era mais um desejo de romper com uma parte da sua vida que queria deixar no seu devido posto. No passado.

* * *

Ao receber o sinal verde do antigo proprietário, Artur deu início à mudança. Aproveitou que Marina viajara para um congresso e passou os três dias livres daquela semana no seu sítio. Desempacotando caixas e arrumando tudo. Da mobília, levou apenas os itens com os quais preservava uma forte ligação emocional. Sua poltrona favorita, sua mesa de escritório, o móvel do bar e um rádio de armário que pertencera ao seu avô. Sobre este, pousou um aparelho de som novo que comprara especialmente para a chácara. Último lançamento. Alta fidelidade. O contraste do novo sobre o velho. Era o tom que ressoava pelo seu espírito, alastrando-se pelos cômodos da habitação.

A primeira tarefa de sua instalação foi reunir e finalmente organizar todos os seus discos. Levou horas e horas separando-

-os por gênero, catalogando-os em ordem alfabética. O que antes fora uma mera sala de leitura, agora se convertia em sua discoteca, biblioteca, escritório e miniestúdio – comprara um gravador portátil com esta finalidade –, enfim, o seu *bunker*. De uma das caixas que trouxera do apartamento, etiquetada como 'objetos decorativos', resgatou a antiga radiola azul. Aparentemente, o aparelho resistira com bravura às intempéries do tempo. Faltava o teste final. Descobrir se ele ainda funcionava e tudo. Artur parecia um cientista, reunindo os elementos para recriar, em laboratório, a origem da vida. Sabia inclusive qual seria a cobaia. Pinçou entre os discos a sua primeira pilhagem. O marco zero da sua história musical. O disco da trilha sonora da versão original da peça 'Hair'. O álbum estava em petição de miséria. A capa semidestruída. O vinil arranhado e empenado. Cicatrizes de guerra. Ferimentos deixados pela voracidade de um menino ávido e inexperiente. Contudo, por incrível que pareça, ao levantar o braço mecânico da aparelhagem, o combalido disco começou a girar sobre o prato. Os ruídos de estática surgiram. Quando a música entrou, a maravilha de ver que a radiola ainda funcionava superou a frustração de ouvir o som ruim que saiu daquele pequeno alto-falante. Os agudos rachando, o médio espetado e nenhum grave. Era o mesmo álbum. A mesma canção. O mesmo equipamento. Ele, porém, não era mais a mesma pessoa. Ficou surpreso com a diferença de percepção. A introdução de 'Aquarius' que, na sua época de criança, arremessara-o para uma outra dimensão, agora, era analisada com frieza. O arranjo. Os timbres. Os instrumentos utilizados. Mas, a despeito de tudo, estava diante da primeira composição que o conquistara. Prostrava-se perante a melodia que o levara algemado para os braços de sua soberana. A Música. E ela continuava lá. Majestosa. Sobre o seu trono de cristal e sons. No decorrer da tempestade de esclarecimentos que se seguiu, percebeu que todas as oferendas de amor feitas àquela grande deusa haviam sido desnecessárias. Naquele instante, ele teve a certeza de que nunca escolhera a Música pois, muito antes de roubar aquele disco do seu pai, já havia sido escolhido por ela. E, assim, passou o restante do dia. Entre descobertas que revelam. E arrumações que acolhem.

Sentado sobre a soleira da porta de entrada, Artur deliciava-se com a primeira noite na sua casa de campo. O sereno da madrugada mantinha-o desperto enquanto apreciava a eterna canção das águas que corriam pelo riacho. Em algum lugar das redondezas recônditas, grilos e sapos cantavam num coral bem ensaiado. Criaturas da noite regidas pelo maestro das sombras. Ocultas sob o véu de mistérios da escuridão. Acalmando a sua alma. E aqueles sons doces e tranquilos acalentavam as suas reflexões. Almejou que Marina estivesse ali. Dividindo com ele aquele momento deleitável. Mas ele estava só. No cume daquela montanha. Longe de tudo e de todos. E aquela desacelerada repentina no ritmo frenético que vinha vivendo o confrontava consigo. Numa paz calada. Uma paz que no fundo se chamava medo. Um medo camuflado. Talvez o medo de nunca mais se encontrar. Talvez o medo do que estava por vir. Lembrou-se de Jack. Não queria pensar no trabalho, no entanto, o amigo já acenara com algumas conversas a respeito do próximo disco do Sinclair. Repetindo que era a hora de começar a compor o novo material e tudo. Ele postergara aquilo e, até então, não sabia bem o porquê. Agora atinava. Era o veneno do medo agindo. Entorpecendo-o. Neutralizando-o. Precisava enfrentá-lo. Vencê-lo. Que o mesmo medo que nos paralisa também pode nos impulsionar. Ele sabia o que fazer.

Abriu a última gaveta da escrivaninha do seu *bunker*, a nova morada do seu pequeno livro preto. O caderno repousava envolto num pano de seda azul com detalhes florais em branco. Protegido. Preservando em si aquelas poesias que haviam transformado a sua vida. Aquele esmero era um sinal da importância que o objeto alcançara. Artur descobrira que as palavras eram armas mais poderosas do que as bombas. As bombas podiam conquistar territórios, mas as palavras conquistavam as mentes e os corações. Os devaneios levaram-no à última poesia que havia escrito. O título original registrado ali era 'Castelo de Cartas' (posteriormente, Jack sugerira que alterassem o nome da canção para 'Furta-Cor', conselho que ele acatara de imediato). A sua décima letra que, curiosamente, também se tornara a derradeira balada do disco. Não resistiu ao desejo de repassar aquelas linhas.

Tento acordar da realidade
que olhar pra frente
é quase sempre um voo cego.
O destino é
um ato de fé.
No meio desta neblina,
vejo a luz cortando a fumaça,
furta-cor,
turvas são as águas do desejo.
Eu tento entender
o que querem dizer
os olhos daquela menina.

Posso ver a tempestade vindo.
Mesmo assim seus olhos vão sorrindo
e tudo fica claro como o sol.
O futuro é um castelo feito de cartas
que a gente escolheu.

Sentiu um calafrio. A página seguinte, em branco, tornava a letra ainda mais soturna. Um ano se passara desde que compusera aqueles versos, mas agora eles se encaixavam com tanta perfeição no presente que poderia dizer que acabara de escrevê--los. Um poema que abordava a sua separação de Lorena, é claro. Mas que também se referia ao frágil equilíbrio da existência. Um assunto que o atraía tanto quanto o assustava. Um presságio do que estava por se cumprir. A forma ruindo. Desmoronando em vazios. Ele sabia que precisava trabalhar. Reconstruir. Criar. Já tinha feito aquilo algumas vezes antes. Não seria tão difícil. Mas suas ideias giravam desordenadas. Colidindo entre si num desgoverno caótico. Gerando um ruído atonal. Carecia de uma primeira frase. Apenas uma. Exata. Que deflagraria todo o resto. A fundação da construção. O portal daquele castelo. O tiro certeiro. Entretanto, as tentativas foram fracassando. Escrevia alguma coisa e riscava logo em seguida. E outra. E mais outra. Rasuras nervosas. Chegou ao fim da página que, mesmo repleta de rabiscos, continuava vazia. Feito ele. Vodca, pensou. Vodca!

Copos enxugados. Página virada. O torpor da bebida amortecia, todavia não alterava a realidade. A verdade é que depois de ver o efeito causado pelas suas primeiras letras. Depois de assistir a milhares de pessoas cantando o que escrevera. Depois de todo o dinheiro que brotara daquelas páginas. Depois de perceber o quanto os fãs se identificavam e levavam aquilo a sério. A sua responsabilidade aumentara. Antes, ele meramente escrevera. Solto. Sem pressão externa. Despreocupado. Só para si. Agora, ele sabia. Haveria uma expectativa a ser superada. Escreveria para os outros. Seria julgado e avaliado por suas palavras. O buraco era mais embaixo. Os caminhos conhecidos não levavam a uma saída neste novo labirinto. Sentiu-se perdido. Em algum lugar do passado. Viu-se muito longe dali. Azulado pela distância. Um homem trôpego, que, mesmo não tendo fôlego, mergulhava dentro daquele mar escuro. Do seu futuro. No qual ele levava no colo a sua infância. Um menino chorando. Girando o mundo entre os dedos. Uma criança cega tateando entre os seus medos. De repente, reparou que olhava fixamente para a capa de um disco. Encostado num canto da sala. 'Houses Of The Holy', do Led Zeppelin. A imagem de crianças nuas. Escalando uma montanha. Ao pôr do sol. Aquela visão era a fonte daquelas abstrações. A capa, uma montagem inspirada no epílogo do livro 'O Fim da Infância', de Arthur Clarke. Seus olhos continuavam cravados naquele cenário. Foi até ele. Pegou o álbum nas mãos. Observando de perto aquele belo trabalho. Sem se dar conta, colocou o disco para tocar. A viagem prosseguiu. Um caleidoscópio de lembranças. Desconexas. Destroçando a lógica. Poucas bandas conseguem ser tão imagéticas quanto o Led, vaticinou. Contudo aquelas digressões se desfizeram durante a execução de 'Over The Hills And Far Away', quando um verso o assaltou: *"Mellow is the man who knows what he's been missing"*[12], cantou Plant, o homem que, tal qual ele, vivia o seu sonho com o bolso cheio de ouro.

A música chegou ao fim. E do silêncio fez-se o verbo. Artur pegou o livrinho e escreveu. *"Ninguém tem dono. Quem vai saber o que o outro sente?"*. Era a cobiçada primeira frase. Examinou-a. Perfeita. Era isso. Esperou pela sentença subsequente. Que não veio. O tempo foi passando, e aquela primeira linha, aguardando. Conformada. Não conseguia rabiscá-la, tampouco continuá-la. Estava em xeque. Podia pressentir o restante da letra brotando nos mananciais da sua imaginação e fluindo pelas corredeiras de sua mente. Pronta. Porém não conseguia traduzi-

---

12 Sereno é o homem que sabe o que vem perdendo. (tradução livre do autor)

-la em palavras. Queria escrever para os outros, mas começava dizendo que do outro não se sabe. Encontrara o seu tesouro, mas não tinha como carregá-lo consigo. Viu-se preso numa encruzilhada. Sem saber em qual direção seguir. Chegara a um beco sem saída. Paralisado. Não sabia o que sentir. Confuso. Não sabia o que dizer. Vazio. Não tinha mais nada para escrever ali. E sem outras orações para visitá-lo, aquele verso permaneceu desacompanhado. A primeira luz da manhã surgiu, trazendo a escuridão. Ele fechou o livro. O rei torto deitara diante de si. Caído. Xeque-mate.

* * *

O ônibus do Sinclair rodava em direção a outra cidade qualquer. Ao passo que todos dormiam, Artur Fantini e Jack Gonzalez aproveitavam a oportunidade para ter uma delicada conversa. Reservada. Jack ouviu com reticências os lamentos do parceiro, expondo suas tentativas frustradas de escrever uma letra nova. O cantor sabia que a gravadora pressionava para que eles gravassem um disco ao vivo. Sabia que, no fundo, eles queriam apenas aproveitar o sucesso do grupo e capitalizar em cima do seu catálogo. E discordava daquilo. No seu ponto de vista, era um ardil visando só os cifrões, que não levava em conta um plano de carreira. Pensava que aquilo seria como matar a galinha dos ovos de ouro. Servir o filé *mignon* para os cães. Pôr todas as fichas sobre a mesa logo no início da noite. A sua única estratégia para demovê-los da ideia era comparecer com um disco de inéditas tão forte quanto o último. Por isso a preocupação. No entanto, também sabia que forçar a barra com Artur só pioraria as coisas. A melhor tática seria deixá-lo o mais tranquilo possível para escrever. Era arriscado. Mas não havia outro caminho.

Fantini conquistara público e crítica com sua poesia. E era ela que todos queriam. A dona da bola.

— *Calma, Artur! Você está passando por uma crise criativa. Essas coisas acontecem com todo mundo que compõe. Ela vem e depois passa* — diagnosticou, escondendo a aflição.

— *Não sei, Jack. Tenho esta sensação ruim de que a fonte secou de vez* — Artur rebateu, angustiado.

— *Às vezes, dá esse branco mesmo. O melhor é deixar que as palavras venham naturalmente* — demonstrou uma falsa calma.

— *Como assim deixar rolar? E o nosso prazo? A gravadora não está em cima da gente?* — questionou.

— *Não se preocupe com isso. Eu me viro com eles. Pense apenas no seu trabalho. Escreva quando se sentir à vontade* — Jack respondeu, mesmo sabendo que aquilo não seria tão simples.

Artur não desistiu facilmente. Contudo, toda vez que elucubrava sobre o que poderia escrever, aquele verso voltava à sua cabeça. "*Ninguém tem dono. Quem vai saber o que o outro sente?*". E ficava por lá. Solitário. Feito uma assombração. Nas vezes em que abria o livro para trabalhar, tinha essa fantasia maluca de que encontraria a letra pronta, esperando por ele. Mas dava de cara com aquela frase avulsa. Uma escultura inacabada. Decidiu mudar de estratégia. Experimentou virar a página. Abandonar a ideia. Escrever acerca de outros assuntos. Esquecer o âmbito exterior. Todavia todas as suas tentativas revelaram-se infrutíferas. Era como se tudo que valesse a pena ser dito já tivesse sido escrito. Antes dele. Por outras pessoas. De todas as formas possíveis. Deste modo, quanto mais tentava avançar, mais regredia. Enclausurado naquele túnel sem fim. Conjecturava que talvez tivesse perdido a mão. E, à medida que o prazo se esgotava, sua ansiedade ia aumentando. Um ciclo que o afundava em si mesmo, distanciando-o cada vez mais da tarefa. Sem saída, convocou uma reunião com todos os companheiros de banda e anunciou que não conseguira vencer a crise criativa. Relatou os seus malogrados esforços de escrever as letras novas. Sabia que todos eram contra o projeto da gravadora de lançar um disco ao vivo. Mas só lhe restava pedir desculpas por decepcioná-los de tal maneira. Ele fracassara. O disco de inéditas teria que esperar.

A notícia causou um certo desconforto dentro do grupo. Principalmente em Jack. Ele ficou arrependido por ter colocado tanto poder na mão de Artur, mas, ao mesmo tempo, sabia que as suas letras eram as responsáveis diretas pelos resultados que haviam obtido. Ainda tentou escrever alguma coisa por conta própria. O resultado ficou longe da excelência que Artur alcançara. O fato é que não gostava de ficar nas mãos de ninguém. Nem de Artur, nem da gravadora. Os acontecimentos, porém, tornaram-no subordinado aos dois. Ele não tinha opção. Que viesse o disco ao vivo, então. Ao menos teriam mais um ou dois anos de atividade pela frente, pensou. Depois... Bem... Depois viria depois.

* * *

Com o interesse da companhia em investir e a boa repercussão do trabalho anterior, o sucesso daquele disco ao vivo era anunciado. Mas a coisa toda foi muito maior do que se esperava. Transcorridos apenas dois meses do seu lançamento, eles atingiram a impressionante e expressiva marca de um milhão de cópias vendidas. Visto que o plano da gravadora era capitalizar, os empresários só seguiram o fluxo. A agenda que já era cheia, transbordou. Algumas vezes com dois ou até três *shows* numa mesma noite. Eles trabalhavam duro. Sem parar. O dinheiro jorrava sobre eles, entretanto trazia consigo o cansaço. A cocaína entrou em cena. Forte. Protagonizando a tentativa de aliviar os sintomas daquela maratona. Mas o lenitivo também evidenciava os seus efeitos colaterais. E eles se viram imersos numa loucura coletiva. Celebrando ilusões perdidas e combatendo perigos imaginários. Aquela combinação explosiva começou a corroer as relações internas. As outrora pequenas diferenças foram tomando proporções bíblicas. Uma batalha de egos. Intrigas e invejas aflorando. E, na mesma velocidade que ficavam cada vez mais ricos e famosos, os integrantes do Sinclair afastavam-se uns dos outros. "Muitos temores nascem do cansaço e da solidão", profetizara Max Ehrmann em sua bela 'Desiderata'. Cocaína contra o cansaço e *groupies* na cama contra a solidão. Eram as armas que eles tinham em mãos para enfrentar aquelas noites sem fim. Paliativos ineficazes. Os tais temores continuavam surgindo e crescendo. Transformando-se em monstros. Esses sim efetivos.

Parecia que dez anos haviam passado, no entanto completariam apenas o primeiro ano da nova turnê. O disco ao vivo batera todos os recordes de venda. O Sinclair realizava uma média de vinte apresentações por mês. O que significa dizer que tinham só um ou dois dias da semana livres. Isso quando não reservavam esses dias para gravar programas de televisão, dar entrevistas e outros compromissos do gênero, o que era quase sempre. Em outras palavras, adeus vida pessoal. Para os solteiros era uma questão de aguentar o tranco e fazer o pé-de-meia. Já para os casados, no caso, Carlos e Artur, a família era uma questão difícil de administrar. O casamento do tecladista foi o primeiro a ir para o brejo. Ele soube que estava se separando na estrada, assistindo a um programa de celebridades que passava na TV. Ficou arrasado com aquilo. Não pela separação em si, e sim pela forma como ficou sabendo. Realmente não era o melhor jeito de ser informado. Devemos, entretanto, levar em conta que fazia três meses que Emmer não aparecia em casa. Um e outro telefonema concisos para a mulher e só. E ainda tinha aquele lance da cocaína e tudo. Às vezes, chegava de viagem e, em vez de ir para o seu apartamento, enfurnava-se num outro hotel para ficar cheirando e comendo putas. Não dava para culpar a sua bela e famosa esposa por ter tomado aquela atitude.

Já Artur esforçava-se o quanto podia para manter seu relacionamento. Mesmo distante, tentava encontrar formas de fazer-se presente. Gastava fortunas em ligações telefônicas, flores e presentes. Fazia de tudo para passar em casa sempre que era possível. Efetuava uma verdadeira gincana de aeroportos para conseguir aproveitar ao máximo o pouco tempo livre disponível. Mesmo que, às vezes, por apenas algumas horas. Assim, ao ser notificado que o compromisso daquela segunda-feira fora cancelado de última hora, não teve dúvidas. Entrou num avião e voou para o seu doce lar. Nas duas últimas semanas não conseguira desvencilhar-se das obrigações profissionais do grupo. As saudades eram grandes. Queria fazer uma surpresa.

Ele não sabia até quando aguentaria viver estressado daquele jeito. Sentia-se aliviado toda vez que se afastava dos companheiros de banda. Por outro lado, não conseguia mais se imaginar longe dos palcos. É certo que possuía mais dinheiro do que jamais cogitara. Mas trabalhava tanto que não tinha tempo para gastá-lo. E ainda havia as brigas e discussões. As drogas e as insônias. A fadiga e a má alimentação. O seu corpo dava sinais claros do mal que aquela rotina insalubre lhe causava. Sentia tremores e palpitações repentinas, que mantinha em segredo. E era nisso tudo que ele pensava ao entrar no seu apartamento naquela tarde. Ao abrir a porta, avistou um papel caído no chão. Pegou-o sem dar atenção. Chamou por Marina. Ninguém respondeu. Olhou para o bilhete e o leu involuntariamente. A mensagem dizia:

"*Oi Marina. Estava pelas redondezas e resolvi passar para tomar um café contigo. Pena que não a encontrei. Ah! E você estava muito sexy ontem à noite. Devia ser proibido. Beijos do seu orientador.*"

Seu sangue subiu ao terminar de ler aquilo.
– *Que porra é essa!* – gritou para ninguém.
Ficou rodando pela sala feito um touro bravo. Não cabia em si de tanta raiva. Nas mãos, levava o flagra da traição. Lia e relia o bilhete.
– *Quanta audácia desse sujeito! Deixar isso na porta da minha própria casa* – discorria para si.
Ficou remoendo aquilo. Planejando o que faria com o professor, quando ficassem frente a frente.
– *Vou quebrar a cara daquele desgraçado!* – praguejou.
E quando, na sua imaginação, deu cabo do pulha, passou a pensar na sua mulher. Como ela pudera fazer aquilo com ele? Como tivera coragem? Corroído pelo ódio, só considerava a injustiça de tudo aquilo. Não conseguia ver que o bilhete sugeria uma traição, mas não provava nada. Não conseguia enxergar que ele também dera as suas puladas de cerca pelas estradas da vida. Pois, como dizem, a justiça é cega. E sentenciou.
– *Traidora!*
Sentou na poltrona da sala e ficou esperando a falsa aparecer. Arquitetando o plano de como a desmascararia. Obcecado. Poderia passar o restante do dia ali, ruminando aquelas ideias maquiavélicas, mas bastou esperar um pouco mais de meia hora para ouvir o barulho da porta sendo aberta. Era Marina chegan-

do com as compras do supermercado. Ela deu um pulo ao vê-lo na sala.

– *Artur! Que susto você me deu!* – exclamou feliz.

– *Surpresa!?* – Artur a interpelou, tentando disfarçar a raiva.

– *Claro! Você nem me avisou que vinha essa semana. Que surpresa boa. O que houve?* – indagou, enquanto dava um abraço e um beijo no marido.

– *Antes de contar o que houve comigo, quero saber o que houve contigo. O que você fez ontem a noite?* – sondou, apartando-se.

– *Ontem!? Ahm... Nada de mais. Fui tomar um drinque com o pessoal da faculdade. Ficamos lá batendo papo e, depois, voltei pra casa. Mas e você? Conta!* – replicou Marina, sem dar muita bola para a pergunta de Artur.

– *Pessoal da faculdade? Por acaso o seu orientador faz parte do seu "pessoal da faculdade"?* – interrogou.

– *O que é isso, Artur? Entrou para a Santa Inquisição?* – ela rebateu, brincando.

– *Você não respondeu a minha pergunta* – insistiu Artur.

– *Sim. Ele estava lá. Inclusive ficou meio bêbado. Pagou o maior mico. Foi muito engraçado. Mas não estou entendendo. Você nunca fez esse tipo de questionário. O que aconteceu?* – demonstrou seu estranhamento com aquela atitude.

– *O que aconteceu? Você quer saber? Pois eu digo. Creio que a sua surpresa foi de me encontrar aqui no lugar do seu professor* – disse, levantando o tom da voz. – *Aliás! Não seria uma novidade no seu currículo. Não é?* – acusou.

– *Que absurdo? Ficou doido? De onde você tirou uma maluquice dessa?* – rechaçou incrédula.

– *De onde eu tirei? Talvez você possa me esclarecer* – gritou, entregando-lhe o bilhete. – *Deixaram embaixo da nossa porta, mas acredito que seja para você* – completou sarcástico.

Marina ficou atônita ao ler o conteúdo daquele papel.
– *Então? Agora você pode me explicar isto?* – Artur demandou, furioso.
– *Não sei o que dizer. Estou pasma* – Marina proferiu, totalmente sem graça. Envergonhada.
– *É melhor você dizer alguma coisa... Como você teve o atrevimento de ter um caso com alguém? Ainda mais com aquele imbecil* – Artur falou, completamente decepcionado.
– *Espere aí! Não tive caso com ninguém. Nem tenho interesse em ter nada com ele. Ele é o meu orientador. E só* – reagiu.
– *Ah é! Então o que é isso? A bibliografia pra estudar no sábado à noite?* – ironizou, apontando o pedaço de papel nas mãos da mulher.
– *Olha! Ele viajou. Perdeu a linha. Passou do limite. No entanto eu não tenho nada a ver com isso. Você não pode me responsabilizar pelo que os outros dizem ou pensam ao meu respeito* – ela se defendeu.
– *Ah! Não posso? Quer dizer que você não abriu nenhuma brecha pra ele entrar? Não deu nenhum mole? O sujeito, do nada, arrisca sair da relação profissional e deixa um bilhete desses na porta da sua casa pra ver no que vai dar? Ah! Qual é a sua? Você acha que eu sou otário?* – irritou-se.
– *O que você está fazendo é muito machista. Pra vocês a culpa é sempre da mulher. Tipo, a menina é estuprada, mas a culpa é dela por estar se exibindo de minissaia. A mulher é assediada, mas a culpa é dela, porque vocês acham que no fundo foi ela quem provocou o homem. Isso é muito escroto da sua parte* – indignou-se.
– *Não é isso que estou dizendo. O que eu disse é que um sujeito não chega a este ponto do nada. De alguma maneira, você permitiu que ele ultrapassasse o limite* – ponderou.
– *Pois eu não fiz nada de errado. Ontem a noite ele bebeu demais e veio com esse papo de que o seu casamento estava em crise,*

que não trepava mais com a mulher e tudo mais. Eu nem fiz comentários. Só fiquei ouvindo. Por educação. Isso é dar mole pra você? – perguntou.

– Bem, isso não é uma conversa profissional também. O que eu sei é que entrei na minha casa e dei de cara com este bilhete. Não é uma situação agradável, concorda? – Artur rebateu.

– Sem dúvida que não é. Nem pra você, nem pra mim. Eu entendo a sua raiva, mas insisto que você não tem o direito de me culpar por isso – ela tentou argumentar.

Aos poucos, foram se colocando e se posicionando. E Artur foi se acalmando. A conversa continuou pelo resto da tarde. Transformando-se num desabafo de Marina. Ela admitiu o quanto era difícil ser uma mulher no mundo acadêmico. Precisava provar o tempo todo de que era capaz e não importava o quão brilhante ela fosse, a maioria dos professores acabavam atraídos e interessados mais por sua beleza do que por suas ideias. A academia que deveria priorizar a produção de pensamentos era na verdade uma instituição preconceituosa e moralista, voltada para disputas políticas e intrigas internas. Aqueles catedráticos eram na verdade um bando de velhas corocas e fofoqueiras. Uma mulher inteligente e bonita era vista quase como uma afronta. O que, na verdade, encobria uma forma covarde de menosprezar e eliminar competidores. Era tão irritante quanto frustrante. E nem era necessário ser tão bonita assim. Qualquer menina um pouco mais jeitosa virava uma beldade perto daqueles *nerds* tarados e punheteiros. Ela confessou que chegou a cogitar de desistir de tudo, na época em que se apaixonou pelo professor na faculdade, mas, em vez disso, pôs na cabeça que ia vencer naquele universo masculino e machista. Lamentava que aquilo tivesse respingado nele. Contudo precisava dele ao seu lado, e não contra ela.

Aquele episódio foi aos poucos sendo superado, entretanto algo se quebrou na relação entre os dois. Algo que não ficou evidente na hora. Algo como uma pequena rachadura. Interior. Camuflada. Vazando. E à medida que o 'vaso' esvaziava, a separação física que existia entre eles na maior parte do tempo ia se tornando uma distância afetiva também. Mas isso não era falado, nem pensado, nem sentido.

* * *

As coisas no Sinclair andavam igualmente estranhas. Cada vez mais. Apesar de todo o brilho e luz que, ao longo dos concertos, emanavam deles para o mundo, a cocaína seguia corroendo a estrutura interna do grupo. O sucesso e o dinheiro agiam feito uma máscara, escondendo os podres que habitavam as entranhas da banda. A nefasta maquiagem da falsidade. E era neste lodo que os seres malignos cresciam. Que é escuro este misterioso local onde o sonho se transmuta em pesadelo. E foi no escuro que eles subiram ao palco naquela noite. Como sempre faziam. Uma noite feito outra qualquer daqueles quase dois anos e meio de espetáculos ininterruptos. Parecida com todas as outras noites daquelas duas turnês emendadas uma na outra. Que poderia ser apenas mais uma das quase quinhentas apresentações que eles já haviam feito. Mas não era. Pois foi naquela noite que, sem convite ou anunciação, aquelas criaturas, até então presas nas profundezas, romperam as correntes e vieram à tona. Pelos fenestrais abertos pelas drogas e pelo descaso. Jack cantava uma das primeiras canções do *show*, quando, simplesmente, apagou. Tal e qual tivesse sido desligado da tomada. Caiu feito um saco de batatas. Inerte. No centro do palco. Inconsciente. O silêncio da banda e do público, à medida que ele era retirado de maca, expressava que algo de grave havia ocorrido. Artur olhava a cena sem reagir. Sem ter certeza do que estava acontecendo exatamente, ou melhor, sem ter certeza de que aquilo estava acontecendo realmente. E mesmo naquele estado de transe. Naquele limbo da realidade. De repente, concretizou que naquela noite completavam-se três anos daquele primeiro telefonema que recebera de Jack, convidando-o para escrever as letras.

– *Três anos... três anos...* – repetiu baixinho, enquanto Jack passava por ele, sendo carregado para a ambulância.

Ninguém o ouviu.

O boletim médico oficial diagnosticou um desmaio causado por fadiga e estresse. Foi a forma encontrada pelos empresários para proteger o artista dos noticiários negativos que certamente viriam, se a verdade fosse divulgada. Sim, a coisa fora muito mais séria. Na realidade, Jack tivera um princípio de *overdose*. Os médicos relataram que, graças ao pronto atendimento e a uma boa parcela de sorte, ele não passara desta para melhor. E foram taxativos. O tratamento exigiria de dois a três meses de internação para desintoxicação. E sem atividades de nenhuma natureza. Nada que pudesse estressá-lo. Estava prescrito. A turnê teria que ser cancelada durante o período de recuperação do cantor.

    Artur aproveitou a parada forçada e isolou-se no seu sítio. Apesar de não ter sido ele a sofrer um desmaio, precisava descansar e desintoxicar tanto quanto Jack. Na primeira semana na serra, ele não fez nada além de dormir. Acordava para comer nos horários das refeições e, em seguida, regressava à cama. Dormiu tudo que não dormira nos últimos dois anos. Não tinha vontade de fazer nada nem de falar com ninguém. Marina foi visitá-lo no fim de semana. E, com muito tato, estimulou-o a reagir. Artur passou a dar pequenas caminhadas pelas redondezas, pegar um pouco de sol, mergulhar no rio, coisas do tipo. Sinhozinho, o seu caseiro, também o convenceu a plantar uma horta. Assim ele se ocuparia um pouco e, de quebra, teriam sempre legumes e hortaliças frescas à mesa, argumentou. Ele acatou a ideia. E será uma horta orgânica, vaticinou.

 O trabalho com a terra revelou-se uma terapia fantástica. Acordar cedo pela manhã e cuidar de sua pequena lavoura. Plantar as mudas e as sementes. Aguar a plantação todos os dias. Adorava aquilo. Adorava a mudança da percepção temporal que aquela vida lhe causava. Tudo parecia mais lento. Mais ajustado. As atividades físicas, a boa alimentação e o ar puro da montanha eram revigorantes. E produziram efeito. Em algumas semanas, os tremores e palpitações haviam desaparecido por completo. Ele estava praticamente recuperado. Marina começou a insinuar que já era a hora de retornar ao apartamento. Mas agora ele não queria mais abandonar suas beterrabas e abóboras, suas rúculas e alfaces. O seu novo vício. Que não abandonamos os nossos vícios, trocamo-los por outros. Às vezes, até mais saudáveis.

 Haviam-se passado dois meses desde aquela noite insana. A última performance da banda. Ceifada. Ainda trazia viva na lembrança a imagem de Jack caído no chão do palco. Um misto de realidade e fantasia. Exatamente como tinha ocorrido na ocasião. Marina continuava insistindo para que ele voltasse para casa. Agora que estava recuperado, queria que aproveitassem a parada da turnê para ficar mais tempo juntos. Mesmo a contragosto, Artur acabou cedendo. Porém, após aquela temporada que passara no campo, estranhava a sensação de viver novamente na cidade. Sentia-se confinado naquele apartamento minúsculo. Carecia de espaço. Precisava sair. Mas, aonde quer que ele fosse, era reconhecido e questionado sobre a banda. Naquele momento, necessitava de anonimato. Aproveitou a si-

tuação e foi visitar Jack na clínica de desintoxicação. Queria saber como estava o amigo. O local ficava no subúrbio. Uma área rural. Chegou lá um pouco depois do almoço. E ficou quase meia hora esperando pelo cantor no jardim da instituição. Finalmente, Jack apareceu.
– Oi Jack. Que bom vê-lo. Você parece bem. Estava dormindo? – metralhou, diante da demora do companheiro.
– Não! Estava no quarto pensando se valia a pena encontrá-lo – respondeu Jack, visivelmente magoado.
– Como assim? – surpreendeu-se.
– Como assim!? Se você não sabe, Artur; eu quase morri! Depois, estou encarcerado neste 'presídio' há mais de dois meses. Ninguém se deu ao trabalho de vir até aqui me visitar ou, pelo menos, ligar para saber como eu estava. Muito legal da parte de vocês. Não acha? – explicou Jack.
– Poxa, Jack! Desculpe-me por não ter ligado. Também fiquei de molho esse tempo todo. Sei que aquilo tudo aconteceu com você, mas, mais cedo ou mais tarde, ia acontecer comigo também. Aliás, estava para acontecer com qualquer um de nós. Foi tipo uma roleta russa. Aquela correria louca de aviões, ônibus, hotéis, shows... Aquele pó todo. Todo dia. Toda hora... era como se a gente estivesse num carro sem freios, descendo uma ladeira íngreme. Não podia terminar bem. Na verdade tivemos muita sorte. Nós passamos do limite, meu irmão. Imagino que todos se afastaram porque precisavam se recuperar. E posso ter demorado, mas pensei em você diversas vezes e agora estou aqui – desculpou-se Artur.
– Então você não está com eles? Eu só vim falar com você para ter certeza disso? – perguntou Jack.
– Estar com eles? Não sei do que você está falando. Como eu disse, não falei com ninguém desde aquela noite. Precisei me isolar de tudo e de todos para me recuperar. O que houve? – questionou.

— Então você não está sabendo, não é? Pois fui informado de que os nossos empresários e os nossos queridos colegas, além de cagarem pra minha saúde, decidiram que ou eu volto a trabalhar imediatamente, ou terei que pagar pelo prejuízo destes meses que vamos ficar parados — indignou-se.
— O que é isso!? Que absurdo! — Artur mostrou-se surpreso.
— Pra você ver como as pessoas são. Alegaram que eu ganho mais do que eles por conta dos direitos autorais e tal. E que a minha irresponsabilidade gerou grandes prejuízos pra toda a banda. A minha irresponsabilidade! — Jack repetiu, rindo de nervoso.
— Os rapazes endoidaram de vez. Só pode — proferiu, incrédulo.
— E não é? Fico feliz que você não faça parte disso. Ainda não comuniquei a ninguém, mas vou adiantar uma coisa. Nunca mais subo ao palco com essa banda. Fim da linha. E nem pensem que podem continuar sem mim. O nome do grupo é meu e não permitirei que ninguém o use. O pesadelo acabou — sentenciou Jack, parodiando John Lennon sobre o fim dos Beatles.

Artur ficou em silêncio, por alguns instantes, absorvendo aquelas palavras.
— Engraçado. Você acabou de anunciar o fim da banda e eu não senti nada. Aliás, para falar a verdade, eu me senti aliviado — reparou Artur.
— Claro que você se sentiria assim. Quem pode aguentar conviver tanto tempo com aqueles calhordas? — acusou.
— Entendo perfeitamente a sua mágoa. Que babacas sem coração! No seu lugar acho que faria o mesmo — Artur deu o seu apoio.
— Pois é, Artur. Foi tudo muito maior do que a gente esperava. Estes últimos dois anos foram avassaladores. Pensei que estávamos preparados para o que viria, mas, sem perceber, eu mesmo perdi o controle da situação. Só que nada justifica esta atitude deles. Estamos falando da minha vida. E eles estão preocupados com dinheiro!?

Isso é inaceitável. Imperdoável! Infelizmente. Ou felizmente. Sei lá?
– Jack desabafou.

– *Jack, quero me desculpar por não ter ligado ou vindo aqui antes, quero me desculpar também por ter falhado com você no lance das letras. Sinceramente. Não foi por mal. Não foi por mal mesmo. Quero que saiba que tenho a maior consideração e admiração por você. E quero agradecer por tudo que você me proporcionou. Esse período que trabalhei com o Sinclair foi uma experiência única. Inesquecível. A realização de um sonho. Só lamento que tenha terminado desta forma. Saiba que você tem em mim um amigo de verdade. Sempre que precisar, estarei aqui* – declarou-se Artur.

– *Se existe alguém nessa história que não precisa se desculpar de nada, é você. Tampouco agradecer. Graças a você e suas letras, nós chegamos aonde chegamos. Não adianta nada a gente ficar matutando "o que poderia ter sido". Isso é algo que não existe. O mais saudável, agora, é ficarmos orgulhosos do que concretizamos e aproveitarmos a 'dinheirama' que nós fizemos. Pois nos dois casos, não foi pouca coisa* – desabafou. – *E digo mais. Se me deixassem beber aqui, eu ia propor um brinde* – completou, entre risadas e abraços no parceiro.

Eles continuaram conversando pelo resto da tarde. Entretanto não voltaram a tocar no assunto do fim do grupo. Falaram sobre o futuro. Sobre mulheres. Sobre jardinagem. Das coisas que gostariam de fazer e tudo. O sol já começava a se pôr, quando se despediram. Artur saiu daquele encontro como se tivesse tirado um peso de suas costas. Sim, havia uma tristeza pelo fim de um sonho, mas havia, igualmente, a felicidade pela realização do mesmo. E de saldo a imensa alegria da possibilidade de novos sonhos. Afinal, podemos planejar tudo, menos a vida. A vida é que faz seus próprios planos. É ela que desvenda seus próprios caminhos. E, por mais incrível que possa parecer, isso não nos concerne.

Naquela mesma semana, Artur chegou à conclusão de que precisava regressar à estância. Urgente. A ausência de um trabalho ou de qualquer outra ocupação efetiva dificultava ainda mais a sua readaptação à vida na cidade. Acordava pela manhã e não tinha nada para fazer pelo restante do dia. Entediado. Sentia falta da sua horta. Sentia falta das infinitas tarefas que a chácara lhe demandava e do ócio sem tédio das horas livres. Sentia falta dos dias longos e repletos. Sentia falta das águas do rio, do clima ameno, das noites frias. E, sobretudo, sentia falta de perceber o tempo passando em sua velocidade real. Natural. Planetária. Decidido, revelou seu anseio à Marina. Todavia aquilo acabou gerando uma discussão entre eles.

– Poxa, Artur! *Nós estamos prestes a completar dois anos de casados e, durante todo esse tempo, não me lembro de a gente ter passado mais do que dez dias seguidos juntos. Agora que isso se tornou possível você quer se isolar naquela montanha? E eu? Como fico?* – demonstrou a sua insatisfação.

– *Mas eu não quero me isolar, pelo contrário, adoraria que você fosse comigo* – argumentou. – *Em vez de morar aqui e passar o fins de semana lá, podíamos morar lá e passar os fins de semana aqui. O que acha?* – sugeriu Artur.

– *Acho que isso é egoísmo da sua parte. Eu tenho o meu doutorado, os meus amigos da faculdade. A minha vida é aqui. Se você não tem ninguém, a culpa não é minha. Não vou transformar a minha vida em algo desinteressante porque a sua é assim* – recusou-se Marina.

– *Uau! Doutorado! Amigos da faculdade! Sua vida é deveras espantosa! Já eu sou um pobre coitado mesmo. Música. Poesia. Sucesso. Você tem toda a razão, é a minha vida que é desinteressante* – ironizou, magoado com a reação da esposa.

– *Sim, quando você tinha essa vida, podia ser ruim ficar longe, mas, pelo menos, eu me sentia orgulhosa de você. No entanto a ban-*

da acabou, Artur. *Desculpe-me por não sentir orgulho em ser casada com um plantador de abobrinhas, berinjelas ou sei lá o quê* – Marina manifestou de forma dura.

Uma vez que não pensou em nada para dizer que não fosse extremamente agressivo, Artur preferiu encerrar a contenda.

– Bem, Marina. *O que eu posso falar depois disso? Apenas que estou subindo para o sítio. Se quiser me encontrar, você conhece o caminho. Será muito bem-vinda* – concluiu.

A pequena rachadura no relacionamento, surgida no desagradável episódio do bilhete do orientador, alargara e tornara-se visível. A distância física tornara-se afetiva. Em contrapartida, Artur agora sabia onde estava o problema. Marina colocara claramente. Seu interesse não era por ele, e sim no que ele fazia. Sentiu raiva daquilo. Não por Marina em si, mas por medo de nunca mais conseguir distinguir se as pessoas que viessem a gostar dele gostariam do Artur real ou daquele Artur que alcançara o sucesso escrevendo letras para uma banda de *rock*. Dois seres que habitavam o mesmo corpo. Que respondiam pelo mesmo nome. Mas que eram tão distintos. Talvez, naquele momento, ele ainda não tivesse observado que um terceiro Artur surgia. Um novo Artur, que trazia as mãos sujas de terra, a pele queimada pelo sol e a simplicidade do campo espelhada no olhar. Um Artur que oferecia as condições necessárias para reunir todos os outros sob o seu comando. Um novo rei reclamando o seu trono. Que o aguardava. No alto daquela montanha.

* * *

O sol, o adubo natural e a água desempenhavam os seus papéis com maestria. Com a horta orgânica em plena produção, Artur passou a cultivar flores. Nas conversas com Sinhozinho e nos livros de jardinagem descobriu os rudimentos e primeiros segredos do maravilhoso mundo da floricultura. Gardênias e antúrios. Hortênsias e narcisos. Rosas, gérberas e jacintos. Violetas, damas da noite e girassóis enfeitavam o jardim e espalhavam-se pela propriedade. Exalando seus perfumes e cores pelo ar. Perto do rio, construiu uma estufa onde plantou diversas orquídeas. Aquelas flores frágeis, belas e efêmeras eram a sua nova paixão. Cada espécie tinha suas necessidades e cuidados especiais para florescer. Era lá que passava grande parte dos seus dias. E era lá que se encontrava, quando Marina finalmente deu o braço a torcer e foi visitá-lo. Ambos fizeram questão de demonstrar o quanto estavam contentes com aquele reencontro. Afinal, só as saudades são capazes de apagar certas diferenças.

Já na cama do quarto, suada e ainda nua, Marina contou que avistara um cartaz na estrada anunciando a festa da cidade. Seria naquele fim de semana. No parque de exposições. O Moby Dick se apresentaria naquela noite. Ela adorava a banda. A princípio, Artur ficou reticente com a ideia. Festa da cidade. Concerto de *rock*. Aquilo remetia demais à experiência recente com o Sinclair. Uma sensação mais de trabalho do que de diversão. Entretanto tinham acabado de fazer as pazes, e Marina ficara tão animada com o programa que ele não quis contrariá-la. Ponderou que talvez fosse até interessante ver o outro lado da moeda. Estar num evento daqueles como parte do público, e não como atração. E, uma vez que quase nunca saía de casa, considerou que seria bom dar uma volta para se distrair e tal. Além do mais, conhecia os rapazes daquele grupo. Já tinham dividido alguns *shows* em festivais de bandas e se esbarrado outras tantas vezes pelas estradas da vida. O som deles era bom e eles eram legais. Enfim, assim que a noite fria caiu, arrumaram-se e foram para o festival.

Diante deles desfilava uma autêntica festa de interior. O parque estava todo enfeitado e iluminado. Centenas de lâmpadas enfileiradas e bandeirinhas coloridas cruzavam toda a sua extensão. Barraquinhas de bebidas, de doces e de jogos disputavam a atenção dos visitantes. O palco no qual a apresentação se daria ficava em frente à arena do rodeio. Ao lado, um parque de diversões, ou melhor, apenas uma roda gigante, um bate-bate e mais duas ou três atrações mambembes. Tudo parecia muito tosco e, talvez por isso mesmo, mágico. As pessoas transitavam felizes. Aquele ar roceiro produzia um clima onírico. Artur e Marina misturavam-se à multidão. Incógnitos. Dividindo uma garrafa de vodca e muitas risadas. Percorreram o local para cima e para baixo até que chegaram à área dos brinquedos. Entre aqueles tradicionais caça-níqueis com uma garra para capturar prendas, Marina avistou uma máquina curiosa. Era uma pequena vitrine com o busto de uma cartomante. O manequim de uma velha cujas mãos apoiavam-se sobre uma bola de cristal que irradiava uma luz vermelha. Seria sinistro se não fosse tão malfeito. Um letreiro de néon com algumas letras apagadas anunciava; Mad...me Zenai...e r...v...la o f...turo. A aposta consistia em depositar uma ficha e ver a boneca articulada pegando uma carta e depositando-a numa fenda. O movimento mecânico era tão falso que a coisa ficava engraçada. A carta escorria até uma portinhola que se abria, revelando a sua sorte. Apesar dos argumentos de Artur de que aquilo era uma besteira, que era o mesmo que jogar dinheiro fora, Marina insistiu que eles entrassem na brincadeira e se consultassem com a cigana. Compraram duas fichas. Ela foi a primeira a tentar. A máquina parecia meio emperrada, mas conseguiu cuspir a carta.

— "*O objeto do seu desejo se aproxima*" — ela leu em voz alta.
— *Viu só? E você dizendo que era besteira* — comentou, dando um abraço no concubino.

Artur colocou a segunda ficha. Madame Zenaide estrebuchou, rangeu, mas tirou outra carta. Ele a pegou e leu para si.

– *"Cuidado com o que deseja, você pode acabar conseguindo"*.

Ele permaneceu quieto por alguns segundos. Algo o deixara desconfortável. Havia uma certa ameaça naquele presságio. O seu silêncio despertou a curiosidade de Marina.

– *O que está escrito?* – ela perguntou.

Antes que ele se recusasse a responder, o locutor oficial anunciou o Moby Dick. Os gritos da plateia indicavam que a banda já adentrava o palco. Sob os protestos da mulher, Artur guardou a carta no bolso do casaco.

– *Depois lhe mostro. Agora vamos ver a turma tocar* – propôs, enigmático.

Era o primeiro espetáculo a que assistia desde que entrara para o Sinclair. Imediatamente, percebeu que ver um *show* nunca mais seria a mesma coisa. Agora, ele conhecia os bastidores, o processo todo. E é fato que a mágica perde a graça, quando se descobre o truque. Marina, entretanto, estava animadíssima. Vê-la dançando e cantando, fez com que Artur se lembrasse do dia em que a conhecera. Naquele remoto primeiro concerto. A banda continuava tocando. Uma enxurrada de imagens inundava a sua mente. Lembranças que desaguavam naquela profecia da cigana mecânica. Pôs a mão no bolso e tateou o pedaço de papel, ao passo que rememorava uma fábula que sua mãe lhe contava nas longínquas noites da sua infância.

Era a história de uma mulher que, acusada de feitiçaria, fora expulsa de um reino distante pelo seu poderoso rei. Exilada, ela se refugiou numa floresta onde passou a viver escondida dos outros homens. Lá, solitária e esquecida, tornou-se uma pessoa amarga. Uma bruxa má. Alguns anos depois, nasceu o primeiro filho do monarca. Ele mandou chamá-la, exigindo um presente mágico para o seu primogênito e herdeiro. A bruxa, temerosa, obedeceu. E lançou sobre o bebê um belo encanto. A partir do ano em que completasse dezoito primaveras, ele atingiria a excelência em tudo que realizasse. O soberano ficou tão maravilhado com o presente que perdoou a maga. E esta foi convidada a morar no castelo. No décimo oitavo aniversário do príncipe, o feitiço entrou em ação. O resultado foi prodigioso. Para deleite de todos, o rapaz logo se tornou o melhor em tudo que fazia. E, sob os seus auspícios, o reino alcançou uma prosperidade nunca dantes vista. Contudo, aos poucos, o príncipe foi se afastando de tudo e de todos. Isolando-se cada vez mais. Perdendo o interesse pelas coisas e pelas pessoas. Ele sabia fazer tudo melhor do que qualquer um e nada mais tinha graça. Nada mais o satisfazia. O desinteresse foi virando tristeza. A tristeza, depressão. Aquela doença foi crescendo até que ele parou de desejar. E no dia em que completaria vinte anos, o rei o encontrou enforcado em seu quarto. O mancebo havia ceifado a própria vida. Desolado, o soberano deu um grito de terror que repercutiu por todas as suas terras. Ao ouvi-lo, a feiticeira deu uma gargalhada arrepiante e desapareceu na escuridão da noite. O monarca deu ordem para que a trouxessem a sua presença, mas era tarde demais. Ela sumira. Concretizou então que o encanto era na verdade uma terrível maldição. E compreendeu a cruel vingança da mulher.

    Artur sempre tivera medo daquela fábula. Mas, paradoxalmente, sempre pedia que sua mãe a contasse. Ficou pensativo, fazendo a conexão entre a predição da cigana mecânica e a lenda. A trilha aberta pelo princípio do prazer. Olhou ao redor. Aquelas milhares de almas dançando. Numa celebração dionisíaca. E no meio daquela catarse coletiva teve uma singular iluminação: a tragédia é filha do delírio.

Após o *show*, decidiram falar com o pessoal da banda. No entanto foram barrados pelos seguranças na entrada do camarim. Artur não se importou nem um pouco com o fato. Queria mesmo voltar para a chácara. A noite estava estranha desde a 'consulta' com Madame Zenaide. Mas Marina sentiu-se insultada.

– *Pois comuniquem a eles que Artur Fantini está aqui fora querendo entrar* – dirigiu-se aos seguranças num tom grosseiro, apontando, a seguir, para o marido.

Artur não gostou nada daquilo. Primeiro, pelo jeito com que Marina se pronunciou com aqueles homens que apenas cumpriam seu dever; depois, por ela ter dado aquela *carteirada* usando o seu nome e, por último, por sua insistência em entrar naquele camarim, afinal, ela nem conhecia os rapazes. De qualquer forma, a grosseria surtiu efeito. Quase imediatamente um produtor apareceu, desculpando-se em nome do Moby Dick, colocando que era uma honra tê-los ali e convidando-os a entrar.

Mingus, o cantor do grupo, fez as vezes de anfitrião, sendo bastante simpático e lisonjeiro com Artur. Após demonstrar a surpresa com a sua ilustre presença, confessou ser um grande fã de suas letras, manifestando que seria um prazer se algum dia tivessem a oportunidade de compor alguma coisa juntos. Coisas assim. Eles conversaram durante algum tempo e ele lamentou o fim do Sinclair, porém, elegante, evitou fazer indagações que pudessem constranger o seu convidado. Artur, por sua vez, contou que estava feliz com a nova fase, morando num sítio na área rural daquela cidadezinha e tal. Em seguida, trocaram mais alguns elogios e gentilezas e se despediram. O poeta estava um pouco alto. Precisava ir para casa. Procurou por Marina e a encontrou num canto, de papo com o baixista da banda. Eles pareciam animados e muito à vontade. Risinhos e conversas ao pé do ouvido. Estranhou aquela intimidade e apenas determinou que estava na hora de irem embora. Ela ensaiou uma queixa, mas Artur cortou, expondo o seu cansaço.

A discussão começou no carro. Ele pediu explicações sobre a cena com o músico no camarim. Ela entrou na defensiva. Reclamou que só queria se divertir um pouco, e ele passara a noite inteira melancólico. Macambúzio. Pequenas faíscas perto de um tanque de gasolina. O bate-boca durou todo o trajeto e continuou ao chegarem à chácara. A coisa foi crescendo e se tornando uma grave troca de acusações. Farpas cuspidas. Gritos vomitados. Culpas jogadas na cara. Uma briga feia. Eles acabaram dizendo coisas que nunca deveriam ser ditas entre um casal. Sim, tão distantes um do outro, perderam-se os seus corações. E, ao percebê-los perdidos, perderam-se também suas razões. Não havia mais nada a ser dito ou feito. O destino deles estava selado. A história consumada. O livro fechado. Foram dormir. Esgotados. Separados. O vaso, antes rachado, partira em mil pedaços. O amor deles escorrera. E, agora, jazia derramado sobre o chão frio da insensatez.

Mal o dia amanheceu, Marina foi embora. Artur acordou com o ronco do motor sendo ligado. Nem se mexeu. Ouviu o barulho do carro entrando em movimento. Aquele som se afastando... se afastando... até sumir por completo. Quando tudo ficou quieto novamente, ele apenas respirou fundo e voltou a dormir. Que, às vezes, o mundo acaba em silêncio.

Aqueles dias foram se distanciando. Feito uma imagem que vai ficando para trás no espelho retrovisor do tempo. Ele passara a ser conhecido na região como 'Seu Cler', uma corruptela nativa do nome de sua antiga banda. Achava aquilo divertido. De sorte que 'Sítio do Seu Cler' foi o que mandou escrever, em amarelo ouro, numa placa de madeira que afixou ao lado da porteira da quinta. O novo nome da propriedade. Por fim, deparara-se com um lugar onde queria estar. Ao qual sentia que pertencia. E quase não saía de lá. Uma vez por mês, ia até a cidade para comprar mantimentos, pagar contas e resolver alguns assuntos burocráticos. Os cheques de direitos autorais continuavam chegando a cada trimestre. Regularmente. Não eram tão gordos quanto os primeiros, mas ainda eram suficientes para que ele não precisasse acessar as suas reservas. Que igualmente não eram modestas. Em alguns raros fins de semana gostava de ir a uma birosca, no povoado próximo dali, para beber e prosear com os matutos locais. É certo que, de tempos em tempos, encontrava-se com algumas moças da área. Para se divertir e tal. Em casos extremos, frequentava o Solar da Luz Vermelha, uma casa de tolerância onde chamejavam raparigas que, se não chegavam a ser jeitosas e prendadas, pelo menos davam conta do recado. Todavia, depois de Marina, não voltou a ter um relacionamento sério com nenhuma outra mulher. Dizia que casara com as suas flores e tinha um caso amoroso com a sua lavoura. Aos poucos, Artur foi criando uma aura de excentricidade em torno da sua figura. Uma fama que afugentava a maioria das pessoas, deixando-as longe do seu sítio. Ele não achava ruim, pelo contrário, considerava aquilo deveras oportuno.

 Mesmo com tudo isso, de vez em quando, aparecia um fã na sua porta. Órfãos da banda e de suas letras. Em geral, eram malucos que o reputavam como uma espécie de guru. Nestas horas, tinha a impressão de que se transformara numa atração turística aberta à visitação pública, mas tentava ser gentil com aquelas pessoas carentes. Recebia-os pacientemente e oferecia um café, um lanche. Normalmente falava a respeito da horta orgânica, das flores e tudo. Mas não importava o que fizesse ou dissesse. Aqueles admiradores olhavam-no como se fosse um ser de outro planeta. Acreditavam que ele estava se comunicando por metáforas. Dividindo as suas epifanias mais profundas. Um filósofo. Um pensador. E saíam de lá ainda mais cativados por aquele sábio que se isolara da humanidade. O homem que conhecia as respostas que tanto buscavam. Apesar de que ele mesmo não fazia ideia de quais eram as perguntas. Os anos vieram. Trazendo consigo saudades, dores e fios de cabelo branco. Que é disso que se trata o tempo. Contudo Artur não se sentia envelhecendo. *"Por que se chamavam homens, também se chamavam sonhos. E sonhos não envelhecem"*, elucidaria Márcio Borges na bela letra de 'Clube da Esquina nº 2', escrita para a canção de Milton Nascimento e Lô Borges. Assim, continuava tocando o seu violão. Continuava ouvindo as suas músicas. Quase todas as noites. Os mesmos velhos discos de sempre. Afinal, já possuía muitos na sua discoteca e as novidades não o atraíam mais. Também não voltou a abrir o seu pequeno livro preto. Não tinha nada para escrever ali. Havia estes momentos em que sentia que lhe faltava algo. Algo que não conseguia determinar com precisão. Talvez o lapso de um desejo. Em contrapartida, havia momentos em que tinha certeza de ter encontrado o seu lugar no mundo. Breves momentos. Triviais. Avulsos. Às vezes, um simples raio dourado fugindo do pôr do sol e passando entre os galhos da cerejeira florida. Às vezes, uma gargalhada alcoolizada de um lavrador na mesa de um bar. Às vezes, os pingos de chuva batendo e escorrendo pela janela numa tarde de verão. Às vezes, o crepitar do fogo na lareira, aquecendo uma noite fria e estrelada, quando percebia que não havia solidão em se estar só. Eram momentos. Passageiros. Mutantes. Efêmeros. Pois as coisas mudam e com elas, as vontades. Os tempos mudam e com eles, as verdades.

Faixa 09
Um salto na imensidão

Clarice bateu a porta do quarto com força e se atirou sobre a cama. Chorando baixinho. Acabara de ter mais uma de suas frequentes e desgastantes discussões com Dona Teresinha, a sua avó. Quando a raiva amainou, trancou a porta e ligou o som nas alturas. Tanto para se isolar quanto para irritar a anciã. O *punk rock* tremeu os alicerces da casa. Ela parou na frente do espelho. Experimentou caras e bocas sensuais. Esboçou um coque preso com um lápis. E saiu dançando pelo cômodo. Ignorou os gritos abafados vindos da sala, pedindo que abaixasse o volume. Dançou e chacoalhou. Pulou e cantou. Até ficar suada. Cansada. Saciada. Então, colocou uma outra música. Desta vez uma mais calma. 'Ovelha Negra', da Rita Lee, foi a eleita. Deitou-se na cama e fechou os olhos. Respirando pausadamente. No ritmo da suave canção. O refrão flutuou pelo ar. E ela o entoou junto com a cantora. Mentalmente: *"Baby, baby. Não adianta chamar. Quando alguém está perdido. Procurando se encontrar".* De repente, imaginou-se longe dali. Num país remoto. Descendo por uma colina verdejante que desembocava num penhasco. Podia sentir o vento gélido cortando sua pele. O céu carregado de nuvens. Pesadas. Lá embaixo, o mar bravio e cinzento. As ondas chocando-se contra as rochas. Furiosas. Ficou admirando a tranquilidade do horizonte distante. Todos aqueles tons cinzentos. Mesclados. Uma paz invadiu o seu coração. E ela dormiu. Encantada pela melodia. Acalentada no colo de suas próprias quimeras.

 As diferentes visões de mundo e o conflito geracional talvez fossem as principais fontes de incompreensão entre avó e neta. Mas havia algo mais. No começo, Dona Teresinha atribuíra aquele comportamento estranho de Clarice à falta que Lorena lhe fazia. Mesmo sendo bem pequena, a menina sentira muito a ausência da mãe. Todavia, conforme se desenvolvia, ela dava sinais claros de que trazia algo diferente das outras crianças. Era uma garota esquisita mesmo. Teresinha passou a culpar a tal da inseminação artificial. Lamentando a ideia infeliz que a filha tivera. Aquele sêmen só podia ter vindo de algum desajustado, pensava. E assim, se por um lado a mocinha ficava cada vez mais parecida fisicamente com Lorena, por outro o seu comportamento ficava cada vez mais extravagante.

Clarice tinha um pouco mais de dois anos quando a mãe faleceu e ela passou a morar com a avó. Desde então, nunca conseguiu se ajustar. Fora alguns raríssimos arroubos de exaltação, no geral, era uma criança calada. Introspectiva. Ficava horas brincando sozinha num canto da casa. Desenhando – a sua atividade preferida –, vendo as figuras de um livro velho ou sentada à frente da televisão. Alheia a tudo que acontecia a sua volta. Num universo paralelo. O seu universo. Ao entrar para a escola, ela enfrentou sérias dificuldades de adaptação. Não gostava de falar nem de brincar com ninguém. Sua única companhia era Doca, um ser imaginário e assexuado com quem realizava incríveis aventuras fantasiosas. Realmente era esdrúxulo vê-la andando de mãos dadas com ninguém e conversando com o nada. De qualquer forma, mesmo que aquele comportamento antissocial fosse visto com reservas, não chegava a ser considerado inaceitável.

Aos nove anos, as coisas começaram a ficar mais sérias. Numa ocasião, ao perceber que a cozinheira ia matar um frango para o almoço, a guria quase surtou. Chamou a empregada de assassina e ameaçou nunca mais comer, se tirassem a vida daquele bicho. Pelo sim ou pelo não, a galinácea foi poupada. Este evento selou o desaparecimento de Doca e o nascimento de Clementina, a sua nova melhor amiga. Daquele dia em diante, Clarice e Clementina tornaram-se companheiras inseparáveis. Ela mesma confeccionou uma coleira para a ave. De couro preto. Com diversas contas de plástico incrustradas. Imitando brilhantes. E a levava para passear com guia e tudo. Ao ver a cena, alguns riam, outros balançavam a cabeça em desaprovação. Não era com ela. Não se importava que todas as meninas de sua idade tivessem gatinhos, peixinhos e cãezinhos como bichos de estimação, ela tinha a sua galinha. E pronto. Ouvia e ignorava as chacotas. Assim sucedeu até que, alguns anos depois, Clementina foi ciscar no paraíso. A ruivinha tinha em torno de quatorze anos e ficou inconsolável. Um período difícil aquele.

Foi no auge dessa tristeza que nasceu a sua paixão seguinte. A música. É óbvio que não ouvia os sucessos do momento, que todos gostavam. Dizia que só escutava gente morta, dando a entender que era dona de poderes paranormais, mas, na verdade, referindo-se aos seus artistas prediletos, a maioria já falecidos. Foi também nessa época que se intensificaram as brigas e discussões com a avó. Dona Teresinha fazia de tudo para tentar compreendê-la. Incentivava-a a interagir com outros jovens. Ter atitudes menos antipáticas e coisas do tipo. Malogros. Clarice achava medíocres todas aquelas pessoas com quem convivia. Mentes pequenas e embotadas. E foi virando uma garota problema. E, em seguida, uma adolescente rebelde. Passou a usar roupas exóticas e rasgadas. E, junto aos cabelos coloridos, vieram as notas vermelhas na escola.

É certo que ela não gostava de estudar, mas aprendia rápido. Assimilava quase que imediatamente tudo o que os professores lhe ensinavam. E, apesar de só se interessar mesmo por artes e idiomas, tanto que aprendeu a falar fluentemente duas línguas estrangeiras, sabia o conteúdo das demais matérias melhor do que ninguém. Apenas colocava as respostas erradas nas provas de propósito. Era o seu jeito de protestar contra o meio em que vivia. Um mundo que não a incluía, que não percebia que ela não era uma menina esquisita, e sim autêntica. O mais estranho foi ninguém ter notado, no decorrer daquele tempo, o quanto aquela moça era perspicaz, criativa e sensível. Muito acima da média, por sinal. Uma garota muito esperta e inteligente. Tanto que conseguiu esconder suas qualidades de todos aqueles que cruzaram o seu caminho nos seus dezoito anos de vida.

Era o fim do ano letivo. Aos trancos e barrancos, Clarice completara os estudos escolares. Repetira um único ano. Uma reprovação intencional para se livrar de uma turma estúpida que a perseguia. Nos outros, deixara para ser aprovada aos quarenta e cinco do segundo tempo. Na última recuperação. Isso porque concluíra que aquela rebeldia surtia o efeito almejado, afastando as pessoas indesejadas, mas poderia atrapalhar os seus próprios planos. Planos que, naquela noite, durante o jantar, expôs à avó.

– Quero morar na cidade grande – ela declarou.

Argumentou que os seus sonhos não cabiam naquela cidadezinha. Naquela mentalidade tacanha. Precisava alargar os horizontes. Conhecer coisas novas. Ver gente diferente. E descobrir o que queria fazer da vida.

Foi uma conversa conturbada. Dona Teresinha já tinha passado por aquela situação com Lorena, mas a filha era mais velha na época em que decidiu partir. Não era só fisicamente que as duas se pareciam, comprovou. Mesmo que surpreendida com a maturidade da garota, ponderou que ela ainda não estava pronta. Não conhecia nada da metrópole. Do mundo. Dos perigos e armadilhas traiçoeiras que esse ocultava em suas entranhas. Clarice, porém, permanecia firme na sua decisão, contra-argumentando com fundamento e segurança. A avó, mesmo contrariada e com o coração apertado, acabou concordando, ou melhor, cedendo. No fundo já não tinha forças para discutir com a neta. Já não aguentava mais ser contestada. Já tinha dito e feito tudo que estava ao seu alcance para colocá-la no prumo. Precisava admitir para si mesma que, em algum ponto, falhara na criação daquela criança. Criança!? Clarice já era maior de idade. Ela sabia que não poderia segurá-la por mais tempo. Talvez tivesse chegado mesmo a hora de abrir a porta da gaiola e deixar o pássaro alçar voo. Livre. Só lhe restava torcer para que a vida fosse gentil com a menina. Rezar para que Deus a protegesse e a sorte lhe sorrisse. E, como último ato de provedora, Dona Teresinha colocou um bom dinheiro dentro de um envelope e deu para a neta. Era mais do que o suficiente para ela se sustentar nos primeiros meses de sua empreitada. Porque Deus é poderoso, mas não custa lhe dar uma mãozinha.

O que Clarice não revelou naquela conversa foi que tinha sido aprovada no exame da universidade pública que escolhera. Que já tinha sido aceita como moradora numa república feminina e tudo mais. E assim o fez não por maldade, e sim por não querer explicar como uma péssima aluna conseguira tamanho feito. Por não querer mais dar satisfações da sua vida para ninguém. Por perceber que chegara a hora de assumir o controle do seu destino e pressentir que essa transição exigia uma certa dose de egoísmo e reserva. Porém, a despeito daquele abismo que as separava, do terreno árido de sentimentos que atravessaram juntas, naquele último momento, elas se encontraram no oásis das despedidas. Avó e neta. E foi carinhoso aquele abraço de adeus. E foram sinceras aquelas lágrimas que as duas derramaram na plataforma da rodoviária de onde Clarice embarcou no ônibus rumo à cidade. Que os afetos familiares são de outra ordem. Internos. Ternos. Eternos.

* * *

As meninas da república e a faculdade de Belas Artes. As drogas e o sexo. A cidade grande e a liberdade. Com as coisas nos seus devidos lugares, Clarice floresceu. Finalmente podia deixar sua personalidade, curiosidade, sensibilidade e originalidade afluírem naturalmente. Trazia consigo uma sede imensa de aprendizado de quem havia recém-cruzado um deserto de ignorância e recato. E música, filosofia, literatura, poesia, cinema e artes plásticas eram as suas bebidas. Saía com muitos garotos, mas se apaixonou mesmo foi por Platão, Nietzsche, Foucault, Braudillard, Deleuze e Benjamin; só para citar os filósofos. Dormia com alguns rapazes, mas sonhava mesmo era com Kandinsky, Miró, Cézanne, Camille Pissaro, Picasso e Van Gogh; só para citar os pintores. Ela tinha essa pressa dos que começam. A urgência de quem sempre soube do prazer e da dor de existir, mas que, só agora, via o mundo se abrir. Como se fosse uma flor. Em suas mãos.

Glória era a sua colega de quarto na república. Uma jovem negra que cursava o sexto período de Ciências Sociais. Dona de uma beleza própria, de uma cultura admirável e de uma inteligência aguçada. Reservada. Respeitosa. Não incomodava ninguém e nada a incomodava. A companheira perfeita. Um doce de pessoa que aparentava ser bem mais velha do que os três anos e meio que as separavam em idade cronológica. Uma maturidade que atribuía ao ano sabático durante o qual viajara mundo afora como mochileira. Outros países. Outros povos. Outras culturas. Dizia que aquela aventura a fizera entender suas raízes, abrira sua mente às diversidades e desenvolvera sua autonomia. O ponto de mutação da sua existência. E mesmo com aquela diferença de experiências entre elas, a caloura e a veterana, elas se conectaram através da música. Bastaram algumas semanas para se tornarem grandes amigas e confidentes. Quase irmãs. Fica-

UM SALTO NA IMENSIDÃO

vam até altas horas jogando conversa fora e ouvindo canções. A morena tinha essa estante cheia de CDs. Coisas da melhor qualidade. E foi com ela que Clarice conheceu vários artistas novos e 'vivos' que valiam a pena serem ouvidos. E foi para ela que Clarice apresentou a sua discoteca de poetas mortos.

Numa noite, as duas vestiam suas camisolas, preparando-se para dormir. Estavam cansadas e resolveram acender um *cigarrinho*. Para relaxar. Enquanto fumavam, trocavam fofocas sobre a festa dos garotos de Arquitetura à qual tinham ido no fim de semana anterior. Segredos e risos. Glória decidiu então colocar um de seus CDs.

– *Escuta isso, amiga. Você vai adorar* – anunciou empolgada.

A música começou com um pequeno solo de guitarra. Poucas notas. Espaçadas. Cinco ou seis apenas. Porém suficientes. Clarice ficou fascinada. Ainda inquieta pelo impacto daquela introdução, ela perguntou quem cantava aquilo.

– *Tom Petty, 'Into The Great Wide Open', querida* – respondeu Glória, contente pelo interesse da amiga.

A conversa acabou ali. Pois quem falava agora era a balada. A letra contava a história de um rapaz que se formava na escola e ia tentar a sorte na cidade grande. Ele fazia uma tatuagem e conhecia uma menina. Arrumava trabalho num clube noturno e aprendia a tocar guitarra. A partir disso, caía no mundo do entretenimento e partia para o estrelato. *"Into the great wide open, under them skies of blue"*[13], dizia o refrão. A canção continuou, mas Clarice não conseguiu mais prestar atenção nela. Distante. Soterrada por uma avalanche de pensamentos. Sufocada por desejos latentes que brotavam dentro de si. Aquelas palavras emolduravam com perfeição o espírito do tempo em que vivia.

---

13 Um salto na imensidão, sob o azul dos céus. (tradução livre do autor)

As suas ambições. A liberdade. A busca pelo sonho. A satisfação de ver milhares de caminhos abertos à frente. A felicidade aguardando no fim de uma daquelas veredas. O medo de errar o curso. E a incontrolável vontade de se atirar naquela imensidão de possibilidades. Quando a música terminou, a ruiva já sabia o que precisava fazer. Ficou em pé sobre a cama. Abriu os braços. E gritou.

– Mundo, aguarde-me que já estou chegando.

As duas caíram na gargalhada.

No decurso da noite, Glória teve que enfrentar uma sabatina sobre como planejara e pusera em prática a sua viagem de mochileira. Os países que visitara. Onde se hospedara. Como se mantivera. Quanto dinheiro levara. E por aí a fora. Clarice queria saber de tudo. Nos mínimos detalhes. Queria colher informações suficientes para compor a própria epopeia.

Glória explicou que, a princípio, não planejou muita coisa. Juntou algum dinheiro e foi à luta. Uma parte usou para comprar as passagens de ida e volta e a outra guardou para levar consigo. Dinheiro que mantinha reservado para uma emergência ou eventualidade. Com relação a isto, recomendou veementemente a Clarice que comprasse um seguro de viagem. Ela não fizera um, mas arrependeu-se daquilo quando, num abrigo destes da vida, ouviu o caso de uma moça que ficara doente algumas semanas antes. A garota tivera uma infecção estomacal. Grave. Os médicos e hospitais eram muito caros e ela não tinha recursos suficientes para arcar com as despesas. Também não falava o idioma local. Sem ter a quem pedir ajuda, sua saúde foi se deteriorando até que desmaiou no meio da rua. Poderia ter ficado ali. Caída. Definhando até morrer. Por sorte foi encontrada e socorrida. Desidratada. Ardendo em febre. Delirando. Levaram-na para um hospital público onde, por mais sorte ainda, havia

Um salto na imensidão

um médico que sabia falar um pouco da sua língua. O suficiente para entender o que se passava e lhe dizer que tinha escapado daquela por pouco. Glória confessou que ficara impressionada ao ouvir aquele relato e passou o resto da viagem torcendo para que nada de grave a acometesse. Para seu alívio, não precisou de auxílio médico, todavia ficou a lição para futuras jornadas.

No mais, o conceito geral era conseguir trabalhos que a mantivessem e propiciassem outras viagens menores. Contou que, depois de três meses rodando para cima e para baixo, acabou instituindo um padrão. Ela se baseava numa cidade por um tempo. Algo em torno de seis semanas. Ralava o máximo que podia e aproveitava as folgas para viajar a passeio. Às vezes, um fim de semana. Às vezes, uma semana inteira. Tudo dependia de cada situação, de cada serviço que arranjava e de quanto dinheiro conseguia fazer. O certo é que sempre viajava para um lugar diferente e, num desses, novamente de acordo com as circunstâncias, acabava permanecendo por um período mais longo. E assim por diante. Aconselhou-a a hospedar-se sempre em albergues da juventude. Instalações despretensiosas que, além de serem baratas, ainda ofereciam dicas de oportunidades de emprego e eram frequentadas por outros mochileiros. Revelou com uma piscadela que a troca de experiências nesses locais foi muito útil e, de quebra, rendeu-lhe boas diversões. Esclareceu que nesse tipo de viagem não se deve estabelecer regras, e sim aprender a seguir e a respeitar a sua intuição. Estar aberta às novas oportunidades e, ao mesmo tempo, atenta aos perigos. E concluiu dizendo que ela deveria manter-se leve para se deixar levar ao sabor dos acontecimentos, com a mente e o espírito preparados para enfrentar os percalços que, invariavelmente, confrontaria. Clarice ficou empolgada com a conversa. Com a ajuda da amiga, fez algumas contas, tentando estabelecer o valor mínimo necessário para pôr em prática a sua empreitada. Tudo calculado. Tudo certo. Já tinha uma parte da grana guardada no envelope que a avó lhe dera. Agora, só faltava arranjar um trampo e levantar o restante. Ela não teve dificuldades para dar esse primeiro passo. Logo conseguiu uma ocupação num restaurante das redondezas. Situado no trajeto entre a república e a universidade. Passava por ali todas as manhãs e, recentemente, verificara um aviso de vagas abertas que fora afixado na porta da entrada de serviço. Ela conhecia o gerente. Vez ou outra frequentava o local como cliente e tudo. De modo que, alguns dias depois, já se encontrava enfurnada na cozinha do estabelecimento, usando luvas de borracha e lavando copos, pratos e panelas engorduradas. Não era uma das tarefas mais agradáveis do mundo. Nem pagava o melhor salário. Mas ao menos daria para juntar algum dinheiro. E o melhor, ela cumpria um horário compatível com o das suas aulas. Encarou como um começo. Algo temporário. A ideia era ralar ali, à medida que procurava um lance mais atraente. O objetivo final valia qualquer sacrifício, pensava.

    O proprietário do restaurante era um indivíduo muito rico e atarefado. Sujeito respeitável. Homem de negócios. Mercado financeiro. Cotações. Ações. Tudo como manda o figurino. E, com toda aquela riqueza, passou a acreditar que era dono de um charme irresistível também. Na verdade não passava de um Don Juan de segunda categoria. Um chato. Sem noção. Enfim. Ele abrira aquele negócio como uma maneira de diversificar seus investimentos. Ou seja, estava mais interessado nos lucros do que em qualquer outra coisa. E, como nada parece ser bom o suficiente para esse tipo gente, vivia reclamando. Da comida, da limpeza, do serviço e, principalmente, do faturamento. Para a sorte dos funcionários, ele aparecia pouco por lá. Contudo,

Um salto na imensidão

quando dava as caras, tentava suprir a ausência com inspeções rigorosas. Esta era a razão de todos estarem tão nervosos naquela noite. Era o dia da sua visita periódica.

Como sempre fazia, o sujeito chegou ao local no auge do funcionamento. A casa estava lotada. Esperou com toda paciência do mundo por uma mesa, sentou-se e fez o pedido. Feito fosse um outro frequentador qualquer. Ao terminar o jantar, foi até a cozinha e examinou-a minuciosamente. Por fim, chamou o gerente num canto para fazer suas observações. Reclamações que, posteriormente, seriam repassadas aos empregados. Uma a uma. Mas, naquela noite, antes de começar a desfilar as queixas, perguntou quem era a novata que estava lavando pratos. O gerente quis defender Clarice de qualquer possível falha, argumentando que ela era nova e esforçada, mas acabou sendo repreendido. O que ele queria saber era o motivo de terem escondido uma beldade daquelas na cozinha. Ela tinha que estar no salão. Brilhando. Atendendo aos clientes, exigiu.

Foi assim que a caloura, com menos de um mês de contrato, conseguiu a primeira promoção. O que foi excelente pois, além de não aguentar mais aquele cheiro de gordura dissolvida em água quente, o cargo de garçonete, contando com as gorjetas e tudo, pagava o dobro do que ela embolsava defronte à pia. Não havia dúvidas de que a lida era bem mais pesada também. Terminava a noite com pés doendo, inchados. Mas a grana compensava o esforço. Porém aquele aumento não veio ao acaso. Que não existe jantar de graça. O proprietário ficara atraído por ela. Com segundas intenções. E passou a aparecer com mais assiduidade no restaurante. Quase todas as noites. Sempre fazendo questão de ser atendido pela bela jovem. Jogava flertes escusos. Galanteios dúbios. Seduções travestidas de gentilezas. Clarice não percebia. Considerava que aquele tratamento cortês era uma mera retribuição aos seus esforços para cumprir da melhor forma as suas funções. Ingênua.

Quando o gato sai, os ratos fazem a festa. No entanto o gato voltara ao posto de comando. Com a presença física mais constante do executivo, as coisas mudaram por ali. Todos passaram a se empenhar ao máximo para agradar ao patrão e manter seus empregos. O resultado daquela mudança de comportamento veio no fim do mês. Recorde de faturamento da casa. Satisfeito, o chefe propôs uma comemoração. Haveria uma festa. Na boate de um sócio. Do outro lado da cidade. Boca livre. Todos estavam convidados. E é claro que ninguém ousou recusar. Naquele dia, terminaram o expediente mais cedo, fecharam o restaurante e foram cumprir a obrigação social.

A bebida e o agito corriam soltos pelo salão. Clarice tomava drinques no bar, conversando com os colegas de trabalho. O patrão se aproximou, enturmado. Lá pelas tantas, convidou-a para dançar. Ela só queria se distrair e aceitou inocentemente. Foram para a pista. A noite seguia animada. Ela dançava e se divertia como nunca. Aquela animação transpirava em beleza e sensualidade. A ruiva se destacava. Fabulosa. O conquistador barato se empolgou e passou a jogar indiretas. A princípio, aquilo não surtiu efeito. Ela achou melhor fingir que não estava notando. Ele não se deu por vencido. Quando uma música mais *caliente* começou a tocar, aproveitou-se da situação e colocou a mão na bunda de Clarice, puxando-a para si. Ela ficou constrangida. Não abriu a boca. Após alguns segundos, educadamente, retirou a mão do cafajeste do local impróprio, afastou-se, volveu na direção oposta e continuou dançando. Ele ainda tentou novas aproximações. Todas estrategicamente ignoradas. Mal a música acabou, Clarice comunicou que estava tarde e precisava se despedir. Não satisfeito, o senhor insistência se ofereceu para

UM SALTO NA IMENSIDÃO

dar uma carona. Fazia questão, colocou. Ela recusou, agradecida. Disse que combinara de encontrar uns amigos da faculdade em outra festa e tal. E saiu apressada. Apesar de não ter gostado da situação, ela não levou nada daquilo muito a sério. Talvez até se esquecesse do ocorrido se, alguns dias depois, ao apresentar-se para o trabalho no restaurante, não tivesse sido friamente informada pelo gerente de que estava demitida. Clarice nem pediu esclarecimentos. Já os sabia. Apenas acertou suas contas, pegou a bolsa e foi-se embora. Afinal, é assim que funciona o mundo do poder e do dinheiro. Como dizem, aceite o jogo ou não entre na brincadeira.

Ela não desanimou com a exoneração obscura. Era só uma questão de procurar outra ocupação. Nos classificados do jornal, encontrou uma pizzaria oferecendo vagas. Lá se foi. Desta vez, escolada, reparou, ainda no decorrer da entrevista de seleção, os olhares capciosos que o gerente lhe lançava. Sentiu um certo nojo do sujeito, mas precisava do serviço. Duas semanas foi o tempo pelo qual conseguiu protelar as investidas do novo chefe. Até que uma recusa veemente em resposta a uma cantada explícita lhe rendeu uma segunda demissão. Contudo ela aprendia rápido. E mais do que depressa compreendeu que podia se beneficiar com o fato de alguns daqueles chefes e gerentes quererem levá-la para a cama. Foi desenvolvendo um modo sutil de seduzi-los para conseguir as vagas que almejava. E especializando-se em tornar-se escorregadia para escapar dos flertes que recebia. Porém, de um jeito ou de outro, mais cedo ou mais tarde, o negócio sempre terminava da mesma forma, com ela no olho da rua. Sem problemas. O que importa é que, entre gorjetas, trabalhos temporários e assédios mal sucedidos, sua poupança foi engordando. E, em menos de um ano, conseguiu a verba necessária para realizar o seu grande projeto. Ficar um ano viajando pelo mundo afora.

Clarice ligou para Dona Teresinha para dividir a conquista. Depois do silêncio nos primeiros meses de cidade grande, ela passara a telefonar com alguma frequência para a avó. Contava as novidades e pedia conselhos. Uma insuspeita proximidade que brotara com o afastamento das duas. Uma espécie de gratidão. Logo, queria compartilhar que conseguira reunir o dinheiro para sua viagem ao exterior e explicar que, durante algum tempo, não poderiam se falar com tanta assiduidade. Mas, desta vez, por conta das altas tarifas internacionais. Embora expondo a sua preocupação, como sempre fazia, aliás, Teresinha ficou feliz por Clarice ter conseguido alcançar o seu objetivo. Orgulhosa da força de vontade da neta. A garota já dera todas as mostras de que, mesmo com todo aquele ímpeto libertário, tinha a cabeça no lugar. No fim, apesar de recomendar a velha prudência, acabou dando a sua benção e desejando boa sorte.

Era hora de arrumar as malas. As malas não, a mala. A mala não, a mochila. O espaço escasso lhe serviu de primeira lição: o essencial é muito pouco. Todos os itens foram pensados e selecionados minuciosamente. Os últimos artigos acomodados foram um *CD player* portátil, os fones de ouvido e alguns CDs que Glória gravara especialmente para ela. Horas e mais horas de músicas. Sim, agora ela não viajaria sozinha. Teria todas aquelas canções como companheiras. Estava tudo pronto.

Um frio na barriga. A ansiedade era o nome do caminho até o aeroporto. O desejo, o seu transporte. O ar que respirava, a satisfação em estado gasoso. As lágrimas que derramou, a felicidade em estado líquido. E aquela mochila que carregava, o desapego em estado sólido. Da janela do avião, admirou a grandeza do mundo abaixo. A imensidão na qual se lançava. Acompanhada de estrelas e imersa naquele planeta de múltiplas impressões sensoriais, ela se sentiu viva. Como nunca havia se sentido an-

Um salto na imensidão

tes. Boa viagem, Clarice, disse baixinho para si. Porque planejar é ter. Respirar é existir. Desejar é ser. Mas a vida é outra coisa. É não saber o que nos espera e, mesmo assim, continuar indo em frente. A vida é descobrir. Sob esses termos, uma nova vida começava a partir dali.

* * *

Nos quatro primeiros meses de aventura, Clarice fez de quase tudo um pouco. Morou em diversas cidades. Lavou pratos. Cuidou de cachorros. Serviu mesas. Fez faxina. Entregou *pizzas*. E viajou no tempo livre. Conheceu pessoas e lugares de todos os tipos. Era mágico não saber ao certo onde estaria na semana seguinte. Uma inundação de novidades. A vida ia seguindo seu fluxo e ela, seguindo sua vida. E foi numa situação prosaica que teve a clara percepção disto. Estava tomando banho, quando reparou nas pequenas gotas de água respingadas na porta do *box*. Percebeu que, aos poucos, as gotas aglutinavam-se, ficando maiores e mais pesadas. Então, escorriam pelo vidro, formando trilhas. Depois, outras gotas desciam pelos mesmos caminhos abertos pelas primeiras. Num cortejo líquido. Não havia nada de mais naquilo, mas, de repente, intuiu que não eram as gotas que desciam pelos caminhos. Eram os caminhos que as atraíam e as conduziam através de si. Ela riu daquela ideia. Parecia um delírio. Todavia a fez pensar na sua realidade. Não era ela que levava a vida. Era a vida que a levava. As revelações e seus caminhos inusitados. E a vida a levou até aquela cidade, até aquele albergue, até aquele quadro de avisos anunciando vagas de modelo vivo na universidade local de Belas Artes.

No dia da seleção, voou para o endereço divulgado. Chegou cedo. Encontrou, no entanto, uma longa fila de concorrentes que já se formara. Ela não esmoreceu. Afinal, não seria novidade conseguir um emprego por conta de seus atributos físicos. A triagem era rápida e simples. Depois de devidamente despidos, os candidatos deviam desfilar diante de uma banca examinadora formada por professores e diretores da escola de arte. Na sua vez, Clarice respirou fundo e seguiu em frente. Aqueles olhares não a intimidaram. Eram olhares profissionais. Frígidos. Técnicos. No fim das contas, foi aprovada. Contratada para aquele que se tornaria o melhor ofício que conseguiu em toda a viagem.

Tudo que precisava fazer era ficar parada. No meio de um salão. Na frente de alunos que a desenhavam ou pintavam. É claro que tinha lá as suas dificuldades. Era preciso vencer a inibição da nudez pública e enfrentar a friagem. Mas o pior de tudo era ter que ficar imóvel por tanto tempo. Ela só podia se mexer e se alongar a cada meia hora. Os músculos endureciam e doíam. Hirtos. Certa vez, chegou a ter câimbras nas pernas. Em contrapartida, ganhava uma pequena fortuna, se comparada ao que recebera em outros empregos que tivera. Trabalhava somente quatro dias por semana e a jornada diária não ultrapassava quatro horas de atividade. Com tempo de sobra para fazer outros bicos. Além disso, ficava com todos os fins de semana livres para viajar para onde quisesse. O trabalho dos sonhos de qualquer mochileira.

Ela também gostava da sensação de ser a musa daqueles rapazes. Volta e meia, um deles vinha lhe mostrar o resultado do exercício do dia. Às vezes, chegavam a lhe dar seus esboços de presente. Alguns eram tão bons que tinha vontade de guardá-los. Contudo logo ficou óbvio que, por trás daquela generosidade, dissimulavam-se segundas intenções. Na verdade, os 'presentes' não passavam de uma artimanha para se aproximar dela. Quebrar o gelo. Começar uma conversa e por aí afora. Assim sendo, preferia recusá-los. Para evitar maiores intimidades, manter uma certa distância. Acreditava naquele ditado que dizia, 'onde se ganha o pão não se come a carne'. Tinha um emprego muito bom. E temia que o envolvimento com alunos pudesse lhe criar problemas junto à direção da universidade.

Por esta razão, após aquela cansativa aula de anatomia artística, ela não deu muita trela para aquele jovem esquisito que se aproximou. Ignorando-o. O rapaz também não disse nada. Apenas a olhou nos olhos, deixou o seu desenho sobre uma mesa lateral e se retirou. Clarice colocou o roupão e já se dirigia para se trocar, quando teve o impulso de ver o que o estudante desenhara. Era uma reprodução do seu rosto a pastel seco. Muito bem-feita, diga-se de passagem. O capricho nos detalhes era notável. Entretanto havia algo curioso ali. Embora admitisse que eram os seus traços. Delineados com perícia, por sinal. Ela não se reconhecia naquele retrato. Havia algo diferente na imagem. Que não lhe pertencia. Algo que não conseguia nomear. Sentiu-se confusa. Perturbada. Afastou o olhar. Porém não pôde deixar o desenho abandonado. Levou-o consigo e guardou-o no escaninho do vestiário.

Alguns dias depois, Clarice avistou o rapaz andando pelo *campus*. E, num acesso de curiosidade, resolveu falar com ele.

– Oi, tudo bem? *Eu sou a modelo da aula de anatomia artística* – apresentou-se, para a perplexidade do estudante.

– *Eu sei muito bem quem você é* – respondeu, surpreso com o contato inesperado.

– *Você pode me esperar dois minutos? Não saia daqui que eu já volto* – disparou misteriosa, antes que ele pudesse inferir o que estava acontecendo.

Ela correu até o vestiário e regressou com o desenho.

– *Você esqueceu isto na última aula* – entregou-lhe o esboço.
– *Não esqueci. Era pra você* – ele replicou, timidamente.
– *Mas não posso aceitá-lo. Esta não sou eu* – Clarice explanou.
– *Desculpe se não ficou parecido, foi o melhor que eu pude fazer* – falou, sincero.
– *Aí que está. Ficou muito parecido. Parecido até demais. E isso me deixou intrigada. Parece comigo, mas não sou eu* – colocou confusa.
– *Um retrato pintado com a alma é um retrato do artista, e não da modelo. Talvez seja disso que se trate* – ele tentou explicar.

Aquela insinuação mexeu com Clarice. A esquisitice do rapaz era só uma camuflagem sobre uma sensibilidade latente. Ela conhecia bem aquele artifício. Igualmente o usara na sua adolescência. Ao sentir-se identificada, reparou melhor no menino. Os cabelos loiros e encaracolados, sem um corte definido, que batiam na altura dos ombros. Um arremedo de cavanhaque que mais parecia uma sujeira no queixo, mas que lhe dava um ar divertido. Os olhos rasgados. Azuis. O corpo franzino. É, ele não chegava a ser bonito, todavia tinha lá o seu charme. O negócio estava ficando interessante, pensou.

– *Caso esta seja a questão, como você diz, o artista deveria ter assinado. Não acha?* – ela provocou.
– *Desculpe se a frase soou presunçosa. Na verdade nem é minha... é só uma citação que me veio a mente* – confessou um tanto sem graça, enquanto rabiscava seu nome no pé da folha de papel e a entregava de volta para Clarice.

Ela pegou o desenho e leu a assinatura.
– *Muito prazer, Giorgio Lampedusa. Eu me chamo Clarice* – falou, estendendo-lhe a mão.
– *Muito prazer, Clarice. Eu me chamo Giorgio Lampedusa* – disse, rindo. – *Bem, agora que estamos devidamente apresentados, seria muito invasivo da minha parte perguntar de onde vem esse seu*

Um salto na imensidão

sotaque? – Giorgio inquiriu de bate-pronto, evitando que a conversa terminasse ali.

– *De todos os lugares. Ou de lugar nenhum. Pode-se dizer que eu sou do mundo* – ela desviou-se.

– *Muito bem, Clarice do Mundo. Combinei de encontrar uns amigos mais tarde. Você gostaria de juntar-se a nós? Poderíamos continuar a nossa conversa lá. Mas antes preciso alertá-la. É uma galera muito doida. Não posso garantir a sua segurança, apenas as suas risadas* – convidou, bem-humorado.

– *Diversão e perigo, a história da minha vida* – aceitou, retribuindo o bom humor.

De fato, a noite foi divertida. Os amigos de Lampedusa eram hilários. Gaiatos. Cultos. Boêmios clássicos. Se Clarice não estivesse tão cansada, teria ficado com eles até o sol raiar. O que não aconteceu naquela ocasião, mas viria a acontecer em outras. Futuras. Ela e Giorgio passaram a se encontrar com frequência. Saíam para beber. Para dançar. Para conversar. Além de terem em comum o interesse pelas artes, afinal ambos eram estudantes da mesma cadeira, Clarice também gostava da companhia e das conversas que mantinha com o rapaz. Adorava o seu humor inteligente e conciso. E mais, sentia-se bem no meio da sua turma. Um pessoal fanfarrão que a acolhera de imediato. Por isso, não teve dúvidas quando lhe indagaram se queria viajar com eles naquele fim de semana. Iriam para uma cidade vizinha. Aproximadamente uma hora de trem. Uma programação movimentada. Duas exposições ao longo do dia, uma renascentista e outra com obras de Van Gogh. Excepcionais. E, para fechar com chave de ouro, uma grande festa de música eletrônica varando a noite inteira. Imperdível.

Partiram bem cedo. A agenda cheia exigia disposição e método. Eles praticamente abriram o museu onde se daria a mostra 'O Renascimento da Arte'. E o grupo se dispersou perante tantas maravilhas clássicas. Uma oportunidade raríssima de ver e admirar aquelas obras reunidas, fora de seus museus de origem. Rafael, Giotto, Michelangelo, estavam todos presentes. Mas a grande estrela da exposição era o quadro de Botticelli, 'O Nascimento de Vênus', que, enfim, retornava à visitação pública após um prolongado período de restauração. Giorgio e Clarice caminhavam de braços dados. Contemplando e comentando cada obra. Falantes. Entusiasmados. Só se acalmaram quando chegaram à sala central do museu e pararam defronte ao enorme quadro. A atração principal. Ficaram alguns minutos quietos. Deslumbrados com tanta beleza. Na tela, a deusa Vênus surgia nua numa pose pudica, emergindo do mar em uma concha que era conduzida até a margem por Zéfiro, o Vento. Esse levava no colo uma criança, a bela Aurora, deusa do amanhecer. Junto à margem uma divindade primaveril aguardava a chegada de Vênus com um manto bordado com motivos florais. Pronta para cobrir a sua nudez. Uma chuva de flores rosadas anunciava a sua chegada. Tudo parecia mover-se dentro do quadro. Lentamente.

– *Meu Deus! Que coisa linda!* – finalmente exclamou Clarice, suspirando.

– *Não podia ser diferente, trata-se da deusa do Amor* – concordou Giorgio.

Eles se deliciavam com aquela imagem, enquanto Lampedusa relatava os seus saberes sobre a pintura, os quais, aliás, não eram modestos. A representação mitológica: influência do grande poeta Ovídio; a pele leitosa da deusa: imitando o mármore das antigas estátuas gregas; Zéfiro: representando a paixão do espírito; Aurora: representando o nascimento; a concha: que na época renascentista era considerada uma figuração simbólica da vagina; a divindade primaveril: estabelecendo a relação com a fecundidade; e todos esses elementos caracterizando o paganismo da obra em um período que ficou marcado pelas reproduções religiosas. Era quase revolucionário. Clarice ouvia embebecida, encantada com a cultura do rapaz. Ele continuou a resenha.

– Eu me lembro do professor de história da arte enumerando os 'erros' anatômicos deste quadro. O pescoço longo demais, o ângulo improvável dos ombros... mas agora tenho certeza de que não foram erros, e sim opções artísticas. Botticelli conhecia muito bem as regras de anatomia. Acredito que ele quis demonstrar, com estas pequenas falhas propositais, que a beleza está além da forma – o jovem arriscou.

– E sem dúvida conseguiu. Esse quadro é uma ode ao amor! Uma ode à mulher! Ele escreveu uma poesia sem palavras – ela traduziu.

– Perfeito! Uma poesia sem palavras – explanou Lampedusa, cativado pelo comentário de Clarice. – Aliás, não tinha notado como você é parecida com essa Vênus – completou.

– Você está querendo dizer que eu sou torta e pescoçuda? – brincou Clarice.

– Não! Quis dizer que você é linda – arrematou, fuzilando-a com o olhar.

Clarice enrubesceu. Aqueles pálidos olhos azuis transformaram-se num calor em seu ventre. Espalhando-se por todos os pontos eróticos do seu corpo. Teve vontade de se jogar nos braços de Giorgio. Queria que ele a possuísse ali mesmo. No chão. Diante da grande deusa. Mas conseguiu se conter.

– Agora você me deixou sem graça – foi tudo que conseguiu proferir.

– Desculpe, não era a minha intenção – recuou o rapaz.

Clarice foi se recompondo. Tentando afastar aqueles pensamentos lascivos. Os outros membros da trupe foram surgindo aos poucos. Vindos de todos os lados. E juntando-se aos dois. Enfim, com todos reunidos, saíram perambulando pela cidade.

Procurando um local para almoçar. É certo que estavam repletos de belezas, contudo a fome era negra. E mais do que as pernas, e mais do que o coração, e mais do que o cérebro, é o estômago que nos governa.

 Depois do almoço, foram até o parque para fazer a digestão. Deitados. Uns sobre os outros. Todos sobre a grama. Jiboiando. Envolvidos na brisa suave. Aproveitando os cálidos raios de sol do começo da tarde que se derramavam feito mel. Um dos meninos espantou a preguiça, dizendo que tinha uma surpresa. E tirou da mochila o que parecia uma fina barra de chocolate, mas que, na verdade, era uma tira de haxixe. Foi ovacionado. Fizeram dois charros. E fumaram, passando de mão em mão. Quando tudo indicava que ficariam lagarteando ali pelo resto do dia, alguém lembrou que tinham um encontro marcado com o Vicente. Afugentaram o marasmo. Levantaram. E partiram para o outro museu.

 As cores estouravam perante seus olhos. Efeito da droga e das pinturas de Van Gogh. Eles se dispersaram novamente. Mal entrou no segundo ambiente da exposição, Giorgio deu de cara com o quadro 'Campo de Trigo com Corvos'. Uma tela larga, retangular. Ele já a conhecia de livros. Sabia inclusive que alguns estudiosos divergiam sobre aquele ser ou não o último trabalho do artista antes de se suicidar. Controvérsias à parte, estar diante dele era outra coisa. O quadro exalava uma imponência. Exigia uma reverência. Nele se via um céu azul. Escuro. Dramático. Em contraste com um campo de trigo. Amarelo. Ensolarado. Que cobria a maior parte de sua área. Uma revoada de corvos chegando. E três caminhos em tons de vermelho, marrom e verde. Um, central, sem saída e dois laterais com destinos ignorados. Ele parou defronte à obra. Imóvel. Clarice ainda tentou fazer algum comentário, mas Lampedusa não respondeu.

Um salto na imensidão

Hipnotizado. Ela seguiu em frente. Atraída por outras pinturas. E ele ficou ali. Alheio. Absorto em suas análises. Giorgio constatou que a paisagem fora retratada de tal forma – o bando de corvos vindo do lado direito da tela para o centro e dois dos caminhos partindo do lado esquerdo – que colocava o observador numa perspectiva lateral da esquerda para direita. Era como se aquele trabalho 'pedisse' que o examinassem de flanco. Aquele caminho central que não tinha um fim também chamou sua atenção. Um beco sem saída, bem no meio do quadro. Foi quando verificou que ali deveria ser o ponto de fuga, entretanto não era. Virou a cabeça na direção dos corvos, procurando por linhas imaginárias, paralelas, que o levassem ao tal ponto. E o ângulo que se formou entre os seus olhos e a tela desvendou o impressionante mistério oculto da obra. Aqueles caminhos não levavam a lugar nenhum. Eles vinham de dentro do quadro até ele. O ponto de fuga que procurava encontrava-se fora da tela. No próprio pintor. Ou no observador. Nele. Sentiu-se excitado com a descoberta. E essa percepção subversiva e perturbadora o arrastou para dentro da pintura. Ou sugou a pintura para dentro de si. Uma alucinação. Viu-se cercado por aquele campo. A tempestade se anunciando. O aterrador crocitar das aves negras chegando do além. E o além era ele. Ficou assustado. Sucumbido diante de tamanha força. Queria sair dali, mas não conseguia se mexer. Estava preso naquele frenesi plástico. E, enquanto lutava dentro do pesadelo, tudo fez sentido. Algo estranhamente tranquilizador encerrava-se em tudo aquilo. Partindo daquelas pinceladas nervosas. Caóticas. O caos vencendo a forma. A força da natureza em seu curso. E teve uma revelação: o grande artista havia pintado o retrato de sua própria morte. Neste exato instante, os corvos volveram na sua direção. E avançaram. Feito gritos longínquos. Aproximando-se. Ele se curvou. Esperando pelo iminente ataque.

— *Giorgio! Giorgio!* — Clarice gritava, sacudindo seu ombro.

— *Eh! Oops! Desculpe, o que houve?* — perguntou, espantado com o súbito retorno à realidade.

— *O que aconteceu? Você está parado aí há horas. Na frente desse quadro. Já visitamos o museu inteiro e você não saiu daí. Estão todos procurando por você* — ela colocou.

— *Nossa! Nem percebi o tempo passando. Achei que tínhamos acabado de chegar* — Lampedusa se explicou.

— *É... acabamos de chegar há quatro horas* — a ruiva troçou.

Ele respirou fundo e se recompôs.

— *Clarice, eu preciso contar uma coisa. Tive uma viagem inacreditável, olhando essa obra. Mas, se eu contar, você vai achar que eu enlouqueci de vez* — confessou.

— *Pode contar. Juro que não conto pra ninguém. Nem faço mal juízo de você. Conta, vai. Será o nosso segredo* — pediu curiosa.

Os dois foram andando em direção à saída, ao passo que Giorgio relatava sua experiência. O mergulho profundo no quadro. Ela ouvia embevecida. Seduzida por toda aquela sensibilidade. Ele se surpreendeu com a sua audácia por se expor daquela maneira. Mas algo lhe dizia que podia confiar nela. Quando se reuniram aos outros, Clarice almejou que todos desaparecessem. A princípio, estranhou aquilo. Adorava aquela galera. No entanto algo gritava dentro dela. Um desejo de ficar a sós com Giorgio. Não apenas ali, naquele momento. Mas para sempre. E, assustada com aquele sentimento ardente, ela sorriu. Nervosa. Ele sorriu em retribuição. Inquieto. Não disseram nenhuma palavra. Não precisavam. Eles sabiam. A despeito de terem tentado esconder-se daquilo desde o primeiro encontro. A semente brotara. Rompendo a carne. Revelando a pequena e perfumosa

Um salto na imensidão

flor da paixão. Essa que agora sangrava na mesa de centro dos seus corações. Luzes coloridas faiscavam pelo chão. Música alta. A batida eletrônica. Repercutindo. Pessoas dançando. Frenéticas. O paraíso artificial. Comprimido numa pílula amarelada. O festival acontecia sob uma tenda armada numa praia afastada. Giorgio e Clarice divertiam-se em meio ao delírio coletivo. Suados. Tudo em volta era química disfarçada de alegria. Dentro deles, outra festa. Convidando-os. Tinham sede. De líquidos e de si. Água mineral. Ar fresco. Os dois saíram andando pela areia. Descalços. De mãos dadas. Na beira do mar. Caminharam por alguns minutos. Até o som ficar distante. Até as luzes ficarem distantes. Lampedusa tirou a camisa e a colocou sobre uma pedra. Eles se sentaram. Lado a lado. O céu nublado. Sem lua. Sem estrelas. Sem testemunhas. E, enfim, beijaram-se. Fechando o circuito daquela tensão que corria em suas veias. Elétrica. Uma chuva fina caiu suavemente. E no cerne daquele sonho molhado. Com o frio lambendo as suas peles expostas. Quentes. Eles se amaram. Os corpos conectados. No ritmo da natureza, na intensidade da maré, na constância das ondas. Uma explosão de prazeres. Feito fogos de artifício. Desfazendo a escuridão.

* * *

Clarice mudou-se para a casa de Giorgio. Eles moravam num pequeno apartamento conjugado. Simples. Sem luxos. Apenas a paixão como ambiência e o romance como decoração. A faculdade no decorrer dos dias. Música e amor no decurso das noites. E viagens nos fins de semana. Muitas viagens. Parques e museus. Recitais e balés. Diversão e arte. O suficiente para eles. Saciados, viveram quase dois meses nos braços daquela ventura. Uma lua de mel. Clarice não pensava no amanhã. Vivia um dia de cada vez. Aproveitando cada momento. Giorgio também. E ambos residiam naquele amor. Intensos. Inteiros. Pintando juntos o quadro daquele encontro. A grande arte de caminhar sem rumo.

    Chegaram ao fim do ano letivo. E, com isso, o fim do contrato de trabalho da ruiva. Pegaram as mochilas e puseram o pé na estrada. Celebrando o fato de que, agora, poderiam ficar mais do que uns poucos dias fora. Festejando as férias. Aproveitaram para visitar os pais de Giorgio em sua cidade natal. E com a aproximação familiar, surgiram as primeiras conversas acerca do futuro. Sobre como seria quando regressassem ao cotidiano de afazeres. Lampedusa tinha sua moradia, sua faculdade, seus amigos, seu emprego. Tinha a sua vida para tocar. Clarice vivia a sua fase aventureira. O seu ano sabático aproximava-se do fim. Não tinha vontade de continuar naquele trampo de modelo vivo. Passara quatro meses naquilo. O seu espírito livre clamava por mudanças. Por outros voos. Por outras paisagens. Havia o prazer perene de compartilhar o seu amor com Giorgio. Contudo, para além do prazer, havia o desejo. O desejo de ir adiante. De seguir o seu curso. Desbravar as veredas do destino até chegar a hora de retornar para sua terra. Seus estudos. Sua realidade. O desejo que a dividia, que os dividia.

    Voltaram para casa, mas aquele já não era mais o seu lar. Clarice propôs a Giorgio que partissem. Viajando pelo mundo afora. Nas asas do vento. Para um lugar onde só houvesse eles. Mas ele dizia que não poderiam viver daquela maneira para sempre. Que ela estava agindo feito uma criança inconsequente. Insistia que ela procurasse outra ocupação mais estável. Uma que pagasse o suficiente para custear seus estudos. Implorou para que ela não fosse embora, que ficassem unidos. Parceiros.

Um salto na imensidão

E construíssem uma vida juntos. Isso era o mais importante. Clarice olhava para Giorgio e a simples ideia de ficar longe dele era devastadora. Sabia, porém, que ficar ali decretaria o afastamento definitivo de si. Um sonho nascendo dentro de um sonho. Estabelecendo o conflito. Aquele novo sonho não lhe pertencia. Ela queria ficar, mas não podia. Lutou contra aquilo durante dias. Dentro dela a decisão já estava tomada. A sua real intenção. Não houve discussão. Não houve despedida. No meio de uma noite. Furtiva. Ela arrumou a mochila. Escreveu um frio pedido de desculpas no verso do esboço que Giorgio lhe dera de presente. E partiu.

Partida.

O destino que decidisse o seu rumo. Chegou ao guichê da estação ferroviária e comprou uma passagem para o primeiro trem. A plataforma fria. Vazia. Um retrato da solidão. Alguns minutos depois, um comboio cortou o silêncio. Ela embarcou. Sentou-se na última fileira do vagão. E nem reparou nas poucas almas que a acompanhavam naquela longa jornada noite adentro. Os olhos vermelhos. As lágrimas caindo numa improfícua tentativa de apagar aquele incêndio no seu peito. As lágrimas escorriam para fora, e o fogo a consumia por dentro. Em meio a sua angústia, vislumbrou por que a via-crúcis de Jesus era chamada de Paixão de Cristo. Todo aquele martírio. Todo aquele sofrimento. Pois é disso que se tratam as paixões. O trem entrou em movimento. Partindo. Um tiro no escuro. Uma espada penetrando a garganta profunda da noite.

Não havia paisagem na janela. Um quadro. Negro. A cor da sua dor. A dor dos que se doam. Ela não conseguiu dormir. Não havia mais sonhos possíveis. Faltava-lhe o ar. Sufocada na contradição de ser ela mesma. Feito a folha que balança ao vento, invejando a solidez da raiz da árvore. O trem continuava. Ganhando terreno. Parado. E quanto mais pensava em voltar, mais se afastava. Mergulhando na madrugada sombria que escorria por entre os seus dedos. Tal qual água. O primeiro raio de sol surgiu como uma pincelada. Rasgando a escuridão. Ela fechou os olhos inchados. E, simplesmente, aceitou sua ventura. Que a liberdade do pássaro é sonhar com uma gaiola. Entrou naquela cidade. Refletida no espelho das ruas. Molhadas. Andou por suas trilhas de cimento, deixando um rastro com as migalhas do seu coração partido. Para se perder no caminho. Cansada. De tanto ser. Sentou-se no banco da praça. A manhã já vinha chegando. Trazendo pombos, velhos e solidão. Ajustou os fones nos ouvidos. Entre os CDs guardados na mochila. Aquele. Nunca ouvido até então. Sobre o qual Glória rabiscara. Em azul. 'Solitudes'. Esse é para quando você não suportar a solidão, recomendara. Era a hora. E a música veio. Companheira. E os versos vieram. Feito o sol. Brilhando. Feito faróis. Brilhando. Feito diamantes. Brilhando. Feito lágrimas.

O balanço no parque vazio.
O vento muda de rota.
Os meninos dormem e crescem,
você pensa na sua derrota.
E quem antes, senhor do destino,
vê seu dedo em carne viva,
a marca das alianças.

A vontade não paga entrada.
A razão tem suas razões.
O prazer é um prêmio fácil.
Presas fáceis, os corações,
Mas há algo que lhe diz

Um salto na imensidão

que você deve seguir em frente.
Não, não é a esperança.
O amor nos faz crianças.
O silêncio faz sua algazarra.
Você não foi convidado,
mas todos, uma hora ou outra,
temos que lidar com o passado.
Envolto em macia seda,
o tempo comete os seus crimes,
e você paga a fiança.

Bebendo da solidão cristalina
com a inocência perdida.
Tudo que entorpece
também queima na ferida.
Nada igual, tal como antes,
caindo da torre infinita,
você lança suas duas tranças.

O amor nos faz crianças.

Seus olhos intumescidos quase não conseguiram ler os créditos que apareciam no mostrador digital do aparelho: 'Sinclair – O Amor Nos Faz Crianças'. Que letra linda, pensou. Tocada por aquelas palavras que pareciam ter escapado de dentro dela. Esquivas. Imagens submersas do seu naufrágio. Um retrato dos seus destroços. Quis agradecer à Glória pelo CD. Quis agradecer àquele poeta que escrevera aquilo. Como alguém pudera descrever tão cristalinamente o que estava sentindo? Olhou ao seu redor. Tudo era desconhecido. Ela escorregava pela superfície do mundo. Sem ter onde se segurar. A impalpável casca do desejo. Mas aquela canção a confortou. A melodia. A poesia. A língua-mãe lambendo sua cria. Sentiu-se identificada. Sim, as músicas são espelhos. E, vendo o reflexo da sua dor, percebeu que não estava sozinha.

Examinou suas roupas. Surradas. Transparecendo seu estado de espírito. Sentiu-se oprimida. Precisava mover-se. Saiu andando pelas ruas vizinhas. A esmo. Avistou um vestido preto na vitrine de uma loja. Era lindo. E pressentiu o que devia fazer. Entrou no estabelecimento e o experimentou. Imediatamente algo mudou dentro dela. Talvez tenha sido a sensação do tecido de boa qualidade roçando sobre a pele. O cheiro do novo. O caimento perfeito. A barra do vestido um pouco acima da altura do joelho combinando com as botas longas. O fato é que a sua imagem no espelho daquele provador veio como um sopro de esperança. O preço na etiqueta era salgado. Mas não importava. Ela pagou cada centavo com prazer. Porque não há dinheiro que pague a magia de uma roupa nova. Nem ninguém que explique o poder de um vestido preto. Saiu radiante da loja. O sol voltara a brilhar naquela manhã. O ar fresco voltara a circular pelos seus pulmões. Ela voltara a ser uma flor no imenso jardim da humanidade.

Aquela simples conquista despertou nela uma disposição incógnita. Todas aquelas lojas e roupas incríveis ao seu redor eram convites irrecusáveis para comprar. Um impulso que nunca experimentara tomou conta do seu ser. Driblou a prudência financeira que a acompanhara ao longo de toda a viagem e aproveitou o resto do dia para fazer compras. Era a primeira vez que se dava a esse luxo em sua vida. Ela mal podia se reconhecer. E, já que estava na chuva, queria mesmo era se molhar. Inteira. Movida pelo perigoso princípio do prazer, entrava e saía das lojas num transe consumista. Comprou itens para repor tudo que levava na mochila. Peça por peça. De quebra, ainda levou alguns artigos supérfluos. Afinal, as promoções eram imperdíveis. No fim da tarde, retornou à praça na qual estivera naquela manhã. Sentou-se no mesmo banco. No entanto, agora, em vez de tristezas, estava rodeada de sacolas das mais diversas grifes. Começou a retirar as etiquetas das roupas novas à medida que as arrumava sobre o banco. Uma a uma. Só então, contabilizou que gastara num único dia quase todas as economias acumuladas nos últimos dez meses. Mas não se preocupou com aquilo, pelo contrário, riu daquela extravagância. Esvaziou a mochila e, com certa dificuldade, acomodou as novas aquisições. Em seguida, colocou todas as roupas velhas naquelas sacolas. Quando ia jogá-las no lixo, atentou que aquilo já era demais. A Clarice que conhecia retomara as rédeas do seu corpo.

 Cerca de vinte minutos e alguns pedidos de informação depois, ela chegou à sala da administração de um lar para desabrigados no qual planejava deixar as sacolas de roupas. A tarefa, porém, não era tão simples. Primeiro precisava esperar pelo encarregado do setor de doações. Enquanto aguardava, ficou lendo os anúncios no quadro de avisos. Reparou num pequeno cartaz que participava os horários do sopão oferecido pelo abrigo. Estava quase na hora. Aquilo podia ser interessante. Despendera uma pequena fortuna naquele dia, e uma refeição gratuita seria muito bem-vinda. No mínimo seria uma experiência antropológica, pensou. O funcionário apareceu. O sujeito examinou as sacolas, avaliou as roupas como se fosse comprá-las e resmungou algo incompreensível. Ela quase teve que implorar para doar aquelas vestes. Por fim, livre da sua antiga roupagem, Clarice se dirigiu ao refeitório.

O lugar era soturno e exalava um odor acre. O cheiro segregado pelas revoltas contidas. Uma e outra conversa tímidas surgiam e morriam aqui e ali. Silenciosas. Ela pegou um prato e entrou na fila. Uma ruiva usando um vestido de grife. Destoando no meio dos sem-teto sujos e esfarrapados. Uma pérola num lodaçal. Mas ninguém parecia se importar com a sua presença. O salão estava repleto de gente que a sociedade tornara invisível. Fantasmas sociais apavorados pelos seus próprios egos dissolvidos em dor e pobreza. Ela foi até a grande mesa central. Um homem sentado à sua frente esboçou um sorriso despedaçado. Ela não conseguiu retribuir. Sentia-se mal. Culpada por pertencer a uma raça que fazia aquilo com membros da sua própria espécie. Era repugnante. Passou o resto da refeição olhando para o prato. Tentando digerir sua indignação. Tentando digerir aquela sopa rala, ou melhor, aquela água suja com fiapos de algo sem sabor boiando esparsos. Naquela refeição, ela provou o verdadeiro gosto da injustiça social. E estava morno.

Não muito longe dali, deparou-se com um simpático albergue. O preço era convidativo e o repouso, imperativo. Entretanto, mesmo exaurida pela noite em claro e pelo dia de compras, não conseguiu pegar no sono. Assombrada por Giorgio Lampedusa e pelos sem-teto. Pelas tristezas e iniquidades da vida. Sem ter o que fazer, foi até a área comum da casa. Uma espécie de alpendre improvisado onde os hóspedes se encontravam e confraternizavam. Ela carecia de ar puro. Lá fora, pendurada na escuridão, ensopada de sombras, a noite se derramava sobre alguns jovens que ouviam música e conversavam. Animados. Clarice se afastou. Foi até o jardim da frente e contemplou o céu estrelado.

– *Meu Deus, por que tanta maldade?* – pensou em voz alta.

– *Maldade é acreditar que existe um Deus* – proferiu uma voz vinda de um canto escuro.

Um salto na imensidão

Clarice deu um pulo. Olhou na direção de onde vinha o som. Uma pequena brasa acesa emitia uma luz mortiça. Desvendando os contornos do rosto de um velho fumando cachimbo. O sujeito se aproximou, entrando na claridade que vinha da casa.

– *Desculpe-me se a assustei* – disse com um sorriso. – *Eu me chamo Adam. Sou o humilde proprietário desta estalagem* – completou, apontando para a construção.

– *Poxa, você me assustou mesmo!* – respondeu, refazendo-se do susto. – *Eu me chamo Clarice, muito prazer* – retribuiu o sorriso.

O diálogo foi em frente. Profícuo. Adam era um senhor educado e gentil. Um jornalista aposentado que abrira aquele negócio após passar a vida inteira viajando, cobrindo acontecimentos pelo planeta. Esclareceu que o albergue era mais do que um simples empreendimento comercial, era a sua forma de manter-se atualizado com as novidades do mundo. Jovens de todas as idades. De diferentes culturas. Indo e vindo. Um tapa na cara da monotonia da velhice. Clarice logo percebeu que se tratava de uma pessoa culta. Durante a conversa, ele mencionou algumas das atrocidades que presenciara em suas andanças. Eram tantas. Barbáries que o fizeram deixar de acreditar na humanidade e nas religiões. Contudo, paradoxalmente, era um homem de fé. Discorreram acerca de maldades e pobrezas. Crenças e espiritualidades. A prosa tangia à metafísica da condição humana. Assuntos profundos. Prova de que haviam simpatizado um com o outro.

Ao saber da odisseia da jovem, ele comentou sobre a existência de uma rede de comunidades autossustentáveis espalhadas pelo país. Coisa de intelectuais *hippies*. Eram chamadas de comunidades vocacionais, tendo em vista que cada uma delas promovia atividades focadas em algum campo específico. Revelou que conhecia bem um daqueles estabelecimentos. Ficava ali perto, na serrania que circundava a cidade. Ele mesmo passara uma temporada por lá. Na época em que fora perseguido por conta de seu ativismo político e tal. Era um lugar agradável e muito interessante. Eles eram especializados em estudos holísticos. Contou que realizavam cursos e palestras nos fins de semana e aceitavam voluntários para trabalhar em troca de alimentação e hospedagem. Por fim, sugeriu que ela conhecesse a propriedade. Clarice ponderou que talvez fosse um ambiente seguro para passar as últimas semanas da viagem. Suas reservas financeiras encontravam-se em níveis críticos. Ela também precisava de um local calmo para processar aquele turbilhão sentimental que a revolvia internamente. Uma ocupação. Qualquer coisa que a ajudasse a abrandar a falta que sentia de Giorgio. Nada melhor do que ficar entre pessoas que haviam optado por um modo de vida tranquilo e alternativo. Na alva quietude daquelas montanhas.

No dia seguinte, Adam encarregou-se de ligar pessoalmente para a velha amiga que administrava a comunidade. Explicou a situação da jovem, e consideraram a possibilidade de ela ficar lá por algumas semanas como voluntária. O período de estadia mínima dos voluntários era de dois meses, mas, como Clarice tinha a viagem de volta marcada para dali a pouco mais de seis semanas, a gerente aceitou abrir uma exceção. Algumas horas depois, um carro veio buscá-la. Ela agradeceu a Adam pela atenção e gentileza em assisti-la. E se despediu, partindo para aquele que seria o último capítulo de sua viagem.

* * *

A estrada estreita e íngreme cruzava um lindo bosque. Clarice ficou vidrada naquele cenário. Extasiada com a beleza da região. O condutor do veículo expôs que, ali, uma cor predominava a cada estação do ano. Era aquela brancura que ela estava vendo no decurso do inverno. O rosa desabrochava com a floração das magnólias na primavera. Os mais distintos verdes surgiam com o verão. E mil tons entre amarelos e vermelhos explodiam com a chegada do outono. Centenas de fotógrafos haviam registrado aquela paisagem bucólica, espalhando-a através de pôsteres mundo afora. O que não era difícil de se compreender diante de tamanho encanto. Enfim, considerações estéticas à parte, em um pouco mais de três quartos de hora, eles chegaram ao portão da propriedade. Clarice desceu do carro. O ar gélido a aguardava. Ela cruzou os braços, protegendo-se do frio intenso. Recolhida. Acolhida. E a primeira coisa que viu foi uma pequena cascata congelada. Dando-lhe as boas-vindas. Como se o tempo tivesse parado só para vê-la passar.

    A casa principal era um deslumbre. A fachada, misturando pedras polidas e troncos de madeira, integrava-se perfeitamente com a natureza ao redor. Criando uma atmosfera rústica. Era uma construção tipicamente montesina erguida em dois andares. No térreo, ficavam a sala de conferências – na qual eram ministrados os *workshops* –, o escritório da administração, uma aconchegante sala de TV, a charmosa sala de jantar e, ao fundo, uma cozinha industrial. No segundo pavimento, os dormitórios dos voluntários. Eram oito quartos no total. Todos com capacidade para duas pessoas. Uma vez que só havia três colaboradores ocupando aquelas vagas, ela poderia ficar sozinha num dos cômodos. Ainda havia um porão no subsolo que recebia a dispensa e um espaço com mesas e cadeiras que era utilizado como área de trabalho. No entorno da edificação, distribuídos pelo vasto terreno, encontravam-se vários chalés nos quais habitavam os moradores da comunidade e onde também se instalavam os hóspedes que vinham dos mais variados pontos do país para participar dos eventos.

Um tutor foi designado para acompanhar a ambientação de Clarice e instruí-la a respeito do funcionamento e das regras internas. O princípio básico era simples. Todos deveriam servir ao bem comum e respeitar o outro acima de tudo. Já com as tarefas, o negócio era mais estruturado. Nos dias úteis, cuidavam do lugar, promoviam almoços e jantares, assistiam a filmes e cumpriam as demais habitualidades do dia a dia. Nos fins de semana, voltavam suas atenções ao público dos cursos e palestras que produziam. A coisa toda se sustentava com doações e com o dinheiro arrecadado nessas atividades. Verba com a qual eles compravam os víveres e produtos necessários para a própria subsistência e para a manutenção das instalações. Uma cota desse dinheiro era separada como fundo de reserva. O restante era distribuído entre os moradores de acordo com a função que cada um exercia. Os voluntários preenchiam os cargos auxiliares dessas funções. Não eram remunerados, mas em troca recebiam refeições e hospedagem gratuitas. E tanto estes quanto os residentes revezavam-se nas ocupações mais ingratas às quais ninguém se habilitava. Havia um quadro com a escala desses serviços que era atualizado semanalmente. Tudo bastante organizado e transparente. Com relação à alimentação, o acesso à cozinha e à dispensa era livre. Esta era separada em duas áreas. Uma coletiva e outra com prateleiras personalizadas. Portanto, se alguém quisesse comprar algo especial, podia guardar no seu próprio espaço, que ninguém mexeria. O respeito pela individualidade terminava onde começava o direito coletivo. Todas as decisões acerca das questões locais eram tomadas de comum acordo. Não havia litígios. Eles acreditavam no princípio aristotélico do holismo: a afirmação metafísica de que o todo é maior do que a soma das partes. E era mesmo. Nos primeiros dias, Clarice entrou num modo introspectivo. Numa espécie de balanço interno. O ambiente potencializava aquilo. Ela optou por trabalhar como auxiliar de cozinha, mas gostava mesmo era de ficar na janela do quarto, olhando para o bosque coberto de neve. Ficava horas assim. Quieta. No seu canto. A paisagem monocromática. O gelo. O silêncio. O vazio. Ela tentava encontrar uma forma de trazer aquela paz exterior para dentro de si. Todavia tinha um coração quente, pulsante. Ansioso por descobertas. E, em meio às contradições sentimentais, aos poucos, foi se soltando. Passou a conversar com os residentes, conhecer suas histórias e participar um pouco mais da rotina da comunidade. Dessa maneira, foi entendendo melhor aquele estilo de vida alternativo. Ali moravam famílias inteiras e também pessoas solitárias. Empreendedores, profissionais liberais, artistas e intelectuais. Gente que havia cansado da brutalidade cruel do sistema capitalista. Gente que buscava um novo sentido para a própria existência. Gente que acreditava em gente. E gente que passava por transições profundas ou, tal qual ela, atravessava uma fase de turbulência emocional.

 A semana seguinte trouxe consigo mais dias brancos e reflexivos. Clarice sentia-se estilhaçada. O mundo, no entanto, continuava girando. Seguindo o seu curso. Todos os dias, o sol surgia, apresentando as manhãs; e se despedia, trazendo as noites. A paisagem, alheia ao seu sofrimento, não mudava ao sabor de seus humores. Todas aquelas pessoas ao redor cumpriam seus afazeres diários a despeito de sua dor. E tantas ocupações não deixavam espaço para depressões. No fim das contas, foram as tarefas cotidianas que a mantiveram sã naquele período. Pois, como dizia a sua avó, mente vazia é oficina do diabo. E também foram estas tarefas ordinárias que a fizeram ir até a venda do vilarejo para comprar mantimentos e ver, pendurado num poste, um cartaz anunciando um *show* no próximo fim de semana. Nada grandioso. Seria apenas um recital de voz e violão de um artista *folk* local do qual nunca ouvira falar, mas a possibilidade de um programa noturno a contagiou. Retornou à comunidade entusiasmada, contando a novidade para todos e, para a sua surpresa, muitos se animaram com a ideia. Aquele cantor parecia ser admirado e respeitado por lá. Assim, no dia marcado, ela estava radiante no banco detrás de um dos carros que pegaram a estrada rumo à cidade. Por baixo do sobretudo, usava o seu belo vestido preto. Falava pelos cotovelos. Com a corda toda. Discutindo sobre música com os outros ocupantes do veículo, que quase não reconheciam nela aquela menina calada que se escondia pelos cantos da propriedade.

Foi uma apresentação primorosa. As músicas eram lindas. Assim como o cantor. Ela ficou deliciada. Especialmente com o último número. 'Ventos do Destino' era o seu nome. Uma canção triste, de cunho existencial, que versava acerca da facilidade com que as circunstâncias da vida nos derrubam. Nos versos, o artista traçava uma analogia entre as relações afetivas e as construções feitas por crianças com blocos de montar. Segundo ele, ambas eram estruturas frágeis que podiam desmoronar com uma simples oscilação. Um ligeiro esbarrão. Uma leve brisa. Lembrou-se de como gostava de se distrair com esses blocos na sua meninice. Identificou-se tanto com a composição que se imaginou no velho quarto da sua infância. Brincando. O músico ali. Cantando só para ela. Quase pôde ver os seus blocos espalhados pelo chão. Bagunçados. Caídos a sua volta. Ruídos. Pensou na sua dor. Mas aquilo não a abalou. A melodia transmitia um alento consolador. E os aplausos efusivos ao fim do espetáculo cortaram suas digressões. A trupe da comunidade se reuniu e seguiu para beber num bar contíguo. Um bando bom de papo e de copo. Antes, ela aproveitou para comprar um CD da apresentação à qual acabara de assistir. Um serviço bacana e conveniente. O concerto era gravado e, ao final, você podia levá-lo para ouvir em casa. E foi o que fez horas mais tarde, quando deitou a cabeça sobre o travesseiro e colocou os fones de ouvido. O excesso de vinho produzia seus efeitos, pavimentando o caminho de suas abstrações. Ela escutou aquela canção por diversas vezes, até decorar a letra. Enfim, percebeu que os blocos espalhados pelo chão não eram somente uma metáfora da desordem, eram também um convite a novas possibilidades. Em vez de apenas sofrer no meio daquelas ruínas, ela, agora, podia reorganizá-los em novas formas. Uma oportunidade inusitada de reconstruir-se, reinventar-se. Era disso que se tratava. *"E quando você estiver só. Abra a janela. Deixe o vento entrar. Ele pode bagunçar certas coisas. Ou pô-las no devido lugar"*, dizia o profético refrão da música, ecoando madrugada adentro.

Envolvidas em tarefas e divagações, as semanas foram-se passando sem que ela notasse. Aquela noitada na cidade aproximara Clarice de alguns companheiros de comunidade. Pessoas interessantes. Vividas. Vívidas. As conversas tornaram-se mais íntimas, mais afetuosas, mais cúmplices. Discutiam sobre as palestras assistidas. Abordavam questões filosóficas e acadêmicas, pleitos existenciais e amorosos. E, apesar do pouco tempo que convivera com aquela gente, poderia dizer que fizera poucos e bons amigos por ali. Amigos estes que organizaram um esplêndido jantar de despedida em sua homenagem. Um jantar que terminou com todos bêbados. Cantando e balançando copos. Sim, chegara a sua derradeira noite naquela propriedade. No dia seguinte, daria início à viagem de regresso. Para o seu país. Para a sua faculdade. Para a sua vida. Para uma outra realidade.

Acordou cedo. Arrumou suas coisas. E, antes de ir embora, decidiu despedir-se da comunidade de um jeito pouco convencional. Quis experimentar algo que por diversas vezes vira aquela gente fazer. Era quase uma tradição local, mas que ela mesma nunca ousara: rolar nua na neve após sair da sauna. Ela estava vermelha. Suando em bicas dentro daquele cubículo de madeira. Duvidando se teria coragem de cometer aquela insanidade. Mas, quando o seu corpo pelado e pelando encostou no gelo, Clarice teve uma das sensações mais incríveis que já vivenciara. Era como se cada um dos seus poros tivesse sido penetrado por uma agulha. Milhões delas. Porém a dor e o susto iniciais prontamente se converteram num prazer indescritível. Podia sentir cada mínima parte do seu corpo. Integralmente. E ali. Deitada sobre a neve. Olhando para o céu azul. Totalmente desnuda. Mesmo que com o coração em pedaços, ela se sentiu plena. Completa. Aceita. Feito uma tartaruga emborcada. Emborcada não. Que, talvez por efeito do choque térmico, a realidade torcia-se diante de si. E o céu era o novo chão. Ela estava pisando no nada. No infinito absoluto. Carregando o mundo nas costas. Como se o mundo fosse a sua casa, o seu casco. Uma imensa mochila. Igual a que carregara consigo ao longo de toda aquela jornada. Ela se sentia limpa. De um modo que nenhum banho antes conseguira deixá-la. Era hora de partir. O seu ano sabático chegara ao fim. Encerrado naqueles abraços que dera nos novos amigos. Nas lágrimas e juras de que voltaria para visitá-los assim que fosse possível.

Ela seguiu seu rumo. Logo que tomou seu assento no avião, começou a reprisar toda a viagem na cabeça. Um filme antigo. Difuso. Recente. Cada dia, cada episódio, cada pessoa com quem cruzara. Percebeu que levava tudo aquilo entranhado no seu corpo. Agarrado na sua alma. Para sempre. Tinha certeza de

UM SALTO NA IMENSIDÃO

que, naquele único ano, aprendera, conhecera e vivera mais do que muita gente aprenderia, conheceria e viveria durante toda a vida. O que, no fim das contas, não significava nada. Pois, se pudesse sintetizar toda aquela vivência numa única frase, diria que a experiência é uma palavra que não existe no dicionário do coração. E, quando pensou nisso, ela sorriu.

Faixa 10
Da manhã

O sol despontou no horizonte no instante exato em que o avião de Clarice tocou o solo. Um novo dia se oferecendo. Uma nova vida. Mal chegou à república, foi informada de que a festa de formatura da classe de Ciências Sociais seria no final daquele mês. Ela não a perderia por nada. Além da vontade de prestigiar Glória numa ocasião tão especial, a moça também não era de correr de uma boa farra. Imediatamente após se instalar em seu novo aposento, passou no quarto da amiga para colocar o papo em dia. Queria saber tudo que acontecera com a ex-companheira durante sua ausência. E, de quebra, contar os detalhes da sua aventura. Ao se avistarem, as duas deram um grito e correram para se abraçar. Entre beijos e pedidos de 'conta tudo', elas passaram a matar as saudades. Um ano sem se ver. Quase uma eternidade. Como estavam diferentes. Lindas. Sentaram-se à beira da cama. E ficaram horas conversando. Saíram para jantar. E continuaram o papo. Tantos assuntos. Tantos relatos. A morena falou do namorado novo – estava louca para apresentá-lo para a amiga –, do trabalho que começaria em breve e do sentimento com relação à formatura tão próxima. Clarice contou sobre Giorgio, sobre o trampo de modelo vivo e a experiência na comunidade autossustentável. Passara por tantos lugares. Acontecera tanta coisa. Tinha a sensação de que poderia discorrer a vida inteira acerca da viagem que, ainda assim, não conseguiria contar tudo. A noite já ia alta, quando se despediram. Combinaram outro encontro. Ansiosas por continuar a conversa. Glória disse que aproveitaria para convidar Martin, o seu namorado. Deram um abraço apertado. Meigo. Tudo parecia ter voltado ao seu devido lugar. Entretanto havia um quê de tristeza naquele adeus. Disfarçado. Silencioso. Ambas sabiam que não eram só os cabelos que estavam diferentes. Ambas sabiam que não eram mais as mesmas pessoas de um ano antes. Ambas sabiam que estavam prestes a entrar num novo ciclo de suas vidas e que isto fatalmente as afastaria. Não falaram a respeito disso. Que certas coisas não se precisa dizer. Apenas juraram uma para a outra que a amizade delas seria eterna. E foram para os seus quartos. Que também já não eram os mesmos.

Martin tinha um temperamento taciturno que, numa primeira impressão, podia ser confundido com um certo esnobismo. De qualquer forma, era um rapaz interessante. Músico. Cantor e guitarrista de uma banda chamada Solana Star. Eles eram bastante conhecidos e respeitados no mundinho dos modernos e alternativos, carregando uma fiel legião de admiradores a cada *show* que protagonizavam. O jantar e a conversa foram agradáveis. E, quando Clarice agradeceu pelos CDs que a amiga havia gravado e citou o impacto que a música do Sinclair lhe causara, os olhos de Martin brilharam. O jovem, que até aquele momento ficara praticamente calado e inclusive incomodado ao perceber que Clarice nunca ouvira falar do seu grupo, desceu do pedestal de ídolo das minorias esclarecidas e desatou a falar. Ele sabia de tudo a respeito da banda. 'Quinta Essência' era um dos discos da sua vida. Um verdadeiro fã. Discorreu então sobre as músicas, sobre as letras – podia recitá-las de cor – e, principalmente, sobre Artur Fantini, o grande poeta do grupo. Um referencial. Uma inspiração. Referiu-se a ele como um dançarino das palavras. Um domador de versos. Um visionário que escrevia com uma precisão cirúrgica, penetrando as entranhas de quem o lia. Disse que o bardo era conhecido por sua personalidade excêntrica. Um artista envolto numa aura de mistérios que jamais tecia comentários sobre a sua vida particular. As raríssimas entrevistas que concedia o tornavam um personagem ainda mais instigante. Contou também que, com o fim da banda, o letrista abandonara a carreira e tornara-se uma espécie de

Da manhã

eremita, isolando-se numa chácara. Na serra. Revelou que, certa vez, conseguiu descobrir o endereço e arriscou uma ida até lá para conhecê-lo pessoalmente. Um encontro inacreditável, segundo suas palavras. Além de recebê-lo, Fantini ofereceu-lhe um lanche e tudo. Por fim, descreveu em detalhes a conversa fascinante que tiveram, revelações metafísicas por trás de metáforas sobre flores e jardinagem. Um autêntico gênio.

Aqueles relatos entusiasmados de Martin somados ao que sentiu na primeira vez que ouviu 'O Amor Nos Faz Crianças' despertaram em Clarice a vontade de conhecer melhor o trabalho do Sinclair. Não teve dificuldades para adquirir uma cópia do disco e, quando finalmente o ouviu por inteiro, ficou espantada. Atônita. Despida. Aquelas letras traziam em si a história afetiva da sua vida. Traduziam sua própria visão do mundo. Seus sentimentos mais íntimos. Suas dores mais pessoais. Suas dúvidas mais profundas. Uma conexão direta com o seu coração. Quanta sensibilidade exposta. Quanta exatidão arrebatadora. Escutou de novo. E de novo. E mais uma vez. Aquele homem era fabuloso. Parecia conhecê-la melhor do que ela mesma. Não conseguiu eleger uma música preferida. Gostava de todas. Igualmente. Diferentemente. E foram dias seguidos sem ouvir outra coisa. Só se deu por satisfeita quando decorou todas as canções daquele álbum. Uma a uma. Estava completamente apaixonada pela poesia de Artur Fantini.

A nova paixão a aproximou de Martin. Agora, sempre que cruzava com Glória, Clarice logo indagava por seu namorado. Dizia que simpatizara muito com ele. Um sujeito legal. Boa companhia. Insistia que deviam se ver mais vezes e tudo. E sempre que isso acontecia, os dois ficavam trocando suas impressões a respeito do Sinclair. Entusiasmadíssimos. Mal se dando conta da presença da amiga e namorada. Aquilo acabou gerando um certo ciúme. O que era totalmente infundado, visto que Clarice não guardava nenhum interesse amoroso pelo rapaz. Nem ele por ela. Eles apenas tinham em comum aquela veneração pela banda e por Fantini. Quando finalmente percebeu isso, a ex--companheira de quarto relaxou e passou a curtir aquelas saídas a três. E foi numa destas ocasiões que ambos combinaram uma viagem até o "Sítio do Seu Cler", o refúgio discreto e quase secreto do letrista. Para afastar qualquer mal-estar, convidaram Glória para reunir-se a eles na empreitada. A morena declinou, mas não se opôs. Desculpou-se, dizendo que andava muito atarefada com os preparativos para a festa de formatura e, mesmo gostando de algumas músicas do Sinclair, não compartilhava daquela reverência toda para justificar tamanho empenho.

* * *

O carro de Martin parecia fazer um enorme esforço para subir a montanha, serpenteando pela sinuosa e pedregosa estrada. Perigosa. O motor reclamava o longo tempo de fiéis serviços prestados. Ou talvez estivesse sucumbindo ao sobrepeso causado por toda aquela ansiedade do casal que carregava. De toda forma, seguia em frente. Firme. Os dois passaram grande parte do trajeto cantando as músicas da banda. Ensaiando as perguntas que fariam. Imaginado as fotos que tirariam e coisa e tal. Havia um certo nervosismo preenchendo o ar. Questões relacionadas ao temperamento excêntrico do poeta. Conjecturavam se ele os receberia. Como reagiria? Clarice vivia a tensão de estar prestes a ficar cara a cara com o novo ídolo. Um encontro com alguém que nem conhecia, mas que lhe parecia tão íntimo. Que assim são as idolatrias, essas vias de mão única. E, ao passo que o veículo avançava, vagaroso, aquela reunião

DA MANHÃ

ficava cada vez mais próxima, aumentando ainda mais toda aquela expectativa.

O som tintilante do sino ressoou pelo vale. Ninguém apareceu. Tocaram uma segunda vez. – Será que ele está em casa? – ponderaram. Os dois mal conseguiram respirar no decorrer dos poucos minutos que gotejaram, melancólicos, até que Sinhozinho, o caseiro, surgisse no portão. O matuto perguntou quem eram e o que queriam. E desapareceu de vista. Somente o som dos pássaros atestou que o tempo não havia parado perante a outra eternidade que ele levou para retornar e, em seguida, conduzi-los propriedade adentro. A cancela abriu e as cores explodiram pela alameda florida que levava à vivenda. Clarice comentou que todas aquelas flores coloridas davam a impressão de que estavam atravessando um jardim de Monet. Era mágico. Martin consentiu com a cabeça. O nervosismo não permitia que proferisse mais nenhuma palavra. Enfim, os dois foram devidamente acomodados na sala de estar e informados de que em breve o seu Fantini estaria com eles.

Não demorou para Artur aparecer. O poeta entrou na sala sem prestar atenção nos jovens. Foi até sua poltrona e sentou. Olhando para baixo. Com as mãos entrelaçadas sobre a testa. Como se estivesse fazendo uma oração. Uma entrada solene. Os dois permaneceram em silêncio. Reverenciando aquele momento sagrado. Observando aquele senhor de meia idade que acabara de cruzar o recinto. A pele castigada de tempo e sol. Os cabelos grisalhos que começavam a rarear. Penteados para trás. O casaco de couro marrom e as calças *jeans* surradas. E, no conjunto da obra, a simplicidade dos sábios que emanava por todos os poros daquele ser. Finalmente Artur levantou os olhos para ver quem eram os malucos da vez. Olhou para Martin, porém não o reconheceu. Provavelmente mais um admirador aspirante a músico, julgou pela aparência. E, quando seus olhos avistaram aquela garota ruiva, seu coração disparou. Não conseguiu conter o espanto. Teve a sensação de estar em frente ao fantasma de Lorena. A semelhança era assombrosa. Incrível. Imediatamente, lembrou-se da primeira vez que vira a ex-mulher, naquele distante jantar no tempo. Desconcertado entre recordações e realidades, não conseguiu falar nada. Olhou para Clarice mais uma vez na vã tentativa de alterar aquela percepção. E era Lorena que continuava sentada diante de si. Fitando-o com um olhar tão assustado quanto o dele. Um olhar de quem não estava entendendo nada. No meio daquele turbilhão de incompreensões, ele se levantou e se retirou da sala. Pasmo. Os jovens ficaram imóveis, sem saber o que fazer. Perplexos. E assim permaneceram até Sinhozinho reaparecer, explicando que o *seu* Fantini sentira uma súbita indisposição e não poderia recebê-los naquela tarde.

    A frustração foi a tônica do caminho de volta. No entanto ela bateu diferente em cada um deles. Martin logo a transformou em indignação. Quem Artur Fantini pensava que era para destratar seus fãs daquela maneira? No mínimo fora uma imensa falta de consideração com o esforço que eles haviam feito para chegar até lá, colocava inconsolável. Já Clarice tentava encontrar uma forma de decifrar o que acontecera. Aquele olhar do poeta ficara gravado na sua memória. Era como se ele tivesse tomado um susto ao vê-la. Intuía que havia alguma coisa por trás daquilo. Mas o quê? Não fazia ideia. Não havia dito nem feito nada. Um enigma que ficou ecoando pelos dias subsequentes. Indo. Em questionamentos que continuavam sem respostas. E vindo. Em sonhos inexplicáveis que chegavam durante a noite.

    Num desses, sonhou que sua mãe estava parada defronte à entrada do "Sítio do Seu Cler", aguardando por ela. Quando se aproximou, Lorena estendeu-lhe a mão e a acompanhou por

DA MANHÃ

aquele jardim de Monet. Pareciam passear dentro de um quadro do pintor. O cenário etéreo. As duas espargindo felicidades. A felicidade de sentir que aquelas flores guardavam todas as conversas que nunca tiveram, exalando todas as alegrias que nunca viveram. De repente, percebeu que Artur caminhava entre elas. Surgido do nada. Com o violão nas mãos. Ao perceber a surpresa das duas, ele empunhou a viola e começou a tocar 'Drão', do Gilberto Gil. A paisagem foi se enevoando. As formas desaparecendo. As cores desbotando. Fantini cantava os últimos versos. *"Não há o que perdoar, por isso mesmo é que há de haver mais compaixão. Quem poderá fazer aquele amor morrer se o amor é como um grão. Morre, nasce trigo. Vive, morre pão".* A canção chegou ao fim. E tudo ficou misteriosamente branco. Silencioso. Vazio. E repleto. Um sonho impressionista, mas tão real que Clarice acordou com a certeza de que a mãe estava viva, deitada na cama ao lado. Virou a cabeça o mais rápido que pôde. E, ao verificar que quem dormia ali era a companheira de quarto, subentendeu que aquele era o sinal que faltava. A trilha sonora do sonho ainda ressoava dentro dela. A letra do cantor baiano impregnada em si. Gil desvendara o segredo da eternidade do amor com o brilhantismo dos grandes poetas. A magia da poesia. Reverberando seus significados ocultos. Ela raramente sonhava com a mãe e, de imediato, soube que devia voltar àquela estância. O quanto antes.

 Clarice pegou o primeiro ônibus até a cidade mais próxima do seu destino. Desceu no meio do caminho e andou até o povoado vizinho à chácara. Lá, entrou numa birosca onde comeu um sanduíche de carne assada acompanhado de um refrigerante e pediu informações de como chegar ao 'Sítio do Seu Cler'. Realizou que seria praticamente impossível conseguir uma carona. Seria uma longa caminhada. Por uma estrada íngreme e deserta. Contudo não desanimou. Estava determinada a solucionar aquele mistério em definitivo. Descansou um pouco, à medida que digeria o tardio almoço, comprou uma garrafa de água mineral e pôs os pés na estrada. O fim de tarde se aproximava quando, finalmente, tocou o sino na entrada da quinta. Desta vez não precisou esperar muito até o caseiro aparecer. Assim que a viu, Sinhozinho reconheceu de imediato a garota ruiva que estivera ali na semana anterior. Cumprimentou-a com um gesto indolente e desapareceu de sua vista. Não demorou para retornar.

– Desculpe, moça. O seu Fantini mandou dizer que não vai poder recebê-la hoje – Sinhozinho falou um tanto embaraçado.

– Por favor, Sinhozinho. Fale com ele novamente. Diga que estou sem carro, que não tenho como ir embora. Explique que eu preciso muito encontrá-lo – insistiu.

Entretanto seus apelos não surtiram efeito.

– Olha, dona, eu não posso fazer nada. Se a senhora quiser eu posso levá-la até o povoado na camionete do sítio – tentou ajudar.

– Não! Muito obrigada. Faça-me então o favor de passar um recado ao senhor Fantini. Diga a ele que vou ficar sentada aqui o tempo que for necessário. Só saio depois que ele resolver falar comigo – colocou decidida.

Laranjas, rosas e azuis espalhavam-se pelo céu proclamando a chegada do crepúsculo. A noite não tardava, quando Sinhozinho reapareceu. Ao ver a jovem sentada, junto à cancela, percebeu que ela falava sério e que não arredaria o pé dali. Ficou agitado. Sem saber como agir. Adentrou a propriedade mais uma vez e voltou apressado, dizendo que ela podia entrar, o *seu* Fantini havia decidido recebê-la. Clarice teve um sobressalto. Seu coração disparou. Ela agradeceu repetidas vezes. Levantou-se rapidamente, sacudiu a poeira da roupa e foi atrás do homem até a entrada da casa.

Da manhã

– *A senhora aguarde aqui que eu já vou chamar o meu patrão* – ele disse, apontando para o sofá.

– *Está bem* – ela concordou. – *Eu poderia usar o toalete antes?* – indagou um tanto sem graça.

Sinhozinho consentiu e a conduziu até o sanitário. Ela usou o banheiro, lavou o rosto e ajeitou o cabelo. Olhou para o espelho, respirando coragem. Ao regressar à sala de estar, Artur já ocupava sua poltrona. Um sábio na sua cátedra. Imponente. Um ar sério que desta vez não se abalou com a presença da jovem. Ele nem se levantou. Indicou com as mãos que ela se sentasse à sua frente e quebrou o silêncio.

– *Boa noite, senhorita. Qual é o seu nome?* – Artur perguntou com a voz grave. Sem olhar nos olhos da ruiva.

– *Boa noite, senhor Fantini. Muito obrigada por me receber. Eu me chamo Clarice* – respondeu com a voz trêmula. Visivelmente intimidada.

– *Você gostaria de beber algo, Clarice? Um café? Um suco?* – ofereceu educadamente.

– *Não! Muito obrigado! Eu estou bem* – dispensou, cerimoniosa.

– *Então, diga lá, o que você precisa tanto falar comigo?* – ele foi direto ao ponto. Com firmeza.

– *Não sei bem* – ela titubeou. – *Na semana passada, eu só queria conhecê-lo. Por causa das suas letras e tal. Queria saber quem tinha escrito aquelas coisas que pareciam ser tão intimamente minhas. Talvez fosse uma bobagem mesmo. Sei lá! Mas, depois da minha última visita, acho que isso não me importa mais. Talvez agora eu só queira mesmo entender o que aconteceu naquele dia. Por que você me olhou daquele jeito. Por que não quis falar comigo* – explicou.

– *Não foi nada de mais, menina. Às vezes, eu acho meio exagerado isso das pessoas quererem me conhecer só porque eu escrevi meia dúzia de letras há dez mil anos atrás. Tem vezes que eu não me* importo, mas, naquele dia, essa coisa toda me incomodou. Só isso – esquivou-se.

– Você não devia menosprezar o poder que a poesia tem sobre as pessoas. Principalmente o da sua – ela cobrou.

– Meu anjo, tudo que não for conversa de tias velhas tomando chá tem sua poesia. O mundo está repleto dela. A poesia não tem esse valor todo – ele desdenhou.

– Você tem razão. O mundo está repleto dela, no entanto não são todos que conseguem enxergá-la. E menos ainda os que conseguem colhê-la. Esse é o seu valor – rebateu.

– Às vezes, não enxergar pode ser uma benção... Mas me desculpe, não quero contaminá-la com a minha acidez. Você não tem nada a ver com isso. Só não estou num bom dia – Artur esclareceu, mas não sem antes ficar impressionado com o que aquela garota acabara de dizer.

– É por isso que você não me olha nos olhos? – ela inquiriu, de supetão.

Sem perceber, Artur encarou Clarice. Olhos nos olhos. E avistou mais uma vez aqueles mesmos olhos verdes de Lorena. Sentiu-se novamente sequestrado pela visita sem anúncio de suas lembranças. E, numa defesa inconsciente, ele desviou o olhar. Paralisado. Olhando para o nada. Para fora do tempo. Distraído. Em silêncio.

– *Olhos verdes de Diadorim...* – ele murmurou mentalmente. Quase num lamento.

– É isso que eu preciso compreender. Essa tristeza nos seus olhos, quando você me vê – Clarice falou. – É por isso que eu voltei aqui – completou.

– Está certo. Já que você insiste tanto... – assentiu. – É que você lembra demais uma pessoa que eu conheci. Além de ser muito parecida, ela tinha esses mesmos olhos. Isso me tira do eixo – finalmente confessou Artur.

— *Alguém que você não quer lembrar?* — investigou Clarice.
— *Alguém que eu não consigo esquecer* — ele respondeu. — *Uma mulher que eu amei muito. Que me deixou. E que deixou essa vida. Isso é tudo. Satisfeita?*
— *Sinto muito* — lamentou.
— *Não sinta, isso foi há bastante tempo. Naquela época você nem devia ter nascido ainda.*
— *Essa mulher deve ter sido muito importante pra você se lembrar dela até hoje* — questionou.
— *Nem tanto...* — ele despistou.
— *Foi pra ela que você escreveu todas aquelas letras?* — insistiu.
— *O que é isso? Uma entrevista? Você é repórter?* — desconfiou.
— *Não mesmo! É só curiosidade minha. Minha mãe que era jornalista. Mas ela já faleceu também. E eu era muito pequena, mal a conheci* — ela se defendeu.
— *A minha Lorena também era jornalista* — ele deixou escapar. Nostálgico.
— *A minha o quê!?* — perguntou assustada.
— *Como assim o quê?* — devolveu a pergunta sem entender.
— *O nome. O nome que você acabou de dizer. Repete* — pediu.
— *Por quê?*
— *Você disse Lorena?* — ela quis se assegurar.
— *Sim, mas por quê?*

Ao ouvir aquela afirmativa, foi a vez de Clarice ficar paralisada. Um susto que fez seu coração parar na boca.

— *O que houve? Você ficou pálida?* — preocupou-se Artur.
— *Ahn... Ehr... É... É que esse era o nome da minha mãe também* — ela expôs com dificuldade.

Ambos ficaram mudos. Observando-se num silêncio contemplativo. Estupefatos. Seus cérebros trabalhando a mil. Tentando processar aquela informação bombástica. Eles buscavam algum significado para aquilo tudo. Artur quis saber qual era o sobrenome da mãe de Clarice, como ela falecera e tal. Quando teve certeza de que estavam falando da mesma pessoa, ele se levantou.

– Acho que preciso beber alguma coisa forte – disse, encaminhando-se ao bar e servindo-se de uma dose dupla de vodca.

– Acho que dessa vez eu vou aceitar também – ela concordou.

A perplexidade era a dona do ambiente. Os dois entreolhavam-se e proferiam palavras soltas. Demonstrando suas incredulidades. As emoções dilatadas entre pensamentos inacabados. O destino misturando-se à coincidência. Criando uma combinação explosiva. Queimando. Consumindo o ar da sala.

– Então a espantosa semelhança está explicada. Você é filha da Lorena. Desculpe-me perguntar, mas quantos anos você tem? – arriscou Artur, tentando encontrar o fio da meada.

– Vinte.

– E quando é o seu aniversário? – continuou o interrogatório.

Quando Clarice revelou sua data de nascimento, ele fez algumas contas de cabeça e soltou um grito.

– Meu Deus! Isso significa que, quando você foi concebida, nós ainda éramos casados – ele concluiu, sem conseguir acreditar naquilo tudo.

– Como assim!? Eu sempre soube que era fruto de uma inseminação artificial – ela declarou.

– Inseminação artificial!? A Lorena!? Não tem a menor chance de isso ser verdade. Ela nunca manifestou nenhuma vontade de ter filhos. E, naquela época, só queria saber da sua carreira.

– Então isto significa que... – ela começou a falar sem conseguir terminar a frase.

– Significa que ela deve ter me traído com alguém. Isso esclarece por que ela partiu e desapareceu. Assim, sem mais nem menos. Provavelmente foi morar com o sujeito – cortou Artur.

Da manhã

Clarice permaneceu pensativa.
— Isso não faz o menor sentido. A minha avó sempre me disse que minha mãe era uma mãe solteira. Contava que ela passou a gestação inteira na nossa casa e, depois, enquanto esteve viva, criou-me sozinha... — ela falou, sendo interrompida novamente.
— Olha! Espero que você me entenda. Eu preciso ficar a sós agora. Foi muita coisa de uma vez. Não estou conseguindo assimilar tanta informação. Parece que a minha cabeça vai explodir... — encerrou o assunto, atordoado. — Sei que está tarde pra você ir embora. Se você quiser, pode ficar e dormir por aqui. Tome um banho, descanse... Amanhã continuamos a nossa conversa. Está bem? — completou, chamando Sinhozinho e pedindo que a conduzisse e a instalasse no quarto de hóspedes.

Clarice também não conseguia conter o raciocínio. Era quase surreal. Sua mãe e Artur Fantini. Casados. Por alguns instantes, chegara a cogitar a possibilidade de ele ser o seu pai. Mas aquela história de traição... parecia plausível. E quanto à inseminação? Artur negara com tanta veemência que talvez tivesse razão mesmo. Mas por que sua mãe escondera a verdade de todos, inclusive de sua avó? E quem era o seu pai então? Por que ela nunca falara dele para ninguém? As coisas não se encaixavam. E ainda faltavam muitas peças naquele quebra-cabeça. Perdidas. Inexistentes. Ela se sentiu estafada, esgotada física e emocionalmente. Tomou um banho demorado e vestiu os trajes que Sinhozinho deixara sobre a cama. Uma camiseta e uma calça de moletom. Pelo tamanho provavelmente pertenciam a Artur. Sentiu o cheiro daquelas roupas. Um aroma amadeirado de fundo de armário. Agradável. Sentiu a maciez do tecido gasto em contato com o corpo. E, posto que coubessem quase duas dela ali dentro, sentiu-se confortável. Deitou-se na cama. No alto daquela serra. A montanha das suas certezas vindo abaixo numa

avalanche de dúvidas. E, naquela confusão de descobrimentos, ela se cobriu e caiu no sono.
Acordou com os raios de sol batendo na janela. Os pássaros cantavam. A manhã brilhava lá fora. Foi até a sala de jantar, onde o desjejum já se encontrava servido num canto da grande mesa. Dona Maria, a esposa de Sinhozinho, apareceu perguntando se ela precisava de mais alguma coisa. Conversaram rapidamente. Trivialidades. Clarice comeu uma fatia de bolo de milho – dos deuses –, pegou uma xícara de café e se dirigiu à porta de entrada. De lá, avistou Artur remexendo a terra do jardim. Foi até ele.

– *Bom dia* – ela cumprimentou com um sorriso no rosto.

– *Bom dia* – Artur retribuiu. – *Você acordou cedo! Dormiu bem?*

– *Muito bem, obrigada* – agradeceu.

– *Pelo visto as roupas serviram* – falou bem-humorado, enquanto enxugava o suor do rosto.

– *Mais ou menos* – zombou, alargando a camisa para os lados. – *Mas não se preocupe, a Dona Maria já vai colocar as minhas roupas para lavar.*

– *Boa ideia. Com este sol elas vão secar logo* – Artur aprovou.

– *Olha, Artur. Antes de tudo queria agradecer pela hospitalidade e me desculpar por ontem a noite* – demonstrou a sua gratidão, aproveitando o bom humor do momento.

– *Desculpar-se pelo quê? Se há duas pessoas que não têm culpa nenhuma nessa história toda somos nós* – articulou.

– *Não sei. Talvez por ter feito você reviver alguma dor...* – ela continuou, sendo interrompida.

– *Olha, Clarice* – ele mudou o tom. Sério. – *Eu pensei muito durante essa noite. Mal consegui dormir. E cheguei à conclusão de que dificilmente a Lorena me trairia. Ela não era assim. Já se descuidar da prevenção...* – afirmou.

Da manhã

Ela ficou imóvel. Fitando aqueles olhos penetrantes. Sem conseguir falar. Sem conseguir ponderar. As peças encaixando-se diante de si. Expondo a figura pronta do quebra-cabeça.

– Você quer dizer que... – ela não conseguiu terminar.

– É isso mesmo que você está imaginando. Eu tenho certeza de que sou seu pai – ele afirmou.

Clarice fez uma pausa. Pasma. Procurando por verbos que não encontrou.

– Desculpe, agora sou eu quem precisa ficar sozinha – ela balbuciou, hesitante.

– Sim, eu entendo. Fique à vontade. Você tem muito o que pensar. Por que você não dá uma caminhada pelo sítio? Espairece um pouco... Pode ir. Eu não vou sair daqui – ele pronunciou, compreensivo.

Clarice seguiu o conselho. Andou até o rio, arregaçou as calças e sentou-se numa pedra. Sua cabeça parecia distante. A milhas e milhas dali. Desbravando as palavras que acabara de ouvir. Lembrando-se do sonho que tivera com a mãe. Olhando para toda aquela água que passava por ela. Os minutos corriam, ligeiros. De repente, foi inundada por uma onda de eternidade. Acorrentada numa cadeia de elos ligados por gerações e gerações. A memória celular atravessando vidas e eras. Era uma coisa de sentir. Uma conexão. Inexplicável. Algo que nenhum teste de DNA seria capaz de detectar. A água gelada batia em seus pés descalços. E ela simplesmente intuiu aquela certeza de Artur. Agora, tudo fazia sentido. Tudo.

Quase uma hora depois, ela continuava ali. No meio daquele rio. Restabelecendo-se do choque. Divagando nos desdobramentos daquela revelação. Somente quando sentiu que suas forças haviam-se restabelecido, levantou-se. Segura. E foi ter com seu pai.

Artur continuava jardinando. Tão concentrado que nem percebeu a aproximação de Clarice.

– *Oi* – ela chamou-lhe a atenção.
– *Oi. Já voltou* – ele se levantou.
Ela não disse nada. Apenas se aproximou e o abraçou. Eles permaneceram assim por algum tempo. Unidos por um desejo antigo, jamais exposto, mas, enfim, descoberto. Pai. Filha. Pai e filha. Eles tinham a vida inteira pela frente para entender o significado daquelas palavras. Todavia, naquele momento, só podiam sentir. Sentir aquele abraço. Sentir toda ausência se materializando. Em felicidades. Lícitas. Límpidas. Líquidas.

Passaram o resto do dia conversando. Perambulando pela quinta. Trocando passagens de suas vidas. Conhecendo-se e identificando-se. Sabendo-se e aceitando-se. Iluminando aquela sombra da história de Lorena que pairava sobre eles. Afinal, juntando os *flashes* do passado, Artur construiu uma linha do tempo. A gravidez. O medo. E a separação. Compreendeu também que a ex-mulher planejara contar-lhe a respeito de Clarice. Só podia ser disso que se tratava aquela última conversa que tiveram. Mas a conversa seguinte nunca se deu. De qualquer forma, o mesmo destino que o afastara da garota agora a restituía. Mesmo que tardiamente. E o inexplicável, o elemento imponderável: fora a dor que Lorena lhe impusera, que, elaborada em letras, trouxera a filha deles de volta. Que o destino é um arlequim divertindo o tempo, o seu mestre bufão. E já era tarde da noite, quando Artur levou a filha para conhecer seu escritório. O seu *bunker*.

Ela ficou fascinada com aquela quantidade de discos. Observou cada detalhe daquela sala, como se estivesse visitando um museu. Passou os dedos nas cordas de um dos violões que descansavam devidamente acomodados em suportes. O instrumento soou. Ela olhou assustada para o pai. Feito uma menina traquina pega no meio de uma travessura. Artur riu da cena. Foi até a estante e escolheu um disco, 'Kind of Blue' do Miles Davis.

Da manhã

As notas do piano de Bill Evans e do contrabaixo de Paul Chambers na introdução de 'So What' invadiram o ar. E, à medida que o suave *jazz* harmonizava o ambiente, abriu a última gaveta da escrivaninha, de onde tirou seu pequeno livro preto.

– Este caderno foi o divisor de águas da minha vida. Ele removeu com delicadeza o pano de seda azul que o envolvia e o entregou para Clarice.

Ela o pegou e folheou. Ao ver a dedicatória no início, pediu explicações sobre quem era Catarina. Com a curiosidade feminina saciada, continuou lendo. Página por página. Quando chegou ao final. Colocou o livro junto ao peito e respirou fundo. Admirada.

– *Uau! Você não tem noção da emoção que eu sinto lendo essas letras manuscritas. Ainda mais agora, que sei que elas foram escritas pelo meu pai* – ela se derreteu toda. – *Desculpe-me a intromissão, Artur, mas não tenho como não deixar de perguntar. Por que você parou de compor?*

– As palavras simplesmente me abandonaram – respondeu.

– *Ora! Isso não existe* – desdenhou. – *Você devia voltar a escrever. Quem sabe poderia inclusive escrever um romance. Ia ser o máximo. Garanto que os seus fãs adorariam* – proferiu, arrancando uma risada irônica de Artur.

– *Livro!? Você só pode estar de brincadeira. Eu falei sério. Não parei porque quis. Parei porque não consegui mais escrever* – reiterou, contando, em seguida, toda a história do término do Sinclair. O processo que começara com aquela última frase adormecida no fim do livro. Inacabada. Ela ouviu tudo, interessada. Mas não se convenceu.

– *E você não voltou a tentar depois desse episódio?* – indagou.

– *Não! Nunca mais tive vontade. E mesmo que tivesse, acho que não teria coragem* – confessou.

— *Pois devia, seu bobo* — disse, devolvendo o livro e dando-lhe um beijo na testa.

— *E você devia deixar de ser enxerida* — riu. — *Agora vamos dormir que amanhã você tem que acordar cedo para ir à faculdade* — ordenou, desligando o som e aventurando-se nas primeiras palavras de pai.

Mais tarde, Artur foi até o quarto de Clarice para dar seu boa noite. Ela já estava deitada na cama. Ele pediu licença e entrou.

— Boa noite, Clarice.
— Boa noite.
— Eu posso lhe pedir uma coisa esquisita? — perguntou sem jeito.
— Sim! O que é? — ela quis saber.
— É que me deu essa vontade de repente... Sei que é meio maluco e tudo, mas eu poderia tocar alguma coisa pra você dormir? — Artur arriscou.
— Claro! Eu vou adorar — assentiu empolgada.

Ele pegou o violão e começou a tocar antigas canções de ninar. Cantigas que sua mãe cantava para ele quando era pequeno. Em poucos minutos, Clarice adormeceu. Suavemente. Aconchegada na delicadeza daqueles temas. Artur continuou tocando. Conectado com o passado. A sua existência dançando perante si. E ela já embarcava no milésimo sono, quando um daqueles acalantos desencadeou numa nova melodia. Ele achou estranho. Que música era aquela? De onde vinha? Tinha quase certeza de que já a ouvira antes. Todavia não conseguia lembrar quando nem onde. A dúvida não o desanimou a seguir em frente. Deixando a canção fluir. Enfim, realizou que era ele quem a compunha. E era boa. A coisa toda acontecera de forma tão natural que ele não se surpreendeu. Conhecia as escalas musicais assim como conhecia o idioma. De alguma maneira, juntar as notas fora tão intuitivo quanto juntar as palavras. Olhou para Clarice, que dormia feito

Da manhã

um anjo. Sua filha. Sabia que precisava escrever a letra daquela música. Devia isso a ela. Saiu do quarto na ponta dos pés para não acordá-la. Foi até o escritório. Abriu seu pequeno livro preto na última página. E deu de cara com aquela frase solta. "Ninguém tem dono. Quem vai saber o que o outro sente?". O velho medo voltara a assombrá-lo. Um calafrio de sensações e recordações negativas. Virou a folha, mas o verso continuou lá. Feito um espectro da sua incapacidade. Uma névoa. Pairando. Já estava prestes a desistir, quando se deu conta de que a frase se encaixava que nem uma luva na melodia que havia recém-composto. Num passe de mágica, a tenebrosa bruma se desvaneceu. Agora podia ver claramente. Pensou em todas as coisas que havia escrito. O impacto causado nas pessoas. O outro. Sempre. Dentro dele. Pensou na sua filha. Na sua vida. Em Lorena. Em Marina. Em todas as suas dores e perdas. E não teve dificuldades para colocar outras palavras sobre aquelas notas. Era como se a melodia já trouxesse a letra pronta em si. Submersa. Ele só precisava trazê-la à tona. Transcrevê-la. E assim o fez. Um furo na represa. Vazando. Fluindo. Despertando a incomensurável força contida naquela água. Que desaguou. Rompendo tudo. Logo, aqueles versos ocupavam mais uma página do seu livro. Era inacreditável. Ele conseguira de novo. E, desta vez, compusera letra e música. Leu e releu. Tocou-a outras vezes. Seguidas. Como se quisesse memorizá-la. Porém sabia que nunca a esqueceria. O processo todo consumira um pouco mais de uma hora. Ilusão. Na verdade levara a vida inteira para escrevê-la. E, agora, ela estava ali. Nele. Para sempre. Escorrendo naquelas lágrimas que escapuliam enquanto colocava o título no alto da página. 'Quando Existe Amor'. A sua primeira e tardia canção.

Na manhã seguinte, Clarice já estava pronta para partir. Vestida. De banho tomado. Perfumada. Sinhozinho a levaria até o local onde passava o ônibus para a cidade. Tudo como fora combinado anteriormente. Ela foi se despedir de Artur e o encontrou dormindo no escritório, abraçado ao violão. Dando a entender que passara a noite ali. Aproximou-se com cautela e deu-lhe uma sacudidela no ombro.

— Oi, Artur, desculpe acordá-lo. Não queria sair sem dizer adeus. Obrigada por tudo. Eu já estou indo — murmurou. — No próximo fim de semana eu volto para visitá-lo, está bem?

— Está bem. Mas antes quero lhe mostrar uma coisa — ele falou, enigmático, tentando despertar o mais rápido possível. — Você pode me trazer um café?

Quando ela retornou com a xícara, ele tocava alguns acordes, ao passo que murmurava palavras soltas.

— Compus uma canção esta noite — disse, à medida que tomava o café com toda a calma do mundo. — Ela veio enquanto eu fazia você dormir. Então acho que a fiz pra você — completou, rindo do olhar de surpresa da filha.

Quando já estava quase matando a garota de curiosidade, pegou novamente o violão e começou a tocar.

Ninguém tem dono.
Quem vai saber o que o outro sente?
Mesmo quando falo sozinho,
converso com muita gente.

Gosto de ficar olhando o mar,
enquanto o sol se põe devagar.
É tão claro que o tempo sempre é o vencedor.
A paz invade meu coração,
penso em você, penso na solidão,
rezo pra que um dia eu consiga entender.

Da manhã

Quando existe amor, existe dor,
e é preciso dor para se dar,
e é preciso dar para se ter,
e tudo que eu tenho é o amor.

Vou rodando pelo mundo,
vendo o mundo rodar.
Prisioneiro do que eu sinto,
eu me sinto livre em qualquer lugar.

De repente, eu te vi chorar.
Foi como perder depois de ganhar.
É tão claro que o tempo sempre é o vencedor.
Não há como se proteger.
Eu já sofri, eu já fiz sofrer,
rezo pra que um dia eu consiga entender.

Quando existe amor, existe dor,
e é preciso dor para se dar,
e é preciso dar para se ter,
e tudo que eu tenho é o amor.

Clarice não conseguiu evitar um suspiro quando ele terminou de cantar. Enxugou os olhos que tinham ficado umedecidos enquanto ouvia aquela melodia.

– É linda – comoveu-se. – Ela é de uma tristeza absolutamente linda – reafirmou.

– Fico feliz que tenha gostado. É a primeira canção que componho sozinho na vida – revelou orgulhoso. – Mas você não a achou meio piegas? – perguntou, inseguro.

– Piegas?! Como assim? – objetou.

— Ah! Sei lá! Tanta gente já disse que o que eu escrevo é piegas... — ele tentou se explicar.
— Pobre é esse mundo onde as pessoas confundem sensibilidade com pieguice. Onde as pessoas ficaram tão duras que qualquer manifestação de afeto toma proporções gigantescas. Saiba que ela não tem nada de piegas. É uma das coisas mais sensíveis que já ouvi, isso sim — atestou.
— É, você pode ter razão. A verdade é que já li tantas opiniões diversas sobre o meu trabalho que eu mesmo não tenho uma — confessou.
— Deixe de bobagens. Se alguém o chamou de piegas, foi por puro ciúme, ou então por medo de se confrontar com os próprios sentimentos. Esse tipo de gente não merece ser levada a sério. Esqueça isso e vamos ao que interessa. Você a gravaria para mim? — pediu.
— Posso saber para quê?
— Ora! Para eu poder escutar sempre que quiser. É a minha música, lembra? — respondeu.
— Está bem, mas com uma condição. Você não pode mostrar isso para ninguém. Promete? — ele se preveniu com a anuência de Clarice.

Artur a tocou de novo, desta vez gravando a *performance* no miniestúdio. Quando terminou, ouviu a fita. Gostou da versão. Apesar do som sem tratamento, era um bom registro. A jovem pegou a gravação e guardou na bolsa, e eles se despediram. Ela precisava correr para não perder o ônibus.

* * *

A primeira coisa que fez ao regressar à república foi ligar para sua avó. Ansiava por dividir as boas-novas. Falar de Artur e tal. Dona Teresinha ficou tão surpresa quanto a neta com tudo

Da manhã

aquilo. Lembrava vagamente da existência de um Artur, mas nunca ouvira falar do relacionamento sério entre os dois. Lembrou que na época, ela e a filha andavam afastadas. Sem se falar muito. Que Lorena apareceu do nada. Grávida. Com aquele papo de inseminação artificial. Disse que ela devia ter herdado aquilo da mãe também. Uma propensão para viver histórias loucas. E que aquilo explicava o seu temperamento libertário. Filha de um poeta. Por fim, despediu-se, aconselhando que Clarice tivesse cautela, que entrasse com calma naquela relação, tomando cuidado para não se machucar à toa. Entretanto, quanto mais Clarice imaginava Artur como seu pai, mais gostava da ideia. E, quanto mais ouvia aquela canção, mais ficava encantada.

Ela se apalavrara com Artur de que não tocaria aquela fita para ninguém e queria cumprir sua promessa, mas precisava fazer alguma coisa. A música era boa demais para ficar guardada numa gaveta qualquer. Pensou em Glória. Ela com certeza teria alguma sugestão. Outrossim, queria explicar para a amiga que não poderia ir à festa de formatura no fim de semana seguinte porque havia combinado de viajar para o sítio do pai.

Glória ficou tão espantada quanto Dona Teresinha com as novidades. E, logicamente, compreendeu os motivos de Clarice. Não é todo dia que se descobre que o seu ídolo é o seu pai. Afinal, o natural seria o oposto. Já com relação à canção, recomendou que ela mostrasse ao Martin, ele saberia ser discreto e poderia dar uma luz acerca do que fazer.

Após as juras solenes de que não contaria a ninguém sobre aquilo, Martin ouviu o material. Com toda atenção. Saboreando cada nota. Digerindo cada verso. Ele ficou fascinado. Gostara igualmente de Artur cantando e concordou que Clarice precisava fazer alguma coisa com aquela gravação. O mundo reivindicava aquela poesia. Aquela beleza. Aquela tristeza. Sugeriu que ela entrasse em contato com alguma gravadora. Sigilosamente também. Caso se interessassem, teria algo para conversar com Artur. Se não, ela podia guardá-la consigo e exibir para os seus netos dali a milhões de anos.

Clarice não podia dar aquele passo sem o consentimento do pai. Quebraria a confiança que ele depositara nela. Seria uma traição imperdoável. Portanto, no fim de semana posterior, enquanto Artur regava as orquídeas, discorrendo sobre os cuidados que as frágeis flores demandavam, ela revelou que havia mostrado a fita para um amigo e o conselho que esse lhe dera.

– *Pra começar, você não devia ter mostrado pra ninguém. Esse era o nosso trato, lembra?* – disse, visivelmente contrariado.

– *Poxa, Artur. Não tem mal nenhum. O Martin é um amigo. Saberá guardar segredo* – começou a se explicar. – *Entenda, eu precisava fazer isso. Precisava de uma segunda opinião a respeito da música. E só quando a tive, percebi a dimensão que isto pode tomar. Aí sim, concordo que não poderia ir adiante sem falar contigo. Aí sim, eu quebraria o nosso trato* – terminou.

– *E por que diabos você acha que eu deveria mostrá-la para uma gravadora?* – perguntou.

– *Porque eles podem querer gravar um disco. Porque esse disco pode ser um sucesso. Porque você pode ganhar muito dinheiro. Porque ninguém cria nada para guardar dentro de uma gaveta* – respondeu.

– *Disco!? Sucesso!? Não tenho o menor interesse em nada disso. O sucesso, com raras exceções, é uma das piores coisas que pode acontecer a um artista. É um vício destrutivo. Feito um câncer que vai se alastrando, corroendo, matando... e quando a pessoa se dá conta, transformou-se em tudo que mais repudiava na sua juventude. Um expoente de tudo que queria mudar* – surpreendeu. – *E para finalizar o assunto, tenho dinheiro suficiente para viver o resto da minha vida. Por isso vim morar aqui. Quieto, no meu canto. Estou*

DA MANHÃ

muito feliz com a minha casa, a minha horta orgânica e os meus jardins. E pretendo continuar assim – continuou, destruindo os argumentos da filha.

– Você não tem que abandonar tudo isto – apontou ao redor.

– *Nem precisa sair daqui. Podemos montar um estúdio no seu escritório e gravar o disco lá. Não pense nisto como uma exposição, mas como uma troca. Você é um poeta. O que você escreve incentiva as pessoas a mergulharem dentro de si. Elas se identificam e o admiram por isso. Acho que você não tem o direito de privar o mundo deste dom que recebeu. Estas coisas que você escreve não são só suas. Elas pertencem a todos* – tentou explicar.

Aquela batalha de argumentos continuou até que as posições antagônicas ficaram bem claras. E eles não falaram mais sobre aquilo ao longo do fim de semana. Um queria curtir o outro. E havia muito ainda para ser dito entre eles. No entanto as palavras de Clarice fincaram raízes em Artur. Crescendo e ramificando-se. Confrontando-o com todos os seus temores mais recônditos. Ele tinha certeza de que a gravadora se interessaria por sua música. Não era uma pretensão. Aqueles abutres não perderiam a oportunidade de capitalizar em cima da mística que havia criado em torno de si. Sabia disso. O que considerava era o porquê de ter escrito aquela canção. E mais. Por que a teria gravado? Era um artista que movimentara milhões num mercado que capturava e vendia sonhos alheios. Não podia voltar a sonhar e acreditar que eles não viriam atrás dele. Não era tão inocente. O que queria então? Apenas impressionar a filha? Mostrar a ela quem ele era? Não! Esses podiam ser impulsos. Mas não motivos. Aquela composição fora fruto dos últimos acontecimentos. Uma forma de processar, de estabelecer um novo ângulo, de extravasar, mas o quê? Sim! Ele sabia a resposta. Fora o jeito que encontrara para renomear a sua tristeza. E

Clarice tinha razão numa coisa. Ele já conhecia aquele processo. Aquilo era tão seu que fatalmente se tornaria dos outros. E talvez ela estivesse certa num outro ponto. Talvez ele conseguisse manter-se longe de tudo que temia. Daquele impiedoso comércio e suas consequências malignas. Talvez.

E na hora da despedida, ele proferiu.

– Clarice, desculpe-me por ter ficado chateado com a história da fita. São coisas minhas. Medos e questões antigas. Você pode levá-la para a gravadora, se quiser. Não sei quem é a pessoa que cuida disso hoje em dia, mas você é esperta o suficiente pra descobrir. A minha única condição é que essa fita não saia de sua mão. Você pode mostrá-la, mas terá que ouvi-la junto com eles e pegá-la de volta. E desta vez não vou aceitar explicações, se você quebrar o nosso trato – colocou.

Clarice foi rápida e rasteira. Viu o nome da gravadora no selo do disco do Sinclair. Descobriu o número. Ligou. Identificou-se. Disse que tinha uma gravação de uma canção inédita de Artur Fantini. Marcou uma reunião para o dia seguinte. Tocou a gravação para meia dúzia de executivos. Deixou o número de contato. E foi embora. Com a fita debaixo do braço. Exatamente como prometera ao seu pai.

Alguns dias e telefonemas depois, o diretor artístico da gravadora batia na chácara de Artur, pronto para negociar o contrato.

– Você sabe como se esconder – brincou o executivo, querendo demonstrar uma intimidade que não existia.

– De gente como você – rebateu Artur, rindo e dando a tônica daquele encontro.

O sujeito não perdeu o rebolado. Começou um discurso enfadonho sobre o impacto que a canção causara em todos que a ouviram na gravadora. A importância de artistas como ele para o mercado fonográfico. A possibilidade de concretizarem um

Da manhã

grande trabalho juntos. Que estavam dispostos a fazer um excelente contrato e todo aquele velho bláblábá tão conhecido por Artur. Ele deixou o sujeito falar à vontade. Na sequência enumerou as suas condições. Uma a uma. Firme. No fim da negociação, todos os itens estavam acertados. O poeta teria seis meses para entregar um disco com dez músicas inéditas. Artur confidenciou que imaginava uma coisa bem crua. Acústica. Basicamente de voz e violão. Gravaria tudo num estúdio móvel que seria montado no seu sítio mesmo. A gravadora não teria ingerência artística sobre nenhuma etapa do trabalho e ele não regatearia sobre as bases financeiras oferecidas. Aceitou a condição de que a companhia seria a proprietária dos direitos sobre os dois produtos subsequentes que, por ventura, viesse a gravar. Os assuntos mais difíceis da negociação concerniam à divulgação do álbum. Artur não queria dar entrevistas nem fazer turnês. Acabou concordando com uma única coletiva e um único *show* de lançamento, que também seria registrado.

O contrato foi assinado. Agora vinha o momento que ele mais temia, escrever as músicas. Conversou com Clarice quanto a esta dificuldade. Ela disse que ele devia instituir prazos. Citou que, certa vez, assistira a uma entrevista do grande Fellini na qual o diretor esclarecia que só precisava de uma coisa para realizar um filme: um prazo. Uma música por semana, sugeriu. Ele achou aquilo interessante.

O processo de composição de Artur era muito particular. Ele começava a tocar alguma canção conhecida. Repetidamente. E a nova melodia surgia a partir daqueles acordes. Tal qual acontecera naquela noite no quarto da filha. Depois, escrevia a letra sobre aquela melodia, ou melhor, decifrava a letra que acreditava estar implícita nela. O seu novo ritual. Assim, as músicas foram nascendo e sendo finalizadas. Composições simples.

Tristes. Sensíveis. Sempre passando pelo crivo de Clarice, que se envolvia cada vez mais na evolução daquele disco. Artur trabalhou com afinco. Sem pausas ou distrações. E bem antes do planejado as dez canções estavam prontas. Os equipamentos necessários para a gravação foram trazidos e instalados em seu escritório. Abafadores para o tratamento acústico mudaram a decoração do *bunker*. E o mar de fios pelo chão era a imagem viva do caos da criação. Era a hora de começar a registrar suas crias. Entrava em cena o famoso produtor contratado pela gravadora a seu pedido. Um sujeito legal. Competente. Os dois conversavam muito sobre a vida, flores, filosofia, política e até sobre as músicas. Sequências harmônicas. Arranjos. Interpretações. Mas Artur sabia exatamente o que queria. Sabia perfeitamente como o álbum deveria soar. O conceito era o vazio. O fragor da calma. Diferente de tudo que se via no mercado da época. O desafio era fazer com que aquele vazio se sustentasse. O que deveria ser a função dos versos. O produtor, um profissional experiente e premiado, logo assimilou a concepção e seu papel se ateve em manter o trem correndo nos trilhos. No que foi muito bem-sucedido. Uma base de violão. Dobrada. E um segundo violão sobrepondo-a, criando contracantos. Às vezes, usavam um teclado emulando um piano; em outras, uma terceira viola fazendo solos e notas soltas que complementavam o arranjo e geravam paisagens sonoras. Eles experimentavam afinações diferentes, que davam novas sonoridades aos acordes. Pequenos toques de mestre.

Por fim, vieram as vozes. Artur não era um grande cantor, contudo defendia bem suas músicas. Sentia cada uma daquelas palavras ao cantá-las. No seu cerne. Na sua carne. Isso permitia que ele desse a carga emocional necessária. No momento exato. O que, às vezes, gerava uma ligeira imprecisão na afinação.

Da manhã

Entretanto aquilo não soava mal, pelo contrário, dava uma personalidade única às canções. Desta feita, eles gravaram tudo em apenas três noites. Dois meses e meio haviam passado da assinatura do contrato e o disco já estava pronto. Artur, embora extenuado emocionalmente, ficou satisfeito com o resultado obtido. Só faltava intitular o álbum. 'Só' em termos. Ele ficou dias pensando naquilo. Chegou a fazer uma lista com dezenas de possíveis títulos. Ele se animava sempre que surgia um novo candidato. Encontrei, presumia. Mas nenhum deles passava no teste de se manter interessante no dia seguinte. Já estava ficando angustiado. Nenhuma música, nenhuma letra, nenhum arranjo, nada naquele processo todo dera tanto trabalho. Enfim, decidiu dividir com a filha a sua aflição. Sentaram para ouvir o disco juntos. Para se inspirar. Ao final, apresentou o seu inventário de nomes.

– *Você reparou que quase todos os títulos desta lista fazem referência à tristeza?* – Clarice observou.

– *Eu já tinha percebido. Acho que a tristeza é o fio condutor dessas letras.* O leitmotiv *do disco. Por isso a imagino aparecendo no título* – explicou.

– *Tenho dúvidas se isso é bom. Acho que pode afugentar as pessoas. Ninguém gosta da tristeza. É uma das piores emoções que podemos sentir. Ela só é bonita na arte... na vida real ninguém quer saber dela* – contestou.

– *Mas a felicidade não existe sem a tristeza. Talvez o que eu queira dizer com este disco é que a tristeza tem um lado bom. Positivo* – Artur replicou, improvisando, em seguida, um verdadeiro 'Tratado Sobre a Tristeza'. O que era, inclusive, um dos nomes que figuravam na sua lista de títulos para o álbum.

– *A tristeza é apenas uma reação natural a determinados fatos da vida. Lembranças, vivências, perdas... Não adianta se enganar,* não há como fugir dela. A realidade não é um comercial de margarina com pessoas felizes o tempo todo – expôs. – No entanto, como você muito bem lembrou, temos este pavor da tristeza. Feito ela fosse um mal – desaprovou. – Essa é a nossa herança iluminista, querida. Essa coisa do direito constitucional de ser feliz e tal. Se você quer saber, tudo que essa busca frenética pela felicidade conseguiu foi gerar uma obsessão doentia. E mais, essa obsessão é a grande responsável pelas maiores angústias da nossa sociedade. Chegamos a sofrer por medo de vir a sofrer. Dá pra entender isso? – arguiu – Se você sofre procurando uma felicidade que se perpetue, nunca vai perceber que é justamente a sua índole efêmera que estabelece a importância da tristeza. Repito: a felicidade não existe sem a tristeza – continuou. – Por isso eu nunca me senti culpado por estar triste. Aliás, ninguém deveria. Só quem se beneficia dessa culpa são as indústrias farmacêuticas, que enchem seus cofres fabricando antidepressivos – acusou.

Clarice permanecia quieta. Processando tudo aquilo que Artur estava dizendo. Ele retomou.

– Sabe o que me fez escrever todas essas letras novas? – interpelou, criando um suspense. – Foi realizar que 'estar infeliz' não significa 'ser infeliz'. E não falo dessa questão shakespeariana do ser. Falo de 'estar infeliz' como um estado transitório. O que, mais do que ser normal, é algo necessário. Não se trata de querer sofrer, mas de aprender com o sofrimento. A tristeza é um dos raros momentos em que nos permitimos mergulhar em nós mesmos. Profundamente. E só assim descobrimos quem somos, do que gostamos e o que queremos. E só assim podemos compreender o que verdadeiramente nos faz felizes – explicou.

Clarice estava embebecida com a eloquência do seu pai. Ele aproveitou a pausa para estruturar o arremate.

– A tristeza é um convite para visitar esse castelo no interior do coração. Percorrer os seus corredores e aposentos. E, por fim, che-

Da manhã

gar a este salão onde dançam os nossos sonhos perdidos, numa festa de sentimentos, o admirável baile das almas – poetizou.

– Repete isso que você disse – Clarice interrompeu, num susto.

– Como assim!? Estou aqui falando há horas – Artur riu.

– Não! Essa última coisa. Sobre o baile... – apontou.

– A tristeza é o convite para o baile das almas – sintetizou.

– Que imagem linda, Artur. Baile das almas. Este devia ser o título do seu disco – sentenciou.

Artur abriu um sorriso ao ouvir a sugestão. Incrédulo. Olhou para a filha, que sorria de volta. Deu-lhe um abraço apertado, enquanto repetia o título. Era perfeito.

– É isto! Muito obrigado. Você acertou em cheio! Baile das Almas – atestou, agradecido.

Há certos mistérios que são insondáveis às mentes, porém claros aos corações. E há os que os chamem de revelações e há os que os chamem de intuições. Tanto faz. Finalmente, Artur encontrara o nome que tanto procurara.

Estava quase tudo pronto. Quase. Porque ainda faltava uma última coisa...

Talvez tenha sido pela confiança que brotara daquelas longas conversas entre os dois. Talvez por ter percebido a espantosa e aguçada 'inteligência estética' da garota. Talvez por retribuição ao título que ela sugerira. O fato é que Artur convidou Clarice para criar a capa do álbum. Ela mal podia acreditar. Não cabia em si de tanta excitação. Debateram a respeito do trabalho.

– A capa de um disco deve ser uma extensão artística de seu conteúdo – Artur definiu.

Ela pesquisou. Conceituou. Ensaiou. Fez mil elucubrações e outros mil esboços. Queria colocar tudo ali. O baile das almas, os jardins da chácara, as músicas. Por fim, desenhou um homem composto por letras estilizadas cujos braços tomavam a forma de um violão. Da extremidade do instrumento, brotava uma árvore com galhos em espirais convergentes. Uma árvore inspirada na 'Árvore da Vida', de Gustav Klimt. Era o primeiro trabalho profissional de Clarice como artista plástica. Uma estreia com chave de ouro. Artur ficou contentíssimo com a ilustração da filha. E para ele foi um presente duplo. Além da felicidade de ver o seu disco tão bem representado naquela imagem, ainda havia o orgulho de ver a carreira de sua filha debutando de maneira tão promissora. E, antes que surgissem novas dúvidas e questionamentos acerca do disco, ele entregou os originais à gravadora. Que uma obra artística não se termina, se abandona.

* * *

A noite fria e chuvosa não impediu que milhares de pessoas se espremessem naquela casa de espetáculos. Quebrando o recorde de público do local. Todos os cadernos culturais haviam noticiado a oportunidade única de assistir àquele *show*. Críticos e jornalistas cumprimentavam-se com tapinhas nas costas. Artistas e famosos acotovelavam-se na área *vip*. Esperando a sua vez de serem notados. As grandes bandas de *rock* também estavam presentes. Estampadas nas camisetas pretas dos fãs. E os ingressos, esgotados nos primeiros dias de venda, tornavam-se valiosos suvenires guardados nos bolsos de todos que lotavam aquele recinto. Sim! Havia aquela exclusividade do momento. Havia aquela multidão de fiéis súditos. Havia o *single* 'Quando Existe Amor' em primeiro lugar nas paradas. Havia a poesia e a mística que emanavam daquele nome no letreiro. Mas, por trás de tudo aquilo, havia um ser humano, Artur Fantini. Que, agora, encolhia-se num canto do camarim. Abraçado a uma garrafa de vodca. Quase vazia. Sozinho. Longe dos seus jardins. Longe do

DA MANHÃ

seu porto seguro. Acuado. Arrependendo-se profundamente de ter-se posto naquela posição. A pedidos desesperados dos produtores da noite, Clarice foi ter com ele.

– O que houve, Artur? Estão dizendo que você não quer subir ao palco. Que bobagem é essa? – perguntou.

– Não é bobagem. Eu não vou. Eu não posso, Clarice. Não posso encarar essa multidão sozinho – confessou, amedrontado. Ela o abraçou.

– Não encare. Feche os olhos e imagine que você está cantando pra mim. Só pra mim. Lá no sítio – pensou rápido. – E você não precisa disso – disse, enquanto tirava a garrafa de suas mãos.

– Não sei... não sei se consigo... – titubeou.

– Você vai conseguir. Eu prometo – Clarice afirmou com uma certeza contagiante. – Está na hora. Toque para eu dormir. Vou estar aqui. Do seu lado. Vamos, pai – ela pediu.

Artur sentiu um vigor surgindo daquela palavra. Pai. A pujança precisa para fazê-lo levantar e ir até a coxia. A filha o acompanhou.

– É a sua vez. Pode ficar tranquilo que eu não vou sair daqui. Cante pra mim. O tempo todo – falou.

Os holofotes foram acesos sobre o palco, trazendo consigo a ovação do público. Um rugido ecoando. O monstro despertando. Clamando por seu banquete. Juntando todas as forças que tinha, Artur venceu a dificuldade de se locomover causada pelo excesso de vodca e cruzou o enorme palco até aquela solitária cadeira. No centro de tudo aquilo. Sentou-se. Sempre ele. O rei torto. Pegou o violão e observou a plateia. De imediato, o ruído ensurdecedor converteu-se num silêncio sepulcral. Todos os olhos e ouvidos voltados para ele. Ali. Congelado. A solidão defronte à multidão. Fechou os olhos. Aqueles poucos segundos eram a eternidade passando. E, a despeito do roteiro plantado aos seus pés que indicava 'Balada de Um Homem Só' como tema de abertura, começou a tocar a primeira coisa que lhe ocorreu. Era uma das primeiras músicas que aprendera a tocar na vida. Ele não a cantava há anos. Uma velha canção do Nick Drake chamada 'From the Morning'. Última faixa do derradeiro álbum do falecido cantor[14]. Ele não pensava em nada. Tocava. Cantava. Quase por instinto. Como se estivesse sozinho no seu quarto da adolescência. E, no momento em que entoou os versos *"and now we rise, and we are everywhere"*[15], olhou para o lado e viu Clarice. Os doces olhos verdes de Diadorim. Brilhando. Sentiu uma pressão no peito. Uma aflição desconhecida. Olhou para baixo e viu o seu coração iluminar-se dentro de si. Emitindo uma luz azulada que flamejava intensamente. De repente, essa luz partiu num raio. Um fio de luz. Atravessando o palco. Até o coração de sua filha. E esse também se acendeu. Reluzente. Ele olhou em volta. Assustado. Sem entender o que estava acontecendo. E milhares de raios partiram do seu peito em direção ao público, acendendo milhares de corações à sua frente. Ele parecia um chafariz de luzes. Teve uma vertigem. Uma sensação de estar deixando o seu corpo. Flutuando. Ascendendo. Viu o teatro abaixo. Diminuindo. Ele continuava lá. Tocando. E aqueles fios de luz continuaram a emanar do seu peito, partindo em direção a outros milhares de corações. Pela cidade. Pelo país. Pelo mundo. Acendendo-os. Um a um. Ele continuou subindo. Ganhando as alturas. Ficando cada vez mais distante. Até se afastar tanto que todos aqueles corações iluminados se transformaram em milhões de pequenos pontos azuis. Cintilando na escuridão. Feito estre-

---

14 Canção lançada no álbum 'Pink Moon'.
15 E agora nós despertamos. E estamos em toda parte. (tradução livre do autor)

DA MANHÃ

las. Remotas. Ele se viu contemplando aquele céu estrelado. De corações iluminados. Azuis. Da sua luz. Era lindo. Enlevado com a cena, olhou ao redor. Ele estava numa praia longínqua do universo. Perante o colossal oceano do tempo. Percebeu um vulto se aproximando. Os antigos e doces olhos verdes de Diadorim. Ela pegou na sua mão, olhou por alguns instantes para aquele céu sardento de estrelas e finalmente disse, sem movimentar a boca, sem proferir uma única palavra.

– *Viu? Você nunca esteve sozinho.*

E ele fechou os olhos.

Este livro foi diagramado utilizando a fonte Chaparral Pro e impresso pela Gráfica Impressul Industria Grafica Ltda, em papel off-set 90 g/m² e a capa em papel cartão supremo 250 g/m².